우리가 잘 모르는 동유럽 불가리아 출신
율리안 모데스트의 단편 소설 최초번역

상어와 함께
춤을 추는 철새

율리안 모데스트 지음

상어와 함께 춤을 추는 철새

인   쇄 : 2023년 4월 19일 초판 1쇄

발   행 : 2023년 6월 22일 초판 2쇄

지은이 : 율리안 모데스트(JULIAN MODEST)

옮긴이 : 오태영(Mateno)

펴낸이 : 오태영(Mateno)

출판사 : 진달래

신고 번호 : 제25100-2020-000085호

신고 일자 : 2020.10.29

주   소 : 서울시 구로구 부일로 985, 101호

전   화 : 02-2688-1561

팩   스 : 0504-200-1561

이메일 : 5morning@naver.com

인쇄소 : TECH D & P(마포구)

값 : 13,000원

ISBN : 979-11-91643-86-2(03890)

우리가 잘 모르는 동유럽 불가리아 출신
율리안 모데스트의 단편 소설 최초번역

상어와 함께
춤을 추는 철새

율리안 모데스트 지음
오태영 옮김

진달래 출판사

JULIAN MODEST

DANCANTA KUN SARKOJ
LA FERA BIRDO

Novelaro, originale verkita en Esperanto

번역자의 말

이 책을 구매하신 모든 분께 감사드립니다.

출판을 계속하는 힘은 구매자가 있기 때문입니다.

율리안 모데스트 작가는 동유럽의 불가리아 출신이고 지금은 헝가리에서 거주하고 있습니다.

단편소설은 촌철살인의 느낌이 단일한 사건을 통해 주인공의 말이나 행동에서 보여지며 우리에게 작은 감동을 줍니다. 동유럽에서 벌어지는 사건이지만 같은 인간이기에 어느 정도 같은 정서를 공유할 수 있습니다.

등장 인물의 감정에서 동정이나 연민을 공감하게 됩니다. 숨겨있는 복선을 읽는 재미도 쏠쏠합니다.

책을 읽고 번역하면서 다시 읽게 되고, 수정하면서 다시 읽고, 책을 출판하기 위해 다시 읽고, 여러 번 읽게 되어 저는 아주 행복합니다.

바쁜 하루에서 조그마한 시간을 내어 내가 좋아하는 책을 읽고 묵상하는 것은 힘든 세상에서 우리를 지탱해 줄 힘을 얻기 때문입니다.

직역 위주의 문장을 아름답게 다듬어주신 **육영애 선생님**께 감사드리며, 읽다가 잘못된 부분을 찾아 언제든지 연락해주시면 반영하도록 하겠습니다.

이 소설들은 작가가 에스페란토를 사용해서 썼는데 번역자가 우리말로 옮겨 소설의 감동을 모두 함께 나눠보고자 기획한 것입니다. 언어적인 평등한 사회를 만들어 평화를 위한 우리의 여정은 작은 실천, 에스페란토를 사용하는 것입니다.

오태영(mateno, 진달래출판사 대표)

목 차

수수께끼의 선원

어선 발칸은 벌써 두 달째 대양 위에 떠다니고 있었다. 우리는 비에오 해상에서 고기를 잡았다. 항해사가 되기란 쉽지 않았다. 여러 달 육지를 보지 못하기 때문이다. 주위에는 오직 푸른 바다가 끝없이 펼쳐졌다. 어선에 탔다고 해서 모두 항해사는 아니다. 선장은 비싼 임금 탓에 배에서 잡일 하는 선원을 자주 고용한다. 그들 일부는 빚을 짊어져서, 어떤 이는 대학 다니는 자녀의 학비를 벌려고, 또 어떤 이는 아파트를 사려고 배를 탄다. 발칸에도 선원이 여럿 있다. 여러 달 항해하면서 모두 친구가 된다. 일이 없을 때, 고기를 잡아서 손질하지 않을 때, 우리는 서로 대화하고 자기 인생을 이야기하고 장래 계획을 털어놓았다.

그 배에 아주 이상하게 보이는 남자가 한 명 탔다. 나이는 서른예닐곱 살쯤 먹었고, 키는 훤칠하고, 머리숱은 수북하고, 눈동자는 무연탄처럼 검게 빛났다. 이름은 루멘이었다. 열심히 일은 했지만, 우리와 대화하는 건 피했다. 과묵해서 늘 혼자였다. 뱃일이 끝나면 늘 앉아서 대화하는 넓은 식당 홀에서 우리가 어우러져 식사해도 절대로 가까이 다가오지 않았다.

처음엔 우리도 모른 체했지만, 나중엔 어떤 사람인지 궁금해서 서로 물어보았다. 배의 기계 수리원 **보리스**는 그 수상한 남자는 교도소에 갇혔었는데, 형기를 마친 뒤에 직장을 못 구해서 선원이 된 거라고 추측했다. 나는 그 사람이 내성적인 성격이라 다른 이들과 어울리기를 좋아하지 않는다고 혼자 생각했다. 정말 그런 사람이 꽤 있으니까.

하지만 이 이상한 남자에 대한 나의 호기심은 점점 커졌다. 어디서 왔는지, 어디에 사는지, 왜 선원이 됐는지 알고 싶었다. 다른 항해사와 선원들은 함께 얘기하는 걸 피했지만 나는 같이 대화하고 싶어 했다. 몇 번은 성공했다. 배가 그비네오의 수도 코나크로 항구에 정박하던 때였다. 우리에게 먹을 걸 달라고 외치는 어린이들이 금세 배 주위로 바싹 다가왔다. 우리 선원들은 보관용 음식을 늘 갖고 있는데 **루멘**이 한 어린이에게 두 개를 주었다. 그때 내가 말을 건넸다.

"배고픈 애들을 보면 슬프죠."

"그렇죠." 루멘이 속삭이듯 말했다.

"아내나 자녀가 있나요?"

묻는 말에 대답하지 않고 몸을 돌려 휙 가버릴 줄 알았는데 뜻밖에도 말을 꺼냈다.

"아내도 자식도 없어요."

"그러면 왜 선원이 됐어요?"

재차 묻자 루멘은 대화를 계속할지 침묵할지를 망설이더니 곧 말을 이었다. 아마도 커다란 눈망울에 허기져 보이는 맨발의 그비네오 어린애들이 마음을 움직인 듯했다.

"내 여동생은 어린 나이에 결혼했어요. 그런데 매제가 술주정뱅이에다 도박꾼이었죠. 둘 사이에 여섯 살 먹은 딸이 있는데 매제가 돈을 모조리 술 마시고 도박하는 데 탕진했죠. 동생 혼자 힘으로 아파트 월세 내고 가족을 챙겨야 했죠. 그래, 내가 동생에게 돈을 대주기로 하여 선원이 됐어요."

이 짧은 대화 뒤에 우리는 더 말을 잇지 않았다. 루멘은 그

후로도 계속 조용히 일했고 누구와도 함께하지 않았다. 6개월이 지나 우리는 항구로 돌아왔다. 항해사와 선원들은 헤어졌다.

한번은 친구 **흐리스토**와 바다 공원 근처 라주로라는 카페에서 커피를 마셨다. 6월 한낮의 태양이 빛났다. 탁자는 카페 밖에 놓였다. 순간, 카페 옆길로 옛 동료 선원 루멘이 지나가는 걸 알아차렸다. 거의 알아보지 못할 **뻔**했다. 밝은 셔츠에 체리색깔 넥타이, 파란 정장을 차려입었다. 루멘은 친절하게 내게 인사했고, 나도 그 인사에 답했다.

"그 사람을 아니?" 흐리스토가 물었다.

함께 어선 발칸에서 일했다고 말했다.

"그래서 반년이나 보지 못했구나!"

흐리스토가 말했다.

"너도 그 사람을 아니?"

"개인적으로는 아는 게 없어."

흐리스토가 말을 꺼냈다.

"하지만 그 사람이 축전지 공장 부사장이었던 것은 알지. 심하게 도박을 했어. 아마 전 재산을 탕진했을 걸. 아내가 몹시 고통스러워했어. 둘 사이에 여섯 살배기 딸이 있었지. 그런데 지난해 어딘가로 사라져 6개월 동안 이곳에 코**빼**기도 비추지 않았는데 오늘에야 배를 탔다는 걸 알았군. 집에 돌아온 후로는 도박을 일절 하지 않아. 지금은 가족을 잘 돌보고, 아내와 딸에게 아주 헌신적이야."

아빠의 선물

엄마와 형과 함께 멀리 여행 가던 날을 기억한다. 햇빛이 나는 따뜻한 날이었는데 내게는 구름 끼고 시원한 날로 여겨졌다. 여행 가방은 플랫폼에 놓였고 몇 분 뒤면 기차는 멀리 떠날 것이다. 아빠는 우리가 여행 가방을 객실로 옮기는 걸 도와주셨다.

우리는 객실 안 차창에 기댔고, 아빠는 바깥 플랫폼에 계셨다. 엄마는 눈물을 감추며 우셨다. 나와 형은 아무 말이 없었다. 드디어 기차가 출발했다. 아빠는 움직이지 않고 그냥 서 계셨다. 나는 그 순간이 몹시 고통스러웠다. 이제 아빠를 더는 못 볼 것 같았다. 그날 아빠는 회색 정장에 파란색 와이셔츠를 입고 챙 달린 모자를 쓰셨다. 챙 달린 회색 모자가 지금도 선명히 떠오른다. 정장이 회색인지 아닌지는 확실치 않지만, 챙 달린 모자였던 건 확실하다. 아빠의 눈은 어땠던가? 파란색인가, 아니면 갈색? 눈 색은 잘 모르겠지만, 눈은 항상 착하고 따뜻하고 사랑에 가득 찼었다. 기차는 점점 멀어지고, 아빠는 손을 흔드셨다.

우리가 도착했을 때는 비가 내렸다. 우리가 앞으로 살 집을 찾아가는 건 아주 힘들었다. 택시 운전사는 나이가 어려서 그런지 시의 변두리 지역을 잘 모르는 듯 했다. 한참 걸려서 택시는 좁고 어두운 거리로 들어서더니 마침내 어느 집 앞에 멈췄다.

겨울엔 춥고 여름엔 더운 작은 방에서 우리는 살았다. 창이라곤 하나뿐인데, 그 창문 앞에 오디나무가 자랐다.

학교에서 나는 동급생들과 잘 어울리지 못했다. 내가 과묵하고 차분해서였다. 우리 집 가까이에 문화의 집이 자리했다. 한번은 학교에서 돌아오는데, 문화의 집에서 기타 연주 과정을 개강한다는 광고지가 놓였다. 엄마에게 강좌에 등록하게 해달라고 졸랐으나 엄마는 수강료 낼 여유가 없다고 하셨다. 울면서 보챘더니 "다음 달에 월급 받으면 수강료를 내줄게." 라며 달래셨다. 그렇게 해서 기타 연주를 배우게 됐다.

나는 확실히 소질이 있어 기타를 곧잘 연주했다. 여름에 긴 방학을 이용해 아르바이트를 해서 기타를 하나 샀다. 우정의 만남이나 축제에서 연주했다.

밤에 아빠 꿈을 자주 꾸었다. 아빠는 철도 플랫폼에 서서 떠나가는 기차를 망연자실 쳐다보셨다. 아빠의 챙 달린 회색 모자는 보았지만, 눈은 보지 못했다. 아빠의 눈동자가 파란색인지 갈색인지를 나는 모른다. 엄마에게 왜 우리 세 식구만 엄마가 태어난 이 나라로 돌아오고 아빠는 다른 나라에 남아야 했는지를 묻지 않았다. 우리는 아빠에게서 편지 한 통 받지 않았고 우리도 편지를 쓰지 않았다. 아빠가 어디 어떻게 사는지 모른다.

내가 고등학교를 마칠 무렵, 친구 **단**은 재즈 연주단을 만들어 같이 연주하기를 요청했다. 정말로 나는 기타 연주를 아주 좋아했다. 재즈 연주단은 '루나티코' 라고 이름 붙였다.

우리는 여러 도시에서 음악회를 열었다. 가는 곳마다 젊은 이들이 열광하고 미친 듯 손뼉을 쳤다.

한번은 해양도시에서 음악회를 열었다. 음악회가 끝나고 낮선 남자가 내게 다가왔다.

"미안하지만……." 남자가 말했다.

"젊은이에게 뭔가를 주어야만 해요."

놀라서 퉁명스럽게 대꾸해주려고 쳐다봤더니, 남자는 의외로 친절해 보였고 목소리는 부탁 조였다. 마흔 살쯤 먹어 보이고, 머리카락은 검고, 눈은 가을 나뭇잎 같은 황금색이었다. 내가 망설이자 남자는 거듭 부탁했다.

"내가 젊은이에게 뭔가 주어야만 해요."

남자의 목소리는 애절하게 부탁하듯 들렸다.

"무엇을요?"

"잠깐 앉아요."

남자는 가까운 의자를 가리켰다. 더욱 나를 놀라게 한 건 그 남자가 기타를 가지고 왔다는 것이다. 아마도 음악가거나, 나처럼 음악을 좋아한다고 짐작했다.

"좋습니다."

우리는 의자에 앉았다. 남자는 기타를 연주했다. 매력적인 곡이었다. 이유는 모르겠지만, 마치 천천히 출발하는 기차를 향해 챙 달린 모자를 쓴 남자가 플랫폼에서 손 흔드는 장면을 보는 듯했다. 낯선 남자는 연주를 끝내고 말했다.

"이 곡은 젊은이를 위해 아버지가 주신 선물입니다. 마지막으로 작곡한 것입니다. 젊은이 아빠는 내게 젊은이를 찾아가서 이 곡을 연주해 주라고 부탁했어요."

나는 거의 속삭이듯 말했다.

"아빠가요?"

"예."

"그분은 살아계시나요?"

"아니요, 돌아가셨어요. 우린 친구였어요. 같이 기타를 연주했지요."

나는 아빠가 음악가였다는 걸 전혀 몰랐다. 남자는 일어섰다.

"난 약속을 지켰어요." 남자는 말하고 떠났다.

때때로 아빠 꿈을 다시 꾼다. 꿈속에서 내게 선물한 마지막 곡을 듣는다.

커다란 기쁨

"이해할 수 없는 것이 인생이다."

바노는 자주 말했다. 사람이 꿈꾸고 계획하고 생각하고 결정해도 결코 생각하거나 꿈꾸지 못한 일이 생긴다. 어릴 때부터 배우가 되기를 꿈꾸었다. 그것이 가장 큰 바람이었다.

학교에서 여러 연극에 참여했다. '백설 공주'에서는 난쟁이 중 한 명이었고, '어린 왕자'에서는 왕자역을 맡았고, 다른 공연에서도 배역을 맡았다. 좋은 목소리를 지녀서 매우 아름답게 노래했다. 고등학교를 마치고 음악 교육원에서 공부했고, 오페라 가수가 되었다.

바노는 수도에 있는 오페라극단에서 일했다. 그곳에 **소냐**라는 젊은 소프라노 가수가 있었다. 아주 예쁘고 멋진 소냐는 사파이어 같은 커다란 파란 눈에 잘 익은 보리 같은 황금색 긴 머리카락을 지녔다. 바노는 소냐와 사랑을 나누었고, 둘은 결혼을 했다.

그들의 가정생활은 놀라운 동화 같이 시작됐다. 딸 **노라**가 태어났을 때만 해도 바노는 행복했다. 그런데 한 번은 동료가 소냐에게 애인이 생겼다고 알려줬다. 믿고 싶지 않았지만, 동료는 거짓말이 아니라고 맹세했다.

당시 오페라극장에서 '보헤미안'을 공연했는데 오스트리아인이 지휘를 맡았다. 소냐는 주연 미미 역에 캐스팅됐다. 오스트리아인 지휘자와 소냐는 사랑에 빠졌다. 소냐의 목표는 빈,

런던, 밀라노 같은 대도시 오페라극장에서 노래하는 것이어서 그 지휘자와 함께 살기로 마음먹었다고 바노는 짐작했다.

소냐는 빈으로 떠났다. 세 살배기 딸 노라는 바노 곁에 남았다. 힘든 나날이 시작되었다. 어린 딸을 돌보고 집안일을 하고 오페라극장에서 노래했다. 아무도 도와주지 않았다. 아침에 서둘러 노라와 함께 유치원으로 갔다.

오페라극장에서 예행연습을 한 뒤에, 다시 노라를 데리러 유치원으로 달렸다. 저녁에 공연이 열릴 때는 이웃집 여자에게 노라를 돌봐달라고 부탁했다.

바노의 삶은 악몽 같이 되었다. 향수에 젖을 때면, 소냐와 결혼해서 행복했던 날들을 떠올렸다. 지금 바노는 절대로 빠져나올 수 없는 깊은 수렁에 잠긴 듯했다.

일 년 뒤 소냐는 이혼 수속에 착수해 빠르게 절차가 마무리되어 노라는 빈에서 엄마와 살게 되었다. 그때부터 홀로 남은 바노의 인생은 더 힘겹고 더 암흑 같이 되었다. 무대경력은 거의 무너졌다. 더는 오페라 주연 역을 맡지 못했다. 사람들은 조금씩 바노를, 한때 화려한 오페라 가수였던 시절을 잊을 것이다.

세월이 흘렀다. 때로 노라가 곁에 와서 머물렀지만, 겨우 일주일을 보내고는 서둘러 빈으로 떠났다.

바노는 연금수급권자가 되었다. 하루하루가 길게 느껴졌다. 날씨가 좋을 때면 집 앞 공원의 의자에 자주 앉았다. 홀로 여러 시간 앉아서 자신의 현재 처지를 깊이 생각했다.

'인생은 왔다가 끈 떨어진 염주 알처럼 흩어져 사라진다. 그래, 인생은 지나가고 사람이 계획하고 꿈꾸는 그런 일은 절대 일어나지 않는다.'

그날 오후 바노는 공원에 나와 평소처럼 좋아하는 의자에 앉았다. 날씨가 따뜻해진 5월의 한낮이었다. 빛나는 햇살이 얼굴을 어루만졌다. 하늘은 구름 한 점 없고 공원의 나무에는 꽃이 활짝 피었다. 갑자기 바노에게 어떤 아가씨가 다가오더니 껴안았다.

"안녕하세요, 아빠! 제가 왔어요. 이제 여기서 아빠랑 살려고요. 여기 머물면서 일할 거예요."

노라의 이 말에 바노는 매우 기뻤다. 인생이 이렇게 기쁘고 행복하게 될 줄은 꿈에도 몰랐다.

홍수

  안드레이와 **카탸**는 오후 5시에 빌라에 들어왔다. 6월의 해는 아직 뜨겁게 빛나고, 강은 천천히 지루하게, 여름 더위에 지쳐 피곤한 할머니처럼 흔들렸다. 안드레이는 차를 길가에 세운 뒤, 가방을 들고 아내와 함께 나무로 만든 작은 다리를 밟아 강을 건넜다.

  빌라는 강 가운데 작은 섬에 버티고 서 있었다. 안드레이는 아버지가 남겨준 이 아름다운 장소를 자랑스러워했다. 아버지는 이곳에 빌라를 짓고 마당에 딸기, 나무딸기, 사과, 배 등을 심었다. 수년 전 안드레이 부부는 자주 여기에 왔지만, 지난 몇 달 동안은 거의 빌라를 잊고 지냈다.

  안드레이는 일과 사무실 문제로 숨이 막혔다. 이미 반 년 전부터 진흙 구덩이인 늪 바닥에서 기는 듯하고 도저히 빠져나갈 수 없었다.

  안드레이는 조사 재판관인데 어느 재판 절차에서 상관에게 반대 의견을 냈다. 그때부터 평안히 지낼 수 없었다. 상관은 안드레이가 문제를 해결하지 못해 사직하기를 바라며 소송을 몰아주었다. 그러나 안드레이는 그만두지 않을 결심이었다. 이른 아침에 사무실로 가서 저녁에 가장 늦게 퇴근했다. 일을 즐기는 편이라 그만두고 싶지 않았다. 어쩌다 피곤하고 긴장되면 안드레이는 어떤 의미가 있는지 스스로에게 질문하곤 했다. 아마도 어느 여기자가 요청한 인터뷰는 피해야만 했다. 그러나 그 인터뷰 질문에 답하는 것이 가장 크고 나쁘게 소문난 재판 절차에 올바른 해결책을 찾는데 도움이 된다고 확신했다. 하지만 바로 이 인터뷰가 상관인 **바크리노브**를 화나게 해서 그 뒤부터 마주볼 수도 없었다.

사무실에서 받은 스트레스가 가정에 그대로 전이됐다. 따뜻한 봄 햇빛 때문에 돌 밑에서 기어 나온 뱀처럼 가정생활에 해를 끼쳤다.

카탸는 안드레이가 상관과 대립하여 싸우는 것이 마음에 들지 않았다. 아내는 남편이 왜 사무실의 비밀스러운 문제를 인터뷰했는지 놀랐고 이해하지 못했다.

"그 대가로 무엇을 얻나요?" 카탸가 불평했다.

"편안히 지내는 대신 고슴도치 위에 올라앉았어요. 지금 당신의 동료는 아무 일도 하지 않아요. 당신이 그들의 일까지 도맡아 해야 하고 나중에는 잘못 되겠지요."

안드레이는 대답하지 않았다. 그저 조용히 했다. 적어도 아내는 자기를 이해해 주어야 한다고 생각했다. 그러나 누구도 자기를 도와줄 수 없다는 것을 안드레이는 잘 알고 있었다.

안드레이는 말수가 줄고 마음이 짓눌렸다. 자기를 아주 멀리서 바라보는 아내의 파란 눈은 차디찬 얼음 호수를 닮았다. 아내와 같이 있을 때 말수를 줄였다. 무슨 말을 할지 뻔히 알기 때문이었다. 아내는 되풀이할 것이다. 남편이 모든 일을 홀로 처리할 수 있다고 여겨서는 안 된다고, 세상 문제를 다 풀 수 없을 것이라고, 자신과 가족을 생각해야 한다고…. 왜냐하면, 남편은 홀로 살지 않고 일과 함께 자녀도 있기 때문이었다.

사무실과 가정의 분위기는 안드레이를 피곤하게 해서 마치 눈에 보이지 않는 거머리가 목마른 듯 안드레이의 힘을 빨아들이는 것 같았다. 안드레이는 자기를 잔인하게 돌리는 미친 바퀴를 멈추고 쉬어야 했다.

금요일은 따뜻하고 햇볕이 드는 날이었다. 안드레이는 아내에게 빌라에 가자고 제안했다. 뜻밖에도 아내가 선뜻 동의해서 일을 끝내고 바로 출발했다.

안드레이 부부가 강을 건너 섬 위로 올라갈 때, 안드레이는 마치 보이지 않는 문을 열고 미지의 세계로 들어가는 것 같았다. 여기에서는 모든 것이 달랐다. 푸름, 조용함, 잔잔히 흐르는 강물 소리, 산 공기가 파도처럼 가슴을 가득 채우고, 두통과 말벌처럼 머릿속으로 날아드는 어두운 생각을 쫓아냈다.

안드레이는 오래된 떡갈나무 문을 열고 빌라 안으로 들어가 오래된 곰팡내를 맡았다. 재빨리 창을 열었다. 시원한 강바람이, 온 구석을 뒤지며 달리는 장난꾸러기처럼 방으로 들어와 빛과 신선함이 생겼다.

빌라의 모든 것이 몇 년 전과 같이 잘 유지되고 있는지 안드레이가 점검하는 동안, 아내는 저녁 식사를 준비했다. 토마토와 오이를 씻어 샐러드를 만들고, 브랜디 병은 시원해지도록 우물에 넣어두었다. 안드레이 부부는 탁자와 의자를 바깥 테라스에 차렸다. 안드레이가 브랜디로 작은 잔을 가득 채웠다.

"당신의 건강을 위하여." 남편이 말했다.

잔 부딪치는 소리가 저녁이 되기 전 조용한 가운데 들렸다. 카탸는 집에서 짠 두꺼운 스웨터를 입고 앉았다. 여기는 산속인 데다 강 옆이라 저녁에 습기가 끼고 추웠다. 숲을 쳐다보는 카탸는 노란 깃털 속에 파묻혀 머리만 내민 작은 새 같았다.

마치 오래전에 서로 모든 것을 말해버려서 말할 거리가 없는지, 아니면 깊은 산속의 고요를 깨고 싶지 않은 건지 둘은 아무런 대화를 나누지 않았다.

안드레이는 마치 부드러운 보라색 장막이 천천히 드리워지는 것처럼 조금씩 석양에 사라지는 푸른 언덕을 지켜보았다. 하늘에서는 호기심 많은 어린아이의 눈을 닮은 별들이 깜박거렸다. 숲은 길고 끝없는 동화를 속삭이는 듯했다. 그리고 조용한 여름밤에 깊고 편안하게 잠자는 여인을 닮은, 숲의 숨소리가 느껴졌다.

안드레이 부부는 오랫동안 테라스에 앉았다. 그들 머리 위에는 노란 눈알처럼 가로등이 켜져 있다. 이곳에는 전기가 없어 가로등에서만 희미한 회색 불빛을 냈다. 아주 어둡고 추워지자 안드레이는 빌라 안으로 들어갔다. 그들은 함께 자지 않은 지 오래됐다. 안드레이는 첫째 방에 들어가서 눕고, 아내는 다른 방 침대에 누웠다.

한밤중을 지나 안드레이가 깼다. 밖에는 비가 오고 있었다. 세차고 급박한 천둥소리도 났다. 용의 혀 같은 번개가 하늘을 찢었다. 침대에서 움직이지 않았다.

'어디에서 이런 비가 올까? 정말 따뜻하고 화창한 날이었는데….'

안드레이는 깊이 생각에 잠겼다. 비는 창을 때리고 바람은 나무를 흔들고 휘게 해서 마치 가까운 곳에서 여자가 신음하며 우는 듯했다. 아침까지 잠들지 못했다. 언뜻 잠들었다가도 갑자기 다급한 북 치는 것 같은 빗소리에 깨어났다. 아침에 침대에서 일어나 창가에 섰다.

안드레이가 본 바깥 모습은 너무 무서웠다. 강은 경계를 넘어 빌라 마당까지 범람했다. 옷을 입고 재빨리 밖으로 나갔다.

걱정스럽게 주변을 살폈다. 집에서 오십 미터 떨어진 곳에서, 강물은 복수의 여신처럼 급하게 나무와 가지들을 끌고 흘렀다. 그런 광경을 전에 한 번도 본 적이 없었다. 이 조용하고 한산하던 강이 그렇게 무서워지리라고는 짐작조차 하지 못했다. 빌라 테라스에 서 있는 동안 눈앞에서 무너진 방죽처럼 강물이 흐르면서 나무다리를 밀짚처럼 멀리 끌고 갔다. 입술을 깨물었다.

 길가 다른 쪽에 안드레이 차가 주차돼 있었는데, 강이 벌써 그것도 옮겨서 차는 멀리서 배처럼 떠다녔다. 자기 눈을 믿을 수 없었다. 샤워기 아래 서 있는 것처럼 온통 비에 젖었다. 혼수상태에 빠진 것처럼 멍하니 쳐다보면서 무엇을 해야 할지 알지 못했다.

 강물은 마당에도 차고 넘쳐 눈앞의 모든 것이 사라졌다. 마당은 이미 호수 같았는데, 더 정확히 말하면 경계가 보이지 않는 바다 같았다.

 안드레이는 아내가 언제 집에서 나와 자기 옆에 섰는지 깨닫지 못했다. 아내는 눈을 크게 뜨고 홍수를 쳐다보았다. 안드레이는 아내의 눈에서 극심한 공포를 보았다. 이제 아내는 분명히 말할 것이다. 남편에게 잘못이 있다고, 왜 여기로 자기를 데려왔느냐고, 그들이 이 빌라에 오지 않았다면 이런 악몽을 경험하지 않았을 텐데, 하고 말이다. 그러나 아내는 홍수를 바라보면서 마치 정신을 잃어 말하는 능력을 잃어버린 것처럼 아무 소리도 내지 못했다.

 안드레이는 얼마 동안이나 빗속에 서 있었는지 알 수 없었다. 그들은 안으로 들어가서 양식과 물을 챙겼다. 분명 이 악몽은 빨리 끝나지 않을 것이고, 이 홍수는 그들을 여기에 오랜 시간을 묶어둘 것이다.

강은 점점 험악해졌다. 빌라는 마당에 외로운 섬처럼 서 있었다. 양식과 물은 이틀을 버틸 정도였다. 안드레이 부부는 먹을 것을 더 가져오지 않았다. 그래서 무척 아끼면서 먹고 마셨다. 며칠 동안이나 이곳에 갇힌 채로 머물지 알지 못하기 때문이다. 누구에게 전화를 할 수도 없었고, 전화를 한들 누가 도울 수 있을 것인가? 아이들은 부모가 여기 있는 줄 알기에 분명 도우려고 할 것이다. 그러나 언제? 아마 소피아에도 비가 이곳처럼 억수로 내릴 것이다.

오후에는 물이 방까지 범람했다. 안드레이 부부는 커다란 식탁 위에 올라앉았다. 그것이 방에서 가장 높고 젖지 않은 유일한 곳이었다.

'우리는 식탁 위에 앉아 있다.'

안드레이는 생각에 잠겼다.

'탁자 위에, 우리가 밥을 먹던 그곳이 우리를 지켜줄 유일한 장소다.'

저녁이 되고, 어둠이 무겁고 젖은 옷감처럼 조금씩 그들을 덮었다. 아내가 말을 꺼냈다.

"여보!"

안드레이는 자기를 부르는 소리인지 정확히 듣지 못했지만 대답했다.

"응."

밖에서 강물은 피에 굶주려 먹이에게 곧 달려가 물어뜯을 것 같은 짐승처럼 울부짖었다.

"당신에게 뭔가 말하고 싶어요."

아내가 속삭였다.

“무엇을?”

아내가 좀 더 다가왔다.

안드레이는 아내가 추위에 몸을 부들부들 떠는 제비처럼 떨고 있다는 걸 느꼈다.

　“여보!”

아내는 되풀이했다.

　“화내지 마세요. 당신을 믿고 있었어요. 나는 항상 당신을 믿었어요.”

안드레이는 아내가 무엇을 말하려고 하는지 잘 알지 못했다.

　“잡지에서 인터뷰한 뒤 사람들이 내게 전화해서 당신에게 애인이 생겨서 많은 시간을 함께 보낸다고 했어요. 물론 믿지 않았죠. 그러나 지금 나는 당신을 믿었고 항상 당신을 믿었다는 걸 말하고 싶어요.”

아내는 조용해지더니 숨을 깊이 들이마셨다.

안드레이는 손을 뻗어 어둠 속에서 아내의 작고 차가운 손바닥을 어루만졌다.

기쁨의 눈물

숲은 적막했다. 때로 갑자기 새들이 즐겁고 황홀하게 지저귀었다. 왕관 같은 나뭇가지 사이로 나뭇잎을 황금으로 물들이는 햇빛이 도둑처럼 스며들어 황금 동전 같이 반짝거렸다. 바람은 수풀을 살랑살랑 흔들고, 그 뒤에서 누군가가 호기심을 가지고 슬그머니 쳐다보는 듯했다.

에밀은 고요함, 신선한 공기, 구름 한 점 없이 높은 하늘을 즐기면서 천천히 걸었다. 숲을 좋아해 자주 거기서 산책했다. 지금 산속에 숨어 있는 스빌라 마을로 가고 있다.

오래전부터 에밀은 그곳을 떠나 살았다. 아주 적은 사람들이 산골 마을에 살고 있었다. 어느 사이에 마을에 사람들이 줄고 조금씩 그들은 떠나갔다.

몇 년 전만해도 산골마을에 멋진 집도 있고, 많은 주민들로 북적였다. 젊은이와 늙은이, 학교 운동장에서 즐겁게 뛰어노는 아이들도 있었다.

에밀은 숲을 벗어나 오래전부터 잘 알고 있는 오솔길을 걸어서 마을로 들어갔다. 그리 높지 않은 언덕에서 하얀 양 떼 같은 집들을 보았다. 마을 광장으로 향하는 작은 길로 접어들다가 갑자기 멈춰 섰다. 집 가운데 하나가 깨끗하게 수리되어 있었다. 빨간 기와가 지붕을 덮었다. 노란색 벽이 빛나는 것 같았다. 예전에 위험하게 돌출됐던 난간은 지금 새로 설치되었고 색칠도 되어있다. 눈이 동그래진 에밀은 조각품, 도자기,

항아리가 잘 갖춰진 마당을 쳐다보았다. 이렇게 깊은 산속 작은 마을에서 그것은 아주 이상스러웠다.

의심할 것 없이 누군가가 언젠가 오래된 집을 사서 새로 수리하고 마당에 아주 멋진 조각품들을 세운 것이었다.

'지금 여기에 누가 살까?'

에밀은 궁금했다. 조각품들을 자세히 살펴보려고 마당 울타리로 가까이 갔다. 정말 집 주인 같아 보이는 어떤 남자가 다가왔다.

"안녕하세요."

노인이 에밀에게 인사했다. 70세쯤 되어 보였고, 큰 키에 말랐고, 눈처럼 하얀 머릿결, 하얀 수염, 하늘처럼 파란 눈을 가졌다.

"여기 사십니까?"

에밀이 물었다.

"예, 반년 전에 이 집을 사서 수리했어요."

"마당에 아주 멋진 미술관을 만드셨네요."

에밀이 알아보았다.

"둘러보려면 안으로 들어오세요."

노인이 권했다.

"감사합니다."

에밀은 넓은 마당으로 들어섰다.

"조각가이십니까?"

에밀이 물었다.

"그래요. 수도에 살았는데 이 조용하고 평온한 마을로 이사하려고 마음먹었죠. 자, 안으로 들어와요."

조각가가 살짝 웃었다.

"포도주 한 잔 대접하고 싶네요."

"감사합니다."

"내 이름은 **바실 기네브**예요."

"저는 **에밀 밀레브**입니다."

두 사람은 마당의 포도나무 정자 아래 있는 나무 탁자에 앉았다. 조각가는 포도주 주전자, 잔, 치즈가 든 접시를 가지고 왔다.

잔을 가득 채우더니 그 잔을 들고 말했다.

"건강을 위하여! 알게 돼 기뻐요. 아주 소수만이 이곳 스빌라에 찾아와요."

"건강을 위하여! 어떻게 조각가가 되셨나요?" 에밀이 물었다.

"내가 조각가가 되리라고는 짐작도 못 했지요."

바실이 이야기를 시작했다.

"나는 작은 마을에 태어났어요. 부모님은 평범한 사람들로 아빠는 노동자, 엄마는 집배원이셨죠. 위로 형이 하나 있었고요. 어릴 때 나는 아주 장난꾸러기였고 말도 잘 안 들었고 공부도 잘하지 못해 자주 학교에도 빠지곤 했죠. 하지만 내 형은 아주 좋은 어린이였어요. 노래도 아주 잘 했지요. 한번은 학교에서 음악회가 열렸어요. 아빠, 엄마, 그리고 나는 음악회에 갔어요. 음악회 홀은 가득 찼죠. 내 형이 무대 위에 서서 노래할 때 모두 깊은 침묵에 젖었어요. 형은 놀랍게 노래했죠. 노래가 끝나자 박수가 터져 나왔어요. 관중들은 열광했죠. 엄마의 눈에서 흐르는 기쁨, 자랑스러움, 행복의 눈물을 나는 봤어요. 그 순간 나도 엄마가 기뻐서 눈물 흘릴 수 있는 무언가를 하리라고 다짐했죠. 내 형이 엄마를 기쁘게 한 것처럼 나도 그렇게 하고 싶었어요. 학교에서 그림 그리는 것이 내겐 매력적이었어요. 열심히 그리기 시작했죠. 선생님이 나를 격려 했어요. 나는 미술교육원을 마쳤지만 내 첫 전시회 전에 엄마 가 돌아가셨어요. 엄마의 눈에서 기쁨을 보지 못했죠. 하지만 내가 만든 모든 것을 엄마에게 바치리라 결심했죠. 나중에 여 러 번 내 조각품을 살펴보는 사람들의 기쁨을 보았어요. 그리 고 오늘 젊은이의 눈에서 똑같은 기쁨을 보았죠."

　조각가는 말을 멈추었다. 노인의 밝고 파란 눈은 푸른 언덕 을 쳐다보았다. 햇빛이 비치는 밝은 날, 푸르른 산을 배경으로 예쁜 조각품들이 서 있었다.

함정

9월부터 **미나**는 수도 소피아에서 약학을 공부하게 됐다.

"네가 벌써 대학생이구나." 어머니 **다라**가 말했다.

"하지만 수도에서 지낼 방을 얻는 게 문제구나. 소피아에 직장 동료 **바냐**의 딸 **클라라**가 살고 있대. 네가 그 집에서 지내도록 부탁해 볼게. 물론 방세는 내야지. 클라라 부부는 착하고 젊어. 집이 크니까 허락할 거야."

미나와 다라는 차를 타고 수도로 가서 클라라 집에 도착했다. 그들을 보고 클라라는 무척 기뻐했다.

현대식 가구로 장식해서 화려한 자기 아파트를 안내했다. 넓은 거실에는 커피용 탁자, 안락의자, 그 위 벽에 걸린 선반에는 여러 이색적인 나라와 도시에서 가져온 기념품이 전시됐다. 벽에는 추상화도 걸려 있다.

"다라 이모, 어서 오세요. 오랜만에 뵙네요."

"우리가 올 거라고 네 어머니가 전화했지?"

"예."

"미나가 여기 수도에서 대학교에 다니게 됐어. 약학을 공부할 거야. 딸이 너희 집에서 지내도 되겠니? 미나는 수도를 잘 모르는데 너 같은 지인 가족 곁에서 살면 좋을 것 같아. 나도 안심이 되고…."

"물론이죠."

스물다섯 살인 클라라는 검은 머릿결에 복숭아 모양의 갈색 눈매를 가졌다.

"우리 집이 꽤 큰데, 남편 **페테르**와 저 둘뿐이에요." 클라라가 강조했다.

"방세는 낼게." 다라가 말했다.

"그런 소리 마세요, 다라 이모. 우리 둘은 일하니까 돈은 필요 없어요."

"적어도 전기, 도시가스, 물 사용료는 내야지."

"좋습니다, 좋아요." 클라라가 되풀이했다.

다라는 미나가 지인의 집에서 살게 돼 안심하고 떠났다.

미나와 클라라는 좋은 친구가 되었다. 클라라는 미나를 언니로서 잘 돌보았다. 클라라, 페테르, 미나는 함께 아침과 저녁을 먹었다. 클라라와 미나는 쇼핑하고 주말에 소풍을 가고, 연극과 음악회를 관람했다.

은행 직원인 클라라는 집에 손님으로 자주 오는 직장 동료들을 소개해 주었다. 클라라 가정에서 미나는 아주 잘 지냈다.

하지만 처음에 미나는 알아차리지 못했지만 조금 뒤에 페테르가 자기에게 지나치게 친절히 대하는 것 같았다.

클라라보다 조금 나이 많은 페테르는 키가 훤칠하고 운동선수 같은 몸매에 금발이고 초콜릿 색 눈을 가졌다. 페테르는 외국계 회사에서 근무해 자주 외국에 나갔고 돌아올 때는 클라라에겐 선물을, 미나에겐 기념품을 가져다주었다.

때로 페테르는 미나에게 예쁘다거나 매력적인 눈을 가졌다는 칭찬을 했다. 미나는 정말 예쁘고 날씬한 몸매, 부드럽고 비단결 같은 머릿결, 부드러운 바다색 눈동자를 가졌다.

어느 날 클라라가 집에 없을 때 페테르가 갑자기 미나의 방에 들어왔다. 무엇이 필요하냐고 묻고 싶었지만, 페테르는 가까이 와서 미나를 껴안고 속삭였다.

"미나, 너는 세상에서 내가 본 가장 예쁜 여자야. 너는 나를 끌어당겨. 나는 내가 누군지 잊어버렸어."

미나는 부드럽게 벗어나려고 했지만, 페테르는 더욱 세게 끌어안았다.

그때 미나는 페테르를 밀치고 방에서 나와 도망쳤다. 당황하고 상처받고 무서워서 울기 시작했다. 무엇을 할지 알지 못했다. 페테르의 그런 행동을 전혀 예상하지 못했다. 페테르를 존경했지만 이런 행동은 참을 수 없었다. 미나는 무슨 일이 있었는지 클라라에게 말하려고 하지 않았다. 그것은 매우 고통을 주고 상처를 줄 것이다.

오후에 클라라가 직장에서 돌아왔다. 평소처럼 남편에게 키스하고 하루를 어떻게 보냈는지 물었다. 저녁을 준비했다.

"미나는 집에 있나요?" 클라라가 물었다.

남편이 대답했다.

"그 애는 화가 나서 나갔어."

클라라는 놀라서 눈을 크게 뜨고 바라보았다. "화가 났다고? 왜?"

"당신을 걱정하게 하고 싶지 않아." 페테르가 말했다.

"하지만 어린 미나가 나를 유혹하려고 했어. 오늘 내게 와서 오래전부터 사랑했다고 말하고 키스하려고 했어. 미나에게 내가 유부남이라고 말하며 밀쳐냈지. 미나는 화가 나서 나갔어."

클라라는 돌처럼 굳은 채 남편을 바라보았다. 그런 일이 정말 일어났다고 믿고 싶지 않았다.

"정말로? 어떻게?" 클라라는 말을 더듬었다.

피가 아주 뜨거운 용암처럼 머리에서 끓었다. 얼굴은 점점 더 붉어졌다.

"그건 잔인한 일이야." 클라라가 말했다.

"나는 미나를 잘 안다고 생각했어. 이 못된 여자애는 겸손하고 과묵하고 순진한 척했구먼."

1시간 뒤 미나는 집에 돌아왔다. 클라라가 물었다.

"어디 있었니?"

"친구와 공원에서 산책했어요." 미나가 대답했다.

클라라는 천천히 말했다.

"나는 네가 그렇게 행동하리라고 전혀 짐작하지 못했어. 네가 내 남편을 유혹하려고 했지. 너는 창녀구나."

미나는 울음을 터뜨렸다.

'무슨 일이 일어났다고 어떻게 클라라에게 설명하지? 언니는 나를 믿지 않을 것이다.'

미나는 집을 나가려고 마음먹었다. 방에 들어가서 서둘러 옷을 가방에 넣고 집을 나왔다.

벨코와 빵

'내 인생은 운이 없어.'

벨코가 자주 하는 말이다. 벨코는 평범한 가정에서 태어났다. 아버지는 자동차 바퀴를 만드는 공장에서 일했고, 어머니는 재봉사였다. 벨코는 모범생은 아니었다. 학교에서 공부를 잘하려고 애는 썼으나 점수는 만족스럽지 못했다. 교과목 내용을 잘 기억하지 못했고, 수학·물리·화학을 전혀 이해하지 못했다.

중학교를 마친 뒤 직물공장에서 일했는데, 그 부서장은 어머니의 친척이었다. 하지만 벨코는 그 직업에도 적응할 수 없었다. 일하려고 했지만, 부서장이 말했다.

"그 아이는 매우 서툴러. 그래서 자신에게도 우리에게도 도움이 안 돼."

벨코는 직물공장 일을 그만두었다. 포도주 공장에 채용됐지만 거기서도 마찬가지로 일을 잘하지 못했다. 다른 직업을 구하려고 했으나 어디에서도 마땅한 일을 찾지 못했다. 부모님은 벨코가 언제 어디서 일자리를 찾을 수 있을지, 일하지 않고 어떻게 살아갈지 걱정했다.

어느 날 저녁, 벨코는 일자리를 찾아 다른 도시로 가겠다고 부모에게 말했다. 부모는 반대하지 않았다. 아버지는 아들에게 돈을 조금 쥐어 주면서 말했다.

"적당한 일자리를 얻지 못하면 집으로 돌아오너라. 일터에서는 너를 쫓아낼지 몰라도, 집에서는 누구도 너를 쫓아내지 않으니까. 고향 집 문은 항상 열려 있단다."

벨코는 출발했다. 기차를 타고 넓은 들판, 숲, 산을 지나갔다. 작은 도시에서 얼마간 일하고 다시 떠났다.

어느 날 아침 작은 산골에 도착했다. 태양이 빛나는 오월의 아침이었다. 하늘은 넓은 비단 천처럼 파랬다. 마을 근처 산은 잠시 쉬려고 누운, 등이 두 개인 커다란 낙타 같았다.

침묵과 평온함이 가득 찼다. 작은 도로 위에서 사람들을 거의 볼 수 없었다.

벨코는 산을 바라보면서 공원에 놓인 작은 의자에 걸터앉았다. 공원 옆 도로 쪽에 빵집이 하나 있는데 한 남자가 신선한 빵을 상자 가득 가지고 나왔다.

노인은 키가 크고 흰머리에 검뎅이처럼 새까만 눈동자를 가지고, 일흔 살가량 됐다. 상자를 힘겹게 옮기더니 그것들을 그리 크지 않은 자동차 안에 집어넣었다.

벨코는 그 빵집 남자를 도와주려고 마음먹고 의자에서 일어나 빵 가게 쪽으로 갔다.

"아저씨, 제가 도와드릴게요."

노인이 놀라서 벨코를 쳐다보더니 조금 주저하며 말했다.

"좋아요."

두 사람은 재빨리 상자를 자동차 안에 넣었다.

"빵을 어디로 배달하십니까?"

벨코가 물었다.

"산에 있는 마을로."

"제가 도우러 따라갈게요." 벨코가 제안했다.

노인은 다시 조금 망설였다.

"좋아요." 노인이 말했다.

"내 일을 돕는 사람이 있었는데 결혼하더니 다른 도시로 갔어요."

노인과 벨코는 차를 타고 출발했다. 오솔길은 무성한 소나무 숲을 꼬불꼬불 지나 자꾸만 위쪽으로 더 위로 이어졌다.

"여기에 마을이 몇 개 있어요."

노인이 말했다.

"그곳에는 사람들이 별로 안 살지만, 빵 없이는 못 사니까 이곳까지 배달을 하지요. 그런데 이름이 뭐요?"

"벨코입니다."

"내 이름은 **나이덴**이요. 젊은이는 이 고장 사람이 아닌 것 같은데."

"예."

"소풍 나왔나요?"

"아니요." 벨코가 대답했다.

"전 이렇게 작고 조용한 도시에 살고 싶어요."

"이상하네. 요즘 젊은이들은 대부분 대도시에 나가서 살고 싶어 하는데……. 누구든 외국에서 살고 싶어 하죠."

"저는 큰 도시를 좋아하지 않아요."

벨코가 말했다. 나이덴은 벨코를 바라보더니 조금 쉬었다가 말했다.

"우리 마을에서는 집을 손쉽게 구할 수가 있을 거요. 젊은이가 원한다면 내 빵집에서 일해도 되고요."

"그럼, 빵굽는 기술을 배울 수도 있을까요?"

"그럼요. 가르쳐 드리리다."

나이덴과 벨코는 빵을 마을에 배달하고 작은 마을로 돌아왔다.

"우리 집에서 지내보시구려."

나이덴이 권유했다.

"아들과 며느리는 스페인에서 살아요. 그래서 집에는 나와 아내 둘밖에 없어요."

"감사합니다."

이날부터 벨코는 나이덴의 집에서 살게 되었고, 빵집에서 일했다. 벨코는 일을 잘하는지 전혀 확신하지 못하지만 조금씩 파스타를 반죽하고 빵 굽는 기술을 익혔다.

언제나처럼 벨코는 빵 굽는 사람이 되는 꿈을 꾸었다. 신선하게 구워진 빵 냄새가 매력적이며 벨코를 기쁘게 했다. 나이덴이 말했다.

"빵에도 영혼이 깃들어 있는 것 같아. 빵은 작은 어린아이 같아. 맛있게 만들려면 주의를 집중해서 반죽을 잘해야 해요."

빵 기술자가 빵을 사랑하며 만들어내는 것처럼, 부모들도 마찬가지로 사랑으로 어린아이를 교육한다. 벨코도 사랑하며 일했다.

파스타는 손에서 숨을 쉬는 것 같았고, 빵은 마치 살아있는 듯했다. 파스타가 익고, 빵이 구워져서 밝은 갈색 빵 덩어리가 벨코를 기쁘게 한다.

"벨코, 넌 나보다 빵을 더 잘 만들어"

나이덴이 말했다. 늙은 빵 기술자의 이 말이 벨코를 행복하게 했다. 벨코는 이제 적합한 일거리를 찾아다니는 미숙한 젊은이가 아님을 알았다. 맛 좋고 몸에 좋은 빵 만드는 법을 잘 알고 있다.

철(鐵) 새

그들이 알게 되었을 때 봄은 놀라운 새처럼 온갖 날개를 펼쳤다. 하늘은 파랗고 풀밭은 푸르고 나무는 꽃을 피웠다.

마르가리타는 키가 작고 날씬하여 여린 묘목과 같다. 갈색 눈동자에 장미 꽃봉오리 같은 입술을 가졌다. 머리카락은 파도처럼 어깨를 덮었다.

로젠과 마르가리타는 같은 학교에서 공부하지만, 반은 다르다. 3월 초에 학교에서는 문학 경연대회를 개최했는데 두 사람은 거기 참가했다.

경연대회의 주제는 '꽃들의 세계와 아름다움' 이었다. 이미 어릴 때부터 로젠은 글을 썼지만, 누구에게도 그것을 보여줄 용기가 없었다.

슬플 때 또는 뭔가가 강하게 인상적일 때 공원에 앉아 글을 썼다. 단어들은 급류처럼 흘러갔다.

마치 누군가가 그것들을 로젠에게 읽어 주는 것 같았다.

글을 쓰기 시작하면 어느새 시가 하얀 종이 위에 나타났다.

로젠은 시가 적혀 있는 공책을 벌써 몇 권이나 가지고 있다. 감정, 상상, 꿈, 그리움이 이런 시들에 담겨있다. 문학 경연대회의 결과가 나왔을 때 로젠은 깜짝 놀랐다. 시가 입상되리라고 짐작조차 못했다. 2등 상을 받았다.

이것은 첫 번째 시의 성공이었다.

마르가리타는 1등 상을 받았다.

그렇게 문학 경연대회 덕분에 로젠과 마르가리타는 알게 되었다. 그들은 매일 수업이 끝나고 조용하고 편안해서 매력적인 주거지역 공원에서 만나기 시작했다. 그들은 오래된 밤나무 가지 아래 있는 의자에 앉아 자기들의 시를 서로 읽었다.

이 순간이 로젠의 삶에서 가장 아름다웠다.

마르가리타의 가락 있는 목소리를 듣고, 마치 넓은 들, 높은 산, 바다의 파도, 황금빛으로 찬란한 석양을 보는 듯했다.

공원에 옛 성당이 있는데 갈매기처럼 하얗고 그렇게 크지는 않다. 성당의 둥근 지붕 위에는 철로 된 십자가와 철새가 서있다.

로젠은 자주 새를 바라보고 그것이 비둘기인지 독수리인지 궁금했다. 그것은 비둘기를 더 닮았다.

하지만 철새가 왜 성당 둥근 지붕 위에 있으며 무엇을 상징할까?

그것이 로젠의 환상을 건드렸다.

다른 성당의 둥근 지붕 위에서는 새를 보지 못했다.

그것을 쳐다보면서 수수께끼 같고 신비롭게 보이는 이 철새에 관해 시를 꼭 쓰겠다고 깊이 생각했다.

한번은 마르가리타에게 물었다.

"철(鐵) 새를 볼 때 무슨 생각이 드니?"

마르가리타의 갈색 눈은 야릇하게 빛났다.

로젠을 바라보더니 말했다.

"너를 생각해. 공원에 와서 새를 보고 몇 분 뒤면 너를 보게 될 것을 알아."

"너와 나, 철새에 관해 시를 쓰자." 로젠이 제안했다. "아주 좋아." 마르가리타가 동의했다.

"아마 너만이 이 새에 관해 시를 쓸 거야.
다른 사람들은 분명 그것을 알아차리지 못하니까."
"그것은 우리의 새야."
마르가리타가 말했다.

어느 밤 6월 초에 성당에 큰불이 났다. 촛불 끄는 것을 잊은 게 원인 같았다. 커다란 불꽃이 하늘까지 뻗었다. 많은 사람이 모이고 소방대가 왔지만 불을 끄지 못했다.

다음 날 마르가리타와 로젠은 다시 공원으로 갔다. 하얗던 성당은 화재로 검게 타고 벽만 남았다. 철로 된 십자가와 새가 있던 둥근 지붕 위에는 아무것도 없었다.

"우리 새가 사라졌어."
슬프게 마르가리타가 속삭였다.
"아니야."
로젠이 말했다.

"그것은 멀리 날아가서 우리가 다시 건물을 지으면 돌아올 거야. 그것은 정말 우리의 새야. 꼭 우리에게 돌아올 거야."
"그래!"
마르가리타가 말했다. 그리고 로젠을 껴안고 살며시 입맞춤했다.

입맞춤에 로젠은 마치 행복한 새처럼 날아갔다.

연

해가 쬐는 봄날 아침에, **파벨**은 울타리를 자르려고 가위를 찾아 마당에 있는 낡은 오두막으로 들어갔다. 좁은 장소에는 수년간 말없이 그대로 정원 가꾸는 도구들이 놓여 있었다. 먼지가 뒤덮인 나무 선반 위에 집게, 드라이버, 톱, 도끼, 대패, 녹슨 못 등이 있었다. 이 모든 것은 파벨의 아버지가 모아 놓았다.

선반 위에 가지런히 정리된 다양한 도구들은 아버지가 언젠가 살았고, 일했고, 자신의 가정과 가족과 정원과 집과 마당과 과일나무를 돌보았다는 유일한 증거였다. 사람은 사라져가고 없지만 일할 때 사용한 연장들은 남아 있다고 파벨은 생각에 젖었다.

파벨은 가위를 찾지 못했지만, 오두막에 남겨진 모든 것을 자세히 살펴보았다. 한구석에서 어릴 적에 타던 자전거를 찾아냈다. 몸을 구부려서 자전거 옆에 끼여 있는 연도 꺼냈다. 마치 따뜻한 바람이 얼굴을 어루만지듯 많은 기억이 바로 그 안에서 깨어났다.

그때 파벨은 초등학교 3학년생이었는데, 연을 무척 갖고 싶었다. 다른 아이들은 연을 가지고 있어 파벨은 자주 애들이 노는 걸 구경만 했다. 아이들이 달리면 형형색색 연들이 하늘 높이 날았다.

"좋아."

한 번은 아버지가 말씀하셨다.

"내가 연을 만들어 줄게."

아마 그때 아버지는 파벨과 마찬가지로 연날리기를 보고 싶어 하셨다. 커다란 열정으로 아버지는 연을 만들기 시작하셨다. 아버지는 마른 대나무와 커다란 눈과 붉고 작은 코를 가진 어린이 얼굴이 그려진 양피지를 고르셨다.

파벨은 아버지가 어떻게 일하는지 보았고, 연을 들고 날리려고 안절부절못했다. 연이 다 만들어지자 파벨과 아버지는 거리로 나갔다. 파벨은 끈을 꼭 쥐고 마구 달렸다. 연은 조금씩 공중으로 떠오르더니 몇 초 후에 땅으로 떨어졌다. 파벨은 화가 났지만, 다시 달렸다. 연은 다시 조금 높이 뜨더니 또 땅에 곤두박질쳤다. 아마도 제대로 만들어지지 않았던 것이다.

아버지도 왜 연이 날아오르지 않는지 알지 못하셨다. 아버지는 연을 잡고 더 가벼운 대나무로 바꿨지만, 연은 다시 날아오르지 못했다.

마침내 아버지는 연에 더 신경을 쓸 수 없으셨다. 아버지는 파벨에게 단지 이렇게 말씀하셨다.

"파벨, 날아오르려면 자유로워야 해. 우리 연은 끈에 묶여 있어. 그래서 날지 못하는거야."

연날리기를 시도하다 실패한 뒤로 파벨은 연을 까맣게 잊었다. 하지만 아버지는 연을 정원 한구석에 두었고 지금 파벨이 연을 찾아낸 것이다.

낡은 연을 들고 오두막을 나왔다. 밖에는 실바람이 살랑 불고 있었다. 파벨은 연이 날아가는지 보고 싶어졌다.

끈을 잡고 발걸음을 몇 번 빠르게 했는데 기적처럼 연이 날기 시작했다. 그것이 어떻게 나는지 보려고 머리를 들고 끈을 놓았다. 연은 빠르게 하늘 위로 높이 날았다. 연은 점점 더 높이 날았다.

파벨이 연을 멀리 바라다 보자 아버지가 연 위에 그려놓은 어린이 얼굴이 웃는 것처럼 보였다.

연은 날아가서 아주 작게 되었다. 파벨은 아버지의 말을 기억했다.

"날아오르려면 자유로워야 해. 묶인 사람은 날 수 없어. 자유로운 사람만 날고 그런 사람만 용기 있게 꿈을 이룰 수 있어."

기적

스탄코는 항상 마을 술집에 가서 자주 취한다. 거기서 술꾼 몇 명이 왁자지껄 소란스럽게 말다툼을 해서 술집 주인 반코 아저씨가 야단을 쳤다.

스탄코는 술에 취하면 공격적이고 무례해졌다. 키가 홀쭉하게 크고 항상 낡은 옷을 입었다. 원래는 하얬지만 얼룩진 바지에, 지금은 더러워 회색처럼 보이는 셔츠를 걸쳤다. 길게 기른 검은 수염에 가려 얼굴은 거의 보이지 않고, 눈은 흐리멍텅하고, 붉은스름한 코끝을 봐서 금세 술꾼인 걸 알아차린다.

스탄코와 **야센**은 동창이고 고층 집에 이웃해서 살았다. 스탄코는 학생일 때 공부를 잘하는 편이 아니었지만, 과묵하고 순종적이었다.

학교를 마친 뒤에 스탄코는 공장에서 일하고, 결혼해서 아들을 두었는데, 자기도 모르는 새 술을 가까이했다.

때로 야센은 거리에서 혹은 집 계단에서 스탄코를 마주쳤다. 그런데 최근 2주간 야센은 스탄코를 보지 못했다.

'무슨 일이지?'

궁금했다. 한 번은 야센이 일터에서 돌아올 때 스탄코가 반대편 거리에서 걷는 모습을 보았다. 그때 스탄코는 천천히 걸어갔는데, 전혀 술에 취하지 않았다. 야센은 무척 놀랐다. 스탄코는 면도해서 수염도 없었고, 밝은 새 청바지에 노란 셔츠와 갈색 점퍼를 입었다.

"안녕!"

스탄코가 먼저 야센에게 인사했다.

"안녕, 스탄코."

야센이 대답했다.

"아주 다른 사람이 된 거 같구나."

"그래?"

스탄코가 말했다.

"무슨 일 있었니?"

스탄코는 마치 대답을 망설이듯, 아니면 아마 뭔가를 기억하려는 듯 조금 잠잠하더니 말을 꺼냈다.

"그동안 너무 많이 마셨어."

스탄코가 말했다.

"너도 알잖아. 3주 전에 술에 취해 집에 들어갔더니 5학년에 다니는 아들 **블라드**가 나를 보더니 말했어. '아버지는 또 취하셨네요' 라고 나는 그 애를 때리려고 팔을 들었지. 그런데 그 순간, 뭔가 강한 힘이 내 팔을 잡아당겨 움직일 수가 없었어. 그때 몸을 돌리는 순간, 엄마를 봤어. 내 뒤에서 팔을 붙잡은 사람은 엄마였어. 너도 알다시피 엄마는 3년 전에 돌아가셨어. 난 돌처럼 굳었지. 엄마는 내 뒤에서 오른팔을 잡고서 내가 블라드를 때리도록 내버려두지 않으셨어, 엄마는 화가 나서 조용히 나를 보셨지. 나도 몇 초 동안 엄마를 쳐다봤어. 그러다가 엄마는 갑자기 사라졌어. 그 일이 진짜 일어났는지 아무도 믿지 않아. 하지만 엄마의 화난 눈빛을 잊을 수 없어. 그날부터 며칠간 밤잠을 자지 못했어. 침대에 움직이지 않고 누워 있었어. 그날 이후 술집에 갈 힘이 없어졌어. 거기 가려고 했는데 출발할 때 발이 떨렸지."

야센은 소리를 내며 웃으려고 하면서 들었지만, 스탄코가
이야기한 내용은 웃을 만한 것은 아니었다.
정말로 스탄코는 벌써 완전히 다른 사람이었다.

미친 사람의 숲

마을 변두리 펠리노보로 고속도로 주변에 **시모** 할아버지가 예전에 살던 낡은 집 한 채가 있었다. 몇 년 전에 할아버지가 돌아가신 이후로 집에는 아무도 살지 않았다.

집은 거지처럼 초라하게 고속도로 주변에 놓였다.

마당에는 높이 솟은 소나무가 섰다. 수년 동안 집 위 지붕은 기울어졌고 2층 철로 된 난간은 녹슬었다. 벽 위 흙은 여기저기 떨어져 속의 **빨간** 벽돌이 내비쳤다. 고속도로를 지나는 마을 사람들이 집 쳐다보기를 피했다. 거기에 흡혈귀가 산다는 소문이 돌아서였다.

흡혈귀에 관해 누가 이야기했는지 아무도 모르지만, 밤에 집에서 아이 울음소리가 들리고 달이 보이지 않고 하늘이 석탄처럼 검을 때 녹슨 철 난간 위에 하늘로 뻗은 팔 모양의 그림자가 나타난다고 했다.

어느 저녁 9월의 마지막에 마을 촌장 **미하일 데네브**는 차를 타고 가까운 도시에서 돌아왔다. 촌장은 천천히 운전했다. 폭풍우처럼 비가 내렸다. 눈을 멀게 할 만큼 강한 번개가 하늘을 쩍 자르고, 천둥소리가 우르르 쾅쾅 울렸다.

미하일이 한적한 그 집에 가까이 가자 1층 창문 하나가 열린 듯 보였다. 그곳 방에서 빛이 새어 나왔다. 하지만 그 빛은 희미했다. 신기루라고 여기고, 창을 더 자세히 살펴보면서 차 속도를 늦추었다. 정말로 방에는 빛이 비쳤다.

미하일은 그곳에 흡혈귀가 헤맨다는 건 헛소문이라고 믿었기에 다음 날 누가 사는지 점검해보리라고 마음먹었다.

아침 9시에 촌장은 그 집으로 갔다. 집에 들어가면서 주의하여 밖을 살펴보았다. 이 집 소유자였던 돌아가신 시모 할아버지에게는 자식이나 친척이 없었다는 걸 알았다. 마당으로 들어가서 천천히 집으로 가까이 다가갔고, 문 앞에 멈춰 섰다가 조심해서 들어갔다. 집 안에는 아무 소리도 들리지 않고 고요했다.

미하일이 문을 두드리려고 몸짓을 하는 그때, 갑자기 문이 열리더니 한 남자가 불쑥 나왔다. 훤칠한 몸매에 건장해 보이고, 흰 머릿결에 강철색 눈빛을 한 남자였다. 미하일은 놀라서 뒤로 주춤했다.

남자는 살피듯 바라봤다. 두 사람은 잠시 잠잠했다가 미하엘이 먼저 물었다.

"누구십니까?"

남자는 천천히 똑같이 되물었다.

"뉘십니까?"

"저는 마을 촌장입니다."

미하일이 대답했다.

"왜 이 집에 계십니까?"

"그것이 촌장과 무슨 관계가 있나요?"

남자는 집으로 들어가면서 대답하고 문을 닫아버렸다. 미하일은 움직이지 않고 그대로 서 있었다. 어떻게 행동할지 몇 초 동안 생각하다가 그냥 돌아가기로 마음먹었다.

'이 남자가 누군지 반드시 알아낼 거야.'

미하일은 혼자 중얼거렸다.

마을에서는, 흡혈귀의 집에 어떤 남자가 살고 있다는 소문이 빠르게 퍼졌다. 호기심이 많은 마을 사람은 그 사람이 누군지, 어디에서 이 마을까지 굴러들어왔는지, 이 오래되고 거의 무너지다시피 한 집에서 왜 사는지, 몹시 궁금했다.

촌장은 이상한 남자에 관해 뒷조사를 조사했지만, 아무것도 알아내지 못했다. 남자는 노숙자 같지는 않았다.

'분명 우연히 집에 있는 것은 아닐 거야.'

미하일은 혼잣말했다.

'아마 시모 할아버지의 먼 친척일 테지. 정말 모르는 남자를 낯선 집에 살려고 할 수 없다. 여기에 아무도 살지 않는다는 걸 분명 알아.'

한번은 미하일이 마을 가게에서 그 남자를 보고 다시 말을 걸려고 했지만, 남자는 미하일을 쳐다보지도 않고 지나쳐갔다.

조금씩 마을 사람들은 낯선 남자에 관한 흥미를 잃어갔다. 남자를 마을 가게에서 보거나 마을 광장을 지나가는 것을 자주 보았다.

어느 날 남자는 마을 언덕에 나무를 심기 시작했다. 소나무였다. 이상한 남자가 작은 나무를 그저 한두 그루 심을 걸로 추측했던 마을 사람들은 무척 놀랐다.

몇 년 전에 이 언덕은 무성한 소나무 숲이었는데, 큰불이 나서 숲이 다 불타 없어졌다. 그때부터 언덕에는 나무가 없는 민둥산이 되었다. 그런데 지금 그 이상한 사람이 나무를 심었다. 그건 정말 이해할 수 없고 정말 이상했다.

"그 사람이 나무를 심는대. 자기가 사는 집을 수리하기도 전에."

마을 사람들이 수군거렸다. 사람들은 도저히 이해할 수 없자 그저 미친 사람 취급을 하고 그렇게 불렀다.

남자가 마을 가게에 들르거나 광장을 서성거리면 모두 피하고 조금 무서워했다.

보면서 "미친놈이 온다." 라고 말했다.

마을에 **게로**라는 정신이 이상한 청년이 살았다. 보통 광장 마을 우물 옆에서 하루를 보냈다. 게로는 가까이 다가오는 그 남자를 볼 때마다 소리쳤다.

"그 사람은 미친 사람이 아니다! 여기 사는 당신들이 모두 미친 사람이다!"

마을 사람들은 웃기만 했다.

몇 년 전부터 마을 언덕에 사람들이 '미친 사람의 숲'이라고 부르는 아름다운 소나무 숲이 만들어졌다.

극장 입장권 두 장

딩코는 늙은 연금수급권자다.

매일 오후 공원에 와서 의자에 앉아 지나가는 사람들을 바라본다.

남녀 젊은이, 학생, 대학생, 그리고 분명히 근처 사무실에서 일하는 남자와 여자들이다.

그들은 서둘러 종종걸음을 치느라 말없이 가만히 있어 조각품 같은 딩코를 전혀 알아차리지 못한다.

조각품은 아무것도 필요치 않다.

정말 은퇴한 뒤 딩코는 아무것도 필요로 하지 않는다. 돈도, 오래전에 딩코를 잊어버린 지인과 만남도 필요가 없다.

하루가 어느새 천천히 지나가 길고 무거운 철 체인처럼 연결돼 오늘이 화요일인지 수요일인지 궁금할 정도다.

언젠가 공원 의자에서 화단의 꽃을 바라보며 조용히 앉아 있을 때 젊은이가 앞에 서더니 상냥하게 인사했다.

"안녕하십니까? **밀로브** 선생님." 딩코는 놀라서 생판 처음 본 듯한 젊은이를 쳐다보았다.

'어디서 내 이름을 알았을까?' 딩코는 궁금했다.

"저를 못 알아보시겠죠?" 젊은이가 살짝 웃었다.

"잘 몰라요." 딩코가 미안해하며 솔직하게 말했다.

"저는 **베스코**입니다.

입장권 없이 일요일에 극장 공연을 보도록 허락해 주셨던 남자아이입니다."

그제야 딩코의 기억엔 오래전에 잊었던 장면이 눈앞에 나타났다. 몇 년 전만 해도 딩코는 극장 배우였다.

당시 거의 모든 연극에서 웃긴 역할을 했는데 어린이 연극에서도 마찬가지였다.

가끔 일요일에 어린이 공연이 있었다. 극장 입구 앞에는 안으로 들어가려고 부모와 어린이들이 줄지어 서 있었다. 그 당시 남녀 배우들은 극장 입구에서 손님들을 맞이하면서 '환영해요! 즐거운 시간 보내세요!' 라는 말로 관객에게 인사했다.

딩코는 문 옆에서 부모와 어린이들이 서둘러 들어가도록 안내했다. 거의 모두 들어갔을 때, 딩코는 문 앞에 남자아이가 서 있는 것을 알아차렸다. 검은 머리카락에 올리브처럼 크고 어두운 눈을 가진 아이였다.

"왜 안 들어가니?" 딩코가 물었다.

"입장권이 없어요."

"부모님이 입장권을 사지 않았니?"

"안 샀어요."

"왜?"

"부모님이 여기 안 계세요. 스페인에서 일해요."

"그럼 누가 너를 돌보니?" 딩코가 남자아이를 쳐다보았다.

"할머니요."

"할머니가 분명 입장권을 살 수 있을 테니 연극을 보러 같이 와라."

"할머니께서 어린이 연극을 좋아하지 않는다고 말씀하셨어요." 남자아이가 조용히 대답했다.

"이름이 뭐니?"

"베스코예요."

"알았다. 베스코야! 들어가서 연극을 보렴." 딩코가 말하고 손으로 극장 안으로 남자아이를 안내했다.

"입장권 없이요?" 베스코가 놀라서 물었다.

"그래, 입장권 없이. 내가 허락할게."

이미 눈물 속에서 헤엄치던 베스코의 커다란 올리브 눈은 기쁨으로 빛이 났다. 2주 뒤 베스코는 다시 극장 앞에 섰고 딩코는 또 입장권 없이 들어가도록 허락해 주었다. 그것이 몇 번 되풀이 되었다. 베스코는 연극을 아주 좋아해서 어린이 연극을 모조리 보기를 원했다.

"베스코야. 이미 성인이 되었구나. 무슨 일을 하고 있니?" 딩코가 말했다.

"저는 배우예요. 밀레브 선생님. 언젠가 선생님이 활동했던 그 극장에서 지금 배우로 일합니다.

몇 번 여기 공원에서 선생님을 보았어요. 오늘 말을 걸고 선생님과 아내분을 위해 오늘 밤 연극 공연 입장권 두 장을 드리려고 마음먹었어요.

저를 보러 와 주신다면 기쁘겠습니다."

"고맙다. 베스코야. 반드시 갈 거야. 하지만 유감스럽게도 아내는 몇 년 전에 죽었어. 그래서 내 친구와 함께 갈게."

딩코는 말하면서 자기 눈에 눈물이 고이는 걸 느꼈다. 아주 오래전에 극장 문 앞에 혼자 서 있을 때 베스코의 커다란 올리브 눈에 담긴 눈물과 같이….

식당 라구노

블라디미르는 행복했다.

가장 큰 소망인 식당을 갖는 것이 이루어졌다.

학생이었을 때 쉬는 날이면 과자 가게에서 점원으로 일했다.

때로 집에서 요리하기를 좋아해 맛있는 먹을 것을 요리했다.

식당 라구노는 크지 않지만 잘 꾸몄다.

탁자 위에는 예쁜 색깔의 식탁보와 신선한 꽃이 담긴 꽃병이 있다.

첫날에 적은 사람이 식당에 왔지만, 블라디미르는 식당이 조금씩 더 유명해지리라고 믿었다.

국과 주요리와 후식으로 이루어진 훌륭한 점심 메뉴를 만들었다.

이웃 사무실 직원들이 식당에서 점심을 먹기 시작해서 머지않아 더 많은 사람이 오리라고 기대했다.

때론 노인들도 오지만 그들은 오로지 국과 샐러드만 먹었다.

정말로 노인들은 돈이 충분하지 않다.

그것이 물론 종업원 이반의 마음에 들지 않았다.

노인들에게서 음료숫값을 받지 못하므로

한 번은 식당에 할머니가 들어오셨는데

아마 여든쯤 되고 지적이며 교양있게 보였다.

예전에는 빨갛지만, 지금은 낡아서 거의 바랜 오래된 외투를 입었다.

검은 신발은 다 낡았지만 깨끗했다.

조용한 태도를 보면서 블라디미르는 할머니가 아마 교사였으리라고 짐작했다.

할머니는 탁자에 앉아 종업원 이반이 무엇을 원하느냐고 물을 때 말했다.

"국과 빵을 조금만 주세요."

이반은 서둘러 국을 제공했다.

노인은 배가 고픈 것처럼 보였지만 맛있는 국을 즐기면서 자세히 그리고 천천히 먹으려고 애썼다.

점심을 마치고 값을 치르려고

이반을 부르는 몸짓을 했다.

점원이 오자 할머니는 지갑에서 동전을 꺼내 계산하기 시작했다.

두 번 그것을 계산했다.

이반은 옆에서 조급했다.

할머니가 말했다. "미안해요. 점심값을 치르기에 돈이 부족해요.

내가 약국에 가서 약을 사느라 잘 계산하지 못했어요."

이반은 어이가 없다는 듯 쳐다보았다.

할머니는 큰 잘못을 한 어린이처럼 고개를 숙였다.

이 순간 블라디미르는 그들에게 가까이 가서 말했다.

"제가 여사님 점심값을 낼게요."

"고마워요. 정말 감사해요. 처음 있는 일입니다.

내가 약국에 갔는데 계산을 제대로 못 해 돈이 충분하지 않네요."

목소리와 눈빛에는 깊은 감사의 마음이 있었다. 노인은 일어나 천천히 문으로 나갔다.

블라디미르는 노인을 보면서 '아마 혼자 사시겠지.' 하고 짐작했다.

다른 도시에 혼자 사시는 자기 어머니 같았다.

나쁜 소식

조용한 파도가 물결치는 끝없이 파란 바다는 마치 시작도 없고 끝도 없이 시를 읊조리는 것 같다. 이 편안한 9월 오후, 프로단 아저씨는 어부의 오두막 앞에 앉아 바다를 바라보는 걸 좋아한다.

'나는 한없이 바다를 바라볼 수 있어.'

프로단은 늘 말했다.

'바다는 항상 달라. 성내고 화내거나, 자는 소녀처럼 조용하거나, 걱정 없이 바닷가를 뛰어다니는 맨발의 개구쟁이처럼 장난스럽지.'

프로단 아저씨는 가을날과 조용한 바다를 즐긴다. 바다가 없는 삶은 지루하고 잿빛이다. 해는 서서히 지고, 바다의 파도 위에서 구릿빛이나 황금 같은 빛이 춤을 춘다.

이곳 바닷가에 작은 어부 마을이 있고, 오두막들은 말이 없이 서로 다닥다닥 붙어 있다. 오두막 옆 부두에는 어부들의 배가 묶여 있다. 배 이름은 모두 평범치 않고 환상적이다.

'날아가는 돌고래, 황금 요정, 용감한 상어, 하늘빛 해만.'

오두막에는 침대, 난로, 탁자, 선반이 하나씩 딸렸다. 여름 내내 어부들은 오두막에서 지낸다. 이른 아침 해 뜨기 전에 어부들은 배를 타고 물고기를 잡으러 바다로 나간다. 한낮에 돌아오는데, 어부들은 그물 가득 잡아온 생선을 상인들에게 판다. 저녁이면 오두막 앞 희미한 등불 아래 어부들은 습관적으로 모여들어 빙 둘러 앉는다. 수다떨거나 음식을 먹고, 마음까지 데워 주는 직접 담근 강한 브랜디를 마신다. 여름날 저녁이면 바다는 마치 어부들의 놀라운 이야기를 엿듣는 것 같다.

이곳 어부 마을에 사는 사람들은 대가족 한식구 같다. 어부들은 서로 존중하고 서로 돕는다. 대부분 나이 든 남자들이고 연금수급권자이지만, 모두 바다를 사랑하고 바다를 멀리 떠나서는 살 수 없다. 그들 중 일부는 선원이고, 다른 이들은 어부이며, 또 다른 이들은 어릴 때부터 고기 잡이를 좋아했다.

프로단 아저씨는 열정 넘치는 어부다. 고등학교에서 문학을 가르치는 교사였지만, 자유 시간이 되면 항상 고기를 잡았다.

어느덧 세월이 흘렀다. 프로단 아저씨의 딸 **게르가나**는 결혼해서 아들 둘을 낳았다. 프로단 아저씨의 아내 **안나**는 죽어서, 지금 유일한 기쁨은 외손자들이다. 프로단 아저씨가 게르가나 가족과 함께 사는 집은 그리 크지 않아 아저씨는 딸에게 말했다.

"나는 바닷가 오두막에서 살 거야."

"하지만 아빠."

곧 게르가나가 대꾸했다.

"거기서 사시게 할 수는 없어요. 이웃들은 제가 아빠를 내쫓았다고 수군거릴 거라고요."

"이웃들은 내가 열렬한 어부인 걸 다 알아. 나의 가장 큰 즐거움은 바닷가에서 사는 거야."

"하지만 거기서 어떻게 지내실 거예요?"

"오두막엔 침대, 탁자, 난로, 냉장고, 욕실이 딸렸잖니. 파도 소리를 들으며 물고기와 해초 냄새를 맡으며 거기서 잘 지낼 수 있어."

프로단 아저씨는 오두막에서 살게 됐다. 오두막으로 좋아하는 책 몇 권을 가져 왔다.

톨스토이의 『전쟁과 평화』, 세르반테스의 『돈키호테』, 셰익스피어의 희곡들. 그 책을 습관적으로 계속 읽었다. 일요일마다 게르가나는 남편 **이그낫**, 자식들과 오두막으로 프로단 아저씨를 찾아왔다. 거기서 그들은 점심을 먹었다. 프로단 아저씨는 맛있는 생선구이를 하고, 물고기를 튀기고, 토마토와 오이로 샐러드를 만들었다.

게르가나의 남편 이그낫은 시청 기술직 공무원인데 때로 프로단 아저씨에게 와서 함께 낚시를 했다. 프로단 아저씨는 사위에게 어부의 그물 엮는 법을 가르쳐 주고, 자기 기억을 이야기했다.

이번 가을에도 따뜻한 오후에 오두막 앞에 앉아 바다를 보고 있다. 파도는 리듬를 타며 프로단 아저씨의 배 '아름다운 게르가나'를 흔든다. 어부 마을을 낀 해만(海灣)은 멋지다. 오른쪽으로는 바위가 보이고 그 뒤로는 시끄러운 세계에서 벗어나 해만에 숨겨진 숲에 나무가 무성하다.

"여기가 천국의 한 모퉁이다."

프로단 아저씨는 자주 감탄하듯 말했다. 앉아있으면 마치 깊은 바다 속에서 헤엄쳐 나온 인어에 얽힌 신기한 노래를 듣는 듯했다.

언젠가 젊었을 때 시를 쓰려 했지만, 진짜 시인이 될 능력이 없다는 깨달았다.

앉아서 발걸음 소리를 들었다. 누가 오두막으로 왔다. 사위 이그낫이었다.

"안녕하세요."

이그낫이 인사했다.

"안녕"

프로단 아저씨가 대답했다.

"무슨 일이니?"

이그낫은 보통 일요일에만 이곳에 온다. 오늘은 화요일이다. 그것이 프로단 아저씨를 불안하게 했다.

"집에 모두 잘 지내니?"

프로단 아저씨가 물었다.

"아이들은 건강하고?"

"모두 잘 지냅니다."

이그낫이 대답했다.

"하지만 나쁜 소식을 알리려고 왔습니다."

"뭐?"

프로단 아저씨는 걱정스럽게 바라보았다.

"어부 마을을 철거하라는 명령이 나왔어요. 시청에서 오래 전부터 그 계획을 세워 이제 벌써 시장 지시가 있고 곧 여기 오두막이 철거될 거예요."

이그낫이 말했다.

"왜?"

프로단 아저씨는 이해하지 못하고 파란 눈동자가 어두워졌다.

"여기에 대형 항구가 지어질 거예요."

이그낫이 설명했다.

"정말로?"

"유감입니다. 알다시피 저는 시청 기술직 공무원이지만 반대할 수 없어요."

"그럼, 너는 나쁜 소식의 배달부구나."

프로단 아저씨는 슬프게 사위를 바라보았다.

"예, 유감입니다."

"바다 없이, 물고기 없이, 나는 살 수 없어. 사람들이 우리를 내쫓을 거야. 여기 모든 것이 없어지겠지. 오두막, 배, 부두. 우리는 바다에 빠질 거야."

프로단 아저씨가 작은 소리로 말했다.

이그낫은 바다를 바라보고 말이 없다.

하지만 아무것도 할 수 없다.

의사

우리가 결코 잊을 수 없는 날이 있다. 내 아내 **리나**는 임신한 상태였는데, 의사는 3주 뒤에나 아이를 낳을 거라고 했다.

우리는 수도에 살았지만, 아내는 자기 부모님이 사는 부르고 시에서 아이를 낳고 싶어했다.

"나는 부르고에서 아이를 낳을 거야."

리나가 말했다.

"아이를 낳으면 엄마가 아이 돌보는 걸 도와주실 테니까."

그때 난 학생이라 아내가 어느 도시에서 애를 낳든 중요치 않다고 생각했다.

우리는 기차를 타고 부르고로 갔다. 아내가 기차로 여행하는 편이 더 편리하고 좋다고 말해서였다. 6월 낮기온은 그리 덥지 않아서 여행하기엔 좋다고 생각했다.

열차 내 객실에는 다섯 명이 앉아 있었다. 리나와 나, 서른다섯 살쯤 먹은 남자, 열아홉이나 스무 살 먹은 아가씨 둘. 기차는 넓고 푸른 들판을 가로질러 가고, 나는 차창 밖 볼거리를 바라보았다. 아내는 내 옆에 앉아서 손으로 자기의 커다란 배를 만지작거렸다. 말은 없지만 지루한 듯 보였다.

기차가 필리포폴리스 마을 기차역에서 멈췄다가 10분 뒤 스타라가라 마을인 다음 기차역으로 출발했다.

그때 갑자기 리나가 소리를 질렀다. 나는 벌떡 일어났다.

"무슨 일이야?"

불안해서 물었다.

"아기가 나오려고 해."

아내가 한숨을 쉬었다. 나는 정신이 멍했다.

"정말? 의사가 3주 뒤에나 낳을 거라고 했는데."

"그래, 하지만."

나는 아내를 바라보았지만 놀라움과 두려움에 어떤 소리도 입으로 내지 못했다.

"무엇을 해야 하지?"

나는 숲을 지나가고 있는 기차를 세우려고 했다. 아내는 벌써 고통스럽게 숨을 쉬었다. 우리 건너편에 앉아 있던 남자가 리나를 바라보더니 말했다.

"안심하세요. 내가 의사입니다. 도와 드릴게요."

나는 서서 움직이지 않았다. 남자는 전혀 모르는 사람이다. 진짜 의사인지 나는 모른다. 그러나 리나는 작게 속삭였다.

"도와주세요, 선생님!"

남자는 일어서더니 지시했다.

"모두 객실에서 나가세요."

의사는 내게 몸을 돌리고 덧붙였다.

"남편은 여기 있어요. 하지만 먼저 기차 책임자에게 가서 스타라가라 기차역에 전화해서 구급차를 부르라고 하세요."

남자는 자기 가방에서 화장수(化粧水)를 꺼내더니 자기 손을 소독했다. 나중에 셔츠를 집어 들고 그것을 찢었다.

나는 기차 책임자를 찾으러 서둘러 나갔다.

돌아와 객실 문 옆에 섰다. 안에서는 아내가 소리쳐 내 마음은 찢어지는 것 같았다. 간신히 숨을 쉬었다. 아이를 낳는데 얼마나 시간이 걸렸는지 기억하지 못한다. 그것은 절대 끝나지 않을 것처럼 느껴졌다. 갑자기 객실 문이 열렸다. 남자가 나와서 말했다.

"아들을 낳았어요."

나는 객실 안으로 들어갔다. 아내는 남자의 셔츠 안에 둘러싸인 우리 아들을 팔로 안고 누워 있다.

기차는 스타라가라 역에 섰다. 구급차가 우리를 기다렸다. 리나와 아이 그리고 나는 차에 타고 시립병원으로 향했다. 이런 혼란 상황에서 나는 남자 이름이 무엇인지 어느 병원에서 의사로 일하는지 물어보지 못했다.

그날 이후 많은 세월이 지났다. 우리 아들은 벌써 커다란 남자애가 되었지만, 나는 그날 아내가 아기를 낳도록 도와준 의사 찾기를 멈추지 않았다. 꼭 의사를 찾아 감사하다고 말하고 싶다. 정말로 잘 기억하고 있다. 그 남자는 키가 크고 올리브 같은 눈에 머릿결은 검었다. 계속해서 찾으면서 꼭 만나기를 정말로 바란다.

용기 있는 디모 아저씨

디모 아저씨의 작은 집은 잘 익은 복숭아색이다. 붉은 지붕은 커다란 새의 날개 같다. 지붕 아래 작은 난간이 딸려 있어 그 위에 아주 예쁜 꽃들이 핀 화분을 볼 수 있다.

집의 넓은 마당에는 과일나무 몇 그루가 자라고 있다. 그 집은 황금 같고 부드러운 모래 사장에서 백여 미터 떨어진 바닷가에 있다. 이 땅을 디모 아저씨는 부모에게 물려받았다.

디모 아저씨 혼자 예쁜 집을 지었다. 전에 수도(首都)에서 살면서 회계사로 일했지만, 연금수급권자가 되자 바닷가에서 살려고 귀향했다.

이곳에서 디모 아저씨는 잘 지내면서 과일나무를 돌보고 바다 경치를 즐겼다. 그러나 예기치 않게 집 위로 검은 구름이 드리웠다.

어느 날 아침 10시에 마당으로 두 젊은이가 찾아왔다. 디모 아저씨는 집 앞에 커다랗고 값비싼 메르세데스 차가 멈춰 선 걸 알아차렸다. 젊은이들이 물었다.

"이 집 주인 되십니까?"

"그래요."

디모 아저씨가 대답했다.

"아주 운이 좋으시군요."

젊은이 하나가 말했다.

"왜요?"

"아주 부자, 백만장자가 되실 겁니다."

다른 젊은이가 덧붙였다.

"어떻게요?"

디모 아저씨는 이해하지 못했다.

"우리가 집을 사겠습니다. 돈을 많이 드릴게요. 그리고 여기에 큰 현대식 호텔을 지을 겁니다."

디모 아저씨는 젊은이가 무엇을 말하는지 전혀 이해하지 못했다.

'분명 젊은이가 아프거나 술에 취했군.' 하고 짐작했다.

"예, 우리에게 집을 파십시오. 거액을 손에 쥐실 것입니다."

좀더 나이 든 젊은이가 설명했다.

"게다가 호텔이 완공되면 거기 객실을 몇 개 분양받아 바다에 놀러오는 휴양객에게 빌려주고 돈을 손 쉽게 벌 수 있습니다."

이 말이 디모 아저씨를 아주 화나게 해서 단호하게 말했다.

"나는 집을 팔 생각이 없소."

"서두르지 마십시오. 아직 다 말하지 않았습니다."

하지만 디모 아저씨는 몸을 휙 돌리고 집으로 들어갔다.

이틀 뒤 젊은이들이 다시 나타났다. 그들은 집을 사려고 많은 액수를 적어 넣은 계약서를 가지고 왔다. 디모 아저씨는 되풀이해서 말했다.

"내가 집을 팔지 않겠다고 말했지요."

일주일 뒤 젊은이들이 또 와서 말했다.

"여기 혼자 이곳에서 살고 계시는데 가까이에 가게도 없습니다. 빵을 사려면 2킬로미터는 걸어가야만 합니다. 우리가 여기 호텔을 짓게 되면 커다란 가게, 카페, 식당이 생깁니다."

하지만 디모 아저씨는 더 듣지 않았다. 디모 아저씨 아들이 젊은이들에 관해서 듣고 수도에서 즉시 와서 말했다.

"아빠, 이건 신중하고 위험한 일입니다. 그 젊은이들은 농담 하는 게 아니에요. 수도에 있는 우리랑 같이 살게 오십시오."

"나는 여기에서 살 거야."

디모 아저씨는 선언했다.

"이 땅은 우리 아버지의 것이야. 내가 혼자 이 집을 지었어. 그 누구도 이것을 팔라고 할 수 없어."

아들은 멀리 수도로 떠나고 디모 아저씨는 다시 홀로 집에 남았다.

하지만 어느 밤에 큰 화재가 발생했다. 집이 다 타버렸다. 디모 아저씨는 살아남았지만 집은 아무것도 남지 않았다.

집이 타는 동안 디모 아저씨는 소리쳤다.

"너희는 나를 두렵게 할 수 없어. 나는 여기에 더 크고 더 예쁘게 새로운 집을 지을 거야."

비밀

모든 일은 오래전 가을에 시작됐다. 나는 열여덟 살 여학생이었다. 내 친구 **밀레나, 나댜**와 함께 도시 외곽 바다 옆 공원에 있는 새로운 카페 빈에 놀러 갔다. 카페가 예쁘고 현대식이라고 소문이 자자했다.

우리 셋은 기차역 정원에서 일요일 오후 5시에 만났다. 나는 그곳에 조금 더 빨리 갔다. 해가 비치는 9월 한낮이었다. 밤나무는 푸른 제복을 입은 키 큰 호위 대원 같았다.

나는 긴 의자에 앉아 정원에 활짝 핀 국화를 바라보았다. 하늘은 맑게 파랗고, 커다란 거울같고, 구름 한 점 없었다. 일요일 낮이라 학교에 가지 않아도 되서 마음껏 즐길 수 있었다. 열여덟 살인 나는 더 나이 들어 보이고 싶었다. 집을 나서기 전에 화장을 했다. 남자애들이 나를 사귀려고 보내는 은근한 눈빛이 마음에 든다. 정말로 눈은 밝은 푸른색이고 머릿결은 밤색이고, 몸은 날씬하다. 운동선수로 수영대회에 참가해 상을 받은 적도 있다. 밀레나와 나댜가 와서 우리는 버스를 타고 가서 20분 뒤 공원에 도착했다.

거기에는 칸막이 방이 딸렸고, 밝고 넓은 카페, 무도장과 피아노가 있었다. 사람은 많지 않았다. 우리는 바다가 보이는 창가 테이블에 앉았다. 커피와 위스키를 마시기로 했다.

젊고 튼튼한 종업원이 마실 것을 재빨리 가져오면서 우리가 몇 살인지 묻는 걸 잊지 않았다. 물론 우리는 스무 살이라고

거짓말을 했다. 즐겁게 대화하면서 카페에 우리 시선을 끌 만
한 남자애가 있는지 살폈다.

나는 문을 바라보다가 깜짝 놀랐다. 카페 안으로 우리 아버
지가 스무 살쯤 되는 아가씨랑 들어왔다. 아빠는 우아한 파란
정장을 입었다. 아가씨는 아주 짧은 빨간 옷을 입어 예쁜 다
리가 잘 보였다. 아가씨는 금발 머리에 유리 전구를 닮은 파
란 눈을 가졌다.

나는 말 없이 앉아 돌처럼 움직이지 못했다. 아빠는 나를 알
아차리지 못했다. 아빠는 금발 여자에게 완전히 빠져 있었다.

나는 불안해 하면서 깊이 생각했다. 어제 아빠는 일로 수도
에 가서 이틀 뒤에 돌아온다고 말했다. 하지만 지금 아빠는
카페 빈에 있다. 아빠와 젊은 금발 여자는 멀리 떨어져 있는
칸막이 방에 있다.

밀레나와 나댜는 우리 아버지를 알지 못하고 나의 불안도 알
아차리지 못했다. 나는 친구들에게 몸이 좋지 않아서 빨리 가
겠다고 말했다. 내 머릿속에는 폭풍우가 요동쳤다. 나는 아빠
가 낯선 금발의 여자와 함께 있는 모습을 목격했다고 믿고 싶
지 않았다. 정말로 아빠는 일 때문에 출장 간다고 말했다. 아
빠가 거짓말을 한 것이다. 지금까지 나는 아빠가 절대 거짓말
하지 않는다고 생각했다.

정말 가정을 잘 돌보고 세상에서 가장 좋은 아버지였다. 애
인이 있으리라고 전혀 짐작조차 못 했다. 정말 아빠는 엄마를
사랑했다. 무슨 일일까? 나는 몹시 화가 났다. 아버지가 위선
자인가?

지금 우아한 파란 정장을 입었지만, 어제 출발했을 때는 갈
색 정장을 입었다. 어딘가에 다른 옷이 있는 집이 있는가? 나

는 점점 화가 났다.

나는 카페로 돌아가 금발 여자의 뺨을 때리고 싶었다. 하지만 내가 누구의 뺨을 때려야 하나? 먼저 아빠인가, 금발의 여자인가?

아마 아빠는 오랫동안 엄마와 나에게 거짓말했을 것이다. 아빠는 금발의 여자를 아주 잘 알고 자주 함께 있었음이 분명했다. 나는 돌아가서 아빠 앞에 서서 내가 아는 가장 상처 주는 말을 내뱉고 싶었다. 내 머릿속에서 폭풍우가 멈추지 않았다. 내 눈에서는 눈물이 났다.

아빠는 정말 엄마를 사랑하나? 아니면 아빠가 엄마와 나를 사랑한다고 표현하면서 연극을 했는가? 나의 불쌍한 엄마는 아빠에게 애인이 있다는 사실을 짐작조차 못 한다. 정말로 엄마는 집에서 모든 일이 잘되도록 애쓰고 노력한다. 일하고 요리하고 우리를 돌본다. 나는 가면서 엄마에게 내가 본 광경을 실토해야 할지 궁금했다.

어느새 바닷가에 도착해서 모래 위를 걸었다. 파도가 철썩 소리를 냈다. 인생이 잔인하고 하찮다고 생각하면서 끝없는 바다를 바라보았다.

'나는 엄마에게 모든 것을 말할 거야. 엄마는 알아야만 해.'

하지만 곧 아무 말도 하지 않으리라고 결심했다. 아빠에게 카페에서 보았다고 말할 것이다. 나는 망설였다. 누구에게 말할까? 엄마에게 아니면 아빠에게.

난 우리 부모님이 이혼하기를 원하지 않는다. 지금처럼 셋이 계속 같이 살아야 해. 나는 울었다. 바다처럼 짠 눈물이 뺨 위로 흘렀다.

'아빠에게 애인이 있다는 것을 엄마가 안다면 어떻게 반응할

까?'

나는 집으로 돌아왔다. 엄마에게도, 아빠에게도 아무 말을 하지 않았다. 금발 아가씨가 누군지, 언제부터 아빠의 애인이었는지 궁금했다. 하지만 누구인지 결코 알아내지 못했다. 엄마와 아빠는 이혼하지 않았다. 많은 세월이 지난 뒤 내가 잘 행동했는지 실수했는지 확신하지 못한다. 나는 모른다. 금발의 여자가 아빠를 사랑했는가?

제비

"언니 집 마당에는 제비가 떼를 지어 깃들고, 둥지도 많이 틀었어요."

케라 아주머니가 자주 말했다.

"왜 우리 마당에는 제비둥지가 없을까?"

우리 할머니는 조용할 뿐 말이 없었다. 나는 제비를 쳐다보다가 왜 우리 마당에만 유독 제비가 많은지 똑같이 놀랐다. 우리 이웃인 케라 아주머니 집은 크고 예쁘지만, 마당에 제비가 보이지 않았다. 케라 아주머니는 우리 할머니 동생이고 혼자 사신다.

나는 케라 아주머니에게 남편이 있는지 없는지 모른다. 케라 아주머니의 딸 **돈카**는 다른 마을에 살면서 때때로 아주머니를 찾아왔다.

한번은 케라 아주머니네 마당에서 낯선 남자를 보았다. 키가 훤칠하고 마른 편이며 검은 머리카락은 가위로 다듬은 듯 엉성하고 여기저기가 하얗게 되었다. 주름진 얼굴은 이상한 회색빛이었다. 남자는 파란 셔츠에 갈색 바지를 입고 체리 나무 아래 의자에 앉아 있었다. 아직 학교에 다니지 않는 남자아이인 나는 그 이상한 남자가 조금 무서웠다.

이틀 뒤 케라 아주머니와 남자는 우리 집에 손님으로 찾아왔다. 우리 할머니는 과자를 굽고 커피를 끓였다. 케라 아주머니와 그 남자는 슬프게 보였다. 그들은 우리 작은 방 탁자 옆에 앉아 있었다. 대화도 하지 않았다. 우리 할머니가 남자에게 물었다.

"**고노**, 어떻게 지냈어요?"

남자는 할머니를 보더니 깊은 잠에서 깬 것처럼 천천히 대답했다.

"잘 지내지 못했어요. 무거운 돌이 제 가슴에 얹힌 듯해요."

"거기로 돌아가야만 하나요?"

할머니가 물었다.

"도시에 있는 병원에 입원할 거예요."

남자를 대신해서 케라 아주머니가 대답했다.

"거기서 치료받을 거예요."

케라 아주머니와 남자가 떠나려고 일어설 때 케라 아주머니가 고개를 들고 다시 말했다.

"제비가 마당에 많이 있네요."

이 남자는 누구일까 나는 궁금했다.

저녁에 나는 할머니와 엄마의 대화를 엿들었다. 엄마가 물었다.

"감옥에서 고노 아저씨가 나왔어요?"

할머니가 대답했다.

"몹시 아파서 시립병원에서 치료할 거야."

나는 감옥이 무엇인지 알지 못했지만, 감히 어떤 질문도 하지 못했다.

우리 지역의 남자아이들이 놀 때 나는 고노 아저씨가 길거리를 지나가는 것을 보았는데 그때 남자아이 중 하나가 말했다.

"저기 죄수가 있다."

나중에 나보다 나이가 많은 미트코가 말했다.

"사람을 죽였대."

"정말?"

나는 두려워 미트코를 바라보았다.

"응."

"언제?"

"오래전에. 술집에서 취해 있었는데, **바노** 아저씨가 케라 아주머니와 함께 하룻밤을 보내고 싶다고 말했어.

그때 그 사람이 칼을 **빼서** 바노 아저씨를 찔렀고 곧 죽었대. 정말 케라 아주머니는 마을에서 가장 예쁜 여자였어."

나는 조용히 했다. 이제서야 고노 아저씨가 살인자임을 이해했다.

여름이 지나가고, 어느새 겨울이 시작되었다. 눈이 내렸다. 지붕, 나무, 도로가 하얗게 되었다. 어느 이른 아침 무서운 늑대 울음 같은 울음소리가 났다. 케라 아주머니가 울었다. 우리 할머니가 케라 아주머니의 남편 고노가 죽었다고 말했다. 사람들이 장사지냈다. 장례식에는 몇 사람만 참석했다.

봄에 제비들은 다시 우리 집에 왔다. 어느 날 케라 아주머니는 자기 마당에 집을 짓기 시작한 제비가 있다고 말했다.

나는 할머니에게 물었다.

"할머니, 왜 지금까지 케라 아주머니 마당에는 제비들이 없었나요?"

"아마 그 집에 살인자가 살고 있다고 제비들이 알았나 봐. 그래서 제비들이 지금까지 거기에 집을 짓지 않았겠지."

자칼

마리아와 **스빌렌** 부부의 집은 거주지역에서 가장 예쁘고 달걀처럼 하얀 1층짜리다. 그리 크지 않은 마당에는 봄, 여름, 가을에 여러 가지 꽃이 핀다. 그 중 가장 예쁜 꽃은 단연 튤립이다. 하얗고 빨갛고 노랗다. 마리아와 스빌렌은 교사였지만, 지금은 연금수급권자다. 안타깝게도 스빌렌이 아팠다.

마리아가 돌보았지만, 날이 갈수록 병이 악화하였다. 의사는 수술해야 한다고 했지만, 마리아에게는 수술시킬 돈이 충분치 않았다.

이웃 여자가 마리아에게 돈을 빌려줄 남자를 안다고 말했다. 하는 수 없이 마리아는 그 남자에게 돈을 빌렸다. 수술이 끝나고 스빌렌은 집으로 돌아왔다. 마리아는 기뻤지만, 1년 만에 스빌렌은 죽었다. 마리아는 홀로 남았다.

마리아에게 돈을 빌려준 남자는 돈을 갚으라고 요구했지만, 마리아에게는 돈이 없었다. 남자는 집을 차지하겠다고 위협했다. 마리아는 울면서 필요한 돈을 마련하는 데 시간이 좀 더 필요하다고 간청했지만 그 남자는 양보하지 않았다.

"이달 말까지 집을 비우시오." 하고 말했다. 눈동자는 화가 나서 이글거렸고, 입술은 열쇠로 잠근 듯했다. 한 달 뒤 남자는 위협을 집행했다.

젊은이 몇 명이 와서 마리아를 집에서 내쫓았다. 마리아는 거리로 쫓겨났다.

어느 이웃도, 어느 지인도 도와주지 않았다. 그들은 잔인한 젊은이들이 무서웠다. 마리아는 길에서 하룻밤을 지냈다.

다음 날 지인들을 찾아가 도와달라고 부탁했지만, 아무도 도와주지 않았다. 마침내 마리아의 여자 사촌이, 아무도 살지 않는 마을 빈집에 가서 살라고 권유했다. 집은 작고 마을 변두리에 있었다. 마리아는 마당을 청소하고 꽃을 심었다. 봄에 마리아의 새로운 꽃밭은 예전 도시 마당의 정원처럼 그렇게 예뻤다.

어느 날 아침 마당 문 앞에서 마리아는 개 한 마리를 보았다. 쫓아내려고 했지만 계속 그 자리에 머물렀다. 1시간 뒤 마리아가 다시 마당에 갔을 때도 개는 여전히 문 앞에 서 있었다. 그때 마리아는 집에 들어가 빵을 가지고 나와 개에게 주었더니 곧 먹기 시작했다. 분명히 무척 배가 고팠던가 보다.

'이 개는 누구 것일까?'

마리아는 궁금했다. 마을 집 마당에는 대부분 개가 있다. 한 마리가 아닌 집이 더 흔할 정도다. 지금껏 마리아는 개를 키우지 않았지만, 이 개를 돌보리라 마음먹었다.

마리아가 문을 열자 개가 마당 안으로 들어왔다. 이날부터 그 개는 마리아와 함께 지내는 동반자가 되었다. 개를 **란겔**이라고 이름 지었다. 개의 이름에 소리 '라'가 있어야만 한다고 들어서.

란겔은 항상 마리아 곁을 지켰다. 저녁에 누가 마당 옆 거리를 지나가면 개는 짖었고 사람이 가까운 온다고 마리아에게 알려주었다.

마리아는 시골 생활에 익숙해졌다. 마당에서 토마토, 오이, 고추를 키웠다. 하얗고 어린이처럼 장난스러운 염소 두 마리도 함께 길렀다. 마을 밖 좋은 풀이 있는 곳에서 염소를 치고, 개 란겔은 항상 그들 옆에 있었다.

오월 한낮에 마리아가 염소를 치면서 키가 크고 오래된 호두나무 그늘 밑에 앉아 있고 란겔은 곁에 누워 있었다.

갑자기 란겔은 뛰더니 경고하듯 짖기 시작했다. 마리아는 풀밭을 보다가 얼음처럼 굳었다. 숲에서 자칼 두 마리가 가까이 다가왔다. 염소는 달아났다.

란겔은 자기를 공격하려고 하는 자칼에게 위협하듯 덤벼들었다. 란겔이 그들을 대항하여 뛰니 자칼 한 마리가 넘어졌다. 란겔은 그들을 내쫓았다. 자칼은 숲으로 사라졌다.

마리아는 무서워 치를 떨었다.

'란겔이 나를 구했구나.'

하고 속삭였다.

'내 남편 스빌렌이 죽었을 때, 사람들이 나를 내 집에서 쫓아낼 때, 그 누구도 나를 도와주지 않았어. 하지만 지금 개가 사람들보다 더 용감하구나.'

마리아가 개를 어루만지니 란겔은 다정하게 손을 핥았다.

행운

나쁜 소식이 야발코보 마을에 빠르게 퍼졌다. 나팔 소리처럼 마을 광장에서 작고 거친 도로를 가로질러 마당을 지나 집으로 날아왔다. 마을 서쪽에서 하늘로 올라가는 슬픈 여자의 울음소리가 들렸다. 맨발의 여자들은 **도브리**의 집으로 뛰어갔다. 그들이 마당으로 들어가 물었다.

"**밀라**, 무슨 일이야?"

도브리의 아내 밀라는 서른 살로 키는 작지만 밀가루처럼 하얀 팔, 금발 머리, 수레국화 색 눈동자를 가지고 건강한데 울면서 말했다.

"우리 아들 **이바쵸**가 사라졌어요. 온 마을을 뒤지며 아이를 찾고 강가에도 갔고 마을 언덕에도 갔는데 어디에서도 찾지 못했어요. 아이가 없어졌어요. 그 아이는 겨우 네 살입니다."

여자 몇 명은 밀라를 안정시키고 다른 사람들은 어린 이바초에게 무슨 일이 일어났는지 추측해 내려고 애를 썼다. 밀라의 남편 도브리는 괴로워하며 가만히 서 있었다. 도브리도 마찬가지로 마을을 샅샅이 헤매고 다녔지만, 어디에서도 이바쵸를 찾지 못했다.

"도시 경찰에 전화합시다."

밀라의 아버지 코스타 아저씨가 권했다.

"경찰의 도움이 없이는 아이를 찾을 수 없을 거야."

"예, 즉시 경찰에 전화해요."

여자들이 말했다.

"경찰관들이 이바쵸를 찾을 거야."

코스타 아저씨가 되풀이했지만, 그 목소리는 더 세게 우는 밀라를 안정시키지 못했다. 1시간 뒤 도시에서 경찰관 두 명이 왔다. 경찰차가 도브리와 밀라의 집 앞에 멈춰 섰다. 경찰관 한 명은 키가 작고 검은 턱수염을 길렀고, 다른 한 사람은 키가 훤칠하고 금발인데 회색 눈동자에 날카로운 눈빛을 띠었다. 경찰관들이 마당으로 들어섰다.

"무슨 일이시죠?"

키가 작은 경찰관이 물었다. 여자들이 무슨 일이 일어났는지 설명하기 시작했다.

"한꺼번에 말하지 마세요."

경찰관이 말했다.

"아이 부모가 누굽니까?"

"내가 엄마입니다."

밀라가 말했다.

"좋습니다."

경찰관이 밀라를 쳐다보았다.

"없어지기 전에 아이는 어디에 있었나요?"

"여기요. 마당에서 놀고 있었어요."

밀라가 대답했다.

"아주머니는 어디 있었나요?"

"집 안에요."

"남편은 어디 계셨나요?"

"나는 마구간에 있었어요."

도브리가 말했다.

"마구간을 청소했어요."

경찰관이 마당에 있는 사람들을 향해 몸을 돌렸다.

"오늘 여러분 중 누가 마을에서 낯선 사람을 보았나요?"

모두 오늘 그들이 누군가 낯선 사람을 보았는지 기억하려고 애쓰면서 조용히 했다.

"내가 보았어요."

들농사 지킴이 **파르반**이 말했다.

"무엇을 보셨나요?"

금세 금발의 경찰관이 물었다.

"한낮에 마을 광장에서 남자 두 명이 탄 차를 봤어요."

"그 차는 어떤 색이었나요?"

"푸른색인데 새것처럼 보였어요."

"차번호는 보셨나요?"

키 작은 경찰관이 질문했다.

"아니요. 차는 광장 오른편 보리수나무 아래 서 있었어요."

"예, 마을이 국경선과 가까이 있어요. 아마 차는 외국 차겠죠."

밀라는 그 말을 듣자 다시 소리 내 크게 울기 시작했다.

"외국인이 왜 이바쵸를 몰래 데려갔나요?"

밀라는 탄식했다.

"우리는 아이를 찾을 겁니다."

금발 경찰관이 말했다.

"하지만 여러분이 우리를 도와주셔야 합니다."

"어떻게요?"

남자들이 물었다.

"여러분은 마을 둘레를 잘 살펴 주세요. 강이나 숲을 뒤져 보세요."

남자들 몇몇이 바로 말했다.

"우리는 준비가 됐어요."

"곧 저녁이 됩니다. 내일 아침 일찍 시작해요. 지금 우리는 차로 마을 둘레를 돌아볼게요."

키 작은 경찰관이 말했다. 경찰관들은 차로 들어갔다.

밤새 도브리와 밀라는 잠을 이루지 못했다. 밀라는 작은 부엌에 있는 탁자 옆에 앉았다. 집에는 무척 조용했지만, 누군가 마당으로 들어오는 발걸음 소리가 들리는 듯했다. 밀라는 벌떡 일어나 창밖을 쳐다보고 곧바로 마당으로 뛰어갔지만, 거기에 아무도 없었다. 더 슬프고 더 불안해져서 돌아왔다. 어둠이 온 마을을 뒤덮었다. 집, 거리는 마치 아무도 마을에 살지 않는 것처럼 조용했다.

'이바쵸는 어디 있으며 무슨 일이 생겼는가?'

밀라는 궁금했다. 5년 전에 임신했다. 부부는 가난했지만 밀라는 이바쵸가 배워서 반드시 지혜로운 사람이 되길 바랐다. 지금 이바쵸가 없어져 아마 밀라는 결코 나이가 들어 학생이 된 것을 보지 못할 것이다.

'우리는 꿈을 가졌다.'

밀라는 깊이 생각했다. 하지만 인생에서 무슨 일이 일어날지 우리는 모른다. 우리는 내일 하루가 어떠할지 모른다. 사람들은 노력하고 애쓰지만, 항상 그들을 고통스럽게 하는 뭔가는 있다. 그러나 밀라의 마음 어딘가에 작은 희망의 불씨가 깃든 구석이 있다. 언젠가 밀라의 할머니는 입버릇처럼 말했다.

"밤이 지나면 낮이 오고, 어둠이 가면 빛이 올 것이다. 겨울 뒤에는 봄이 온다."

오늘 밤 밀라는 이바쵸를 찾는 걸 도와 달라고 기도하면서 성모상 앞에 여러 번 섰다. 조각상은 작고 나무로 만들어서 조금 닳았다. 밀라는 그것을 할머니 **기나**에게 물려받았는데 매일 밤 할머니는 침대에 들기 전에 그 앞에서 기도했다. 기나 할머니가 기도할 때 눈에서는 슬픔 때문이 아니라 감사의 눈물이 나타나는 것을 밀라는 자주 알아차렸다. 할머니는 성모상에 아직도 좋은 날 하루를 보낼 수 있도록 해 주셔서 감사했다. 그리고 지금 밀라는 성모상에 자기 자식에 관해, 사람들이 이바쵸를 살아서 건강하게 발견하게 해 달라고 기도했다. 밀라가 기도를 속삭이니 그 말이 하늘로 높이 날아가는 듯했다.

"성모여, 정말로 이바쵸를 찾도록 나를 도와주세요. 당신은 어머니이시니까 자식이 가장 사랑스러움을 아시죠."

기도하면서 밀라는 무언가 힘을 느꼈다. 마치 성모의 사랑스러운 눈빛이 힘을 주는 듯했다. 밀라는 곧 밖으로 나가 걷고 또 걷고 숲으로 들어가서 소리치고 소리치며 이바쵸를 찾고 싶었다.

국경선조차 넘어 다른 나라로 들어가고, 이 마을 저 마을 걸어가고 이 도시 저 도시를 다니며 자식을 찾을 준비가 되었다.

'나는 모든 인생을 헤매며 찾을 것이다.'

밀라는 속삭였다. 이바쵸는 쑥쑥 자라서 학생이 되고 나중에 멋지고 튼튼한 남자가 되어 결혼하고 아내와 자녀를 둘 것이다. 아이가 흔적도 없이 사라지는 것은 불가능하다. 나쁜 사람들이 몰래 데려간다는 것도 불가능하다. 왜 몰래 데려갈까? 돈이 필요할까? 사람들이 자식 없는 가정에 팔 텐가? 하지만 받은 돈은 검은 돈일 것이다. 그것이 그들을 행복하게 하지는 못한다. 도둑을 낳는 어머니가 있는가? 훔친 자녀를 갖기 원하는 여자들이 있는가? 그런 어머니가 훔친 자녀를 어떻게 돌볼 것인가? 어떻게 사랑할 것인가? 어떤 세계에서 우리는 살고 있나? 무슨 일이 일어났을까? 여전히 좋은 사람은 있는가? 동정심 있는 사람은 있는가? 인생은 지옥이 되었다. 우리 모두 이 지옥에서 산다. 우리 하나님만이 우리 영혼을 구하실 것이다. 밀라는 날이 밝은 것도 알아차리지 못했다.

해는 우는 아이의 붉은 얼굴 같이 나타났다. 어둠은 마치 개가 쫓아낸 것처럼 갑자기 사라졌다. 부엌의 열린 창문 너머 마당에 있는 나무들, 포도 정자가 보였다. 화단에 있는 토마토는 작은 해를 닮아 붉었다.

아침은 시원하지만, 1시간만 지나면 몹시 더워질 것이다. 거리는 사람들이 보이지 않을 것이고 온 세계는 마치 슬픔에 빠진 듯 할 것이다. 밀라는 말소리를 들었다. 집으로 남자 몇 명이 가까이 다가왔다. 사냥꾼인 몇 명은 소총을 가지고 있다.

"안녕하세요."

밀라가 말했다.

"안녕."

마을에서 사냥꾼 우두머리인 **미토** 아저씨가 인사했다.

"우리는 숲으로 갈게요."

미토가 말했다.

"이바쵸를 찾도록 기도해 줘요."

"하나님이 여러분을 도우시도록."

밀라가 속삭였다.

"울지 마요. 아이가 운이 있기를 바라세요."

미토가 말했다.

도브리는 남자들과 함께 나갔다. 밀라는 마당 문 옆에 서서 오래도록 그들 뒤를 바라보았다. 사냥꾼들은 숲으로 들어갔다.

"서두르지 마."

미토가 지시했다.

"천천히 나아가면서 모든 수풀을 살펴요. 아마 어린아이의 작은 신발이나 옷가지 외 뭔가를 찾을 겁니다. 이바쵸가 숲으로 가고 강으로 가지 않았으면 좋을 텐데. 그래도 조심해. 이 숲에는 늑대, 자칼, 산돼지가 출몰한다는 걸 여러분은 잘 아니까."

미토가 이 말을 하자 남자들은 천천히 출발했다. 그들은 주의해서 소리 내지 않게 걸으려고 노력했다. 미토가 무리를 이끌었다. 일흔 살이지만, 힘이 세고 건장하며, 무성한 머리카락에 검은 눈은 석탄 같았다. 미토는 가면서 주의를 기울여 나무, 수풀, 가시덤불을 둘러보았다. 사냥꾼 경력이 벌써 50년이지만, 숲에서 어린이를 찾는 것은 처음이다.

미토는 산돼지, 여우, 늑대를 사냥했다. 숲을 잘 알고 동굴, 바위, 움푹 파인 곳이 어디 있는지 안다. 모든 숲을 둘러보기가 불가능하다는 것도 알지만 반드시 도브리 가족을 도와야만 한다. 정말 우리는 사람이다. 깊이 생각했다.

우리는 서로 도와야만 한다. 우리는 같은 마을 사람이다. 우리는 마찬가지로 아이, 손자를 두고 있다.

사냥꾼들은 걸어갔지만, 어디에서도 어떤 흔적도 볼 수 없었다. 갑자기 가장 젊은 남자 **파벨**이 속삭이듯 말했다.

"잠깐만요."

모두 바로 멈추었다.

"이리 와 보세요. 여기 어린아이 발자국이 보입니다."

모두 발자국을 살펴보았다.

"그래."

미토가 말했다.

"희망이 보인다. 파벨, 너는 독수리눈을 가졌구나."

남자들은 어린이 발자국 쪽으로 향했다.

"조심해."

말하는 미토의 얼굴은 창백했다. 긴장해서 땅을 살폈다.

"무슨 일이세요?"

도브리가 물었다.

"여기."

미토가 말했다.

"예, 여기에 늑대 발자국이 있어요. 아이를 뒤따라 늑대가 갔어요."

파벨이 속삭였다.

"그래도 가 보자. 무슨 일이 일어났는지 보자."

미토가 말했다. 총을 준비하고 조용히 걸으며 조그맣게 지시했다. 조심스럽게 앞으로 나아갔다.

100m 간 뒤에 미토가 멈추었다.

"무슨 일이세요?"

누가 물었다.

"저기 수풀을 봐."

모두 미토가 가리키는 수풀을 쳐다보았다. 수풀 옆에 늑대가 누워 있고, 그 옆에 누워 있는 어린아이가 보였지만, 아이가 살아 있는지는 분명치 않았다. 몇 초 동안 남자들은 감히 움직이지 못했다. 돌처럼 굳어서 어떤 소리조차 내지 못했다. 미토는 조용히 어떻게 할 것인지 궁리했다.

"바람이 우리 쪽으로 불어 다행이야."

하고 작은 소리로 말했다.

"늑대는 아직 우리 냄새를 맡지 못했어. 하지만 시간이 많지 않아."

"무엇을 할까요? 미토 아저씨!"

도브리가 걱정되어 물었다.

"서두르지 마."

미토가 말했다.

"늑대인가요, 개인가요?"

파벨이 물었다.

"그냥 늑대가 아니라 암늑대야."

미토가 말했다.

"암늑대는 본능적으로 이바쵸가 어린이임을 알고 뒤따라 와서 지키고 있어. 자연은 그런 것이야. 어미의 본능으로 암늑대는 이바쵸가 어떤 도움도 받지 못하고 있는 걸 알았지."

"무엇을 할까요?"

다시 도브리가 물었다.

"암늑대를 두렵게 해서는 안 돼. 우리 냄새를 맡으면 그것은 갈 거야. 분명 암늑대는 배가 고프지 않아. 내가 조금 가까이 갈게."

하고 다른 남자들에게 말했다.

"조심해. 정말 그것은 짐승이야. 그것이 어떻게 행동할지 알 순 없어."

미토는 천천히 수풀로 갔다. 암늑대는 일어나서 멀리 뛰어갔다. 남자들은 재빨리 미토 뒤를 따라갔다. 이바쵸는 수풀 옆에 누워 있었다. 미토가 아이를 들어 올렸다. 아마도 이바쵸는 암늑대가 개라고 생각했을 것이다.

"이바쵸!"

도브리가 소리치면서 눈에는 눈물이 반짝거렸다.

"하나님 덕택에 이바쵸가 잘 지냈어."

미토가 말했다.

"정말 그 아이는 혼자서 거의 모든 숲을 지나갔어. 위대한 사냥꾼이 될 거야."

모든 남자는 총을 들고 쏘았다. 승리의 일제 사격 소리가 났다.

"우리의 작은 영웅아! 건강하게 살아라."

미토가 말했다. 남자들은 마을로 출발했다. 행복한 도브리가 이바쵸를 데리고 갔다.

페포

페포는 우리의 가장 큰 재산이었다. 그 지역에서 우리만 그렇게 특별한 앵무새를 가지고 있었으므로 우리는 그것을 자랑했다. 그것은 매우 예쁘고 정말 다채로우며 내가 관찰할 때 몸에서 셀 수 없는 색깔을 보는 것처럼 느꼈다. 여러 번, 날개와 머리의 색깔을 세려고 했지만, 정확히 몇 가지 색인지 파악하지 못했다. 나를 놀라게 하는 다채로운 색깔의 환상적인 부유다. 페포의 눈에서조차 많은 색깔이 보일 정도였다.

아침에는 어떤 색이다가 저녁에는 다른 색이었다. 어떤 순간에 페포의 눈길은 즐겁다가 어떤 순간에는 화가 나 있었다. 나는 자주 그것을 비밀스럽게 살피고, 눈 속에서 사람의 눈에서는 결코 볼 수 없는 깊은 슬픔을 알아차렸다. 나는 궁금했다. 페포는 무엇을 느끼는가? 그리고 무언가를 느끼는가?

페포는 내가 살피고 있는 것을 보면 곧바로 슬픔을 감추고 즐겁고 걱정 없는 듯 보이려 한다. 나는 페포가 처음 우리 집에 온 날을 잘 기억한다. 선원인 형이 어느 먼 나라에서 가져왔다.

페포는 오랫동안 우리 집에 적응할 수 없었다. 첫날에는 조용히 우리를 적대적으로 쳐다보았다. 시선이 매우 위협적이라 우리는 새장에 가까이 다가갈 용기도 낼 수 없었다. 내 형은 페포가 쇠 가위 같이 아주 강한 부리를 가져서 우리를 물고 찌르면 손가락이 잘릴 거라고 경고했다.

페포는 조금씩 우리를 호기심을 갖고 바라보았다. 재빨리 우리 이름과 여러 단어를 익히고 그것들을 아주 잘 발음했다. 나의 여섯 살배기 조카 **이베타**와 함께 노는 것을 가장 좋아했다. 그 여자애는 페포가 말하도록 가르치고 먹을 것을 주고 잘 돌보았다. 그들의 좋아하는 놀이는 '총 쏴 죽이기'다. 이베타가 페포를 향해 지시하는 손가락을 가리키고 말했다.

"페포, 지금 내가 너를 총으로 쏘아 죽일 거야."

나중에 이베타가 말했다.

"팡!"

페포는 진짜 총에 맞아 죽은 것처럼 바로 넘어졌다. 이 놀이는 몇 분간 계속되고 페포는 이베타의 '팡' 소리가 나면 지치지도 않고 여러 번 넘어졌다. 몸을 던져 죽어서 모두 페포가 정말 죽었다고 생각할 정도다.

페포는 내 형의 부인 **로시** 역시 아주 좋아한다. 로시를 보면 기뻐한다. 페포는 군대 앞의 장군처럼 고개를 쳐든다. 그 눈에서는 빛이 나타났다. 부드러운 가락 같은 무언가를 속삭이며 새장 안에서 산책한다. 로시는 페포가 무엇을 말하는지 이해한다고 나는 생각했다. 로시가 쓰다듬어주면 페포는 행복해했다.

로시가 어떤 일을 하고 있어 새장에 가까이 오지 못하면 페포는 소리쳤다.

"로시, 로시"

로시를 위협하듯 바라보고 기분이 상한 듯했다.

페포는 나를 거의 알아차리지 못했다. 오직 때로 내게 물어온다. "**봅**, 어떻게 지내니?" 아니면 "봅, 애인은 있니?"

페포는 나와 놀기를 원치 않아서, 내가 "페포, 내가 너를 총으로 쏴 죽일 거야!" 하고 말할 때 깔보듯 바라본다. 과자와 과일을 주면서 매수하려고 했지만, 그것들을 쳐다보기조차 하지 않았다.

우리가 손님을 맞이할 때 페포는 아주 기뻐했다. 손님들이 새장 앞에 서면 페포는 알고 있는 모든 것을 보여주었다. 자랑스럽게 모든 단어들을 말했다.

손님이 갈 때 페포는 슬펐다. 혼자 있는 것을 좋아하지 않아 그때 "로시, 로시" 하고 소리쳤다.

페포는 전화 소리를 아주 잘 흉내 냈다. 방에 몇 사람이 있을 때 페포는 전화기처럼 소리를 낸다. 누군가 곧 자기 휴대 전화기를 꺼냈지만 페포가 소리를 낸 것이 확실하다. 자주 방에서 여자 중 누군가가 가방에서 자기 전화기를 계속 찾는다. 전화 왔다고 생각하면서.

페포는 내 형과 로시가 다툴 때면 항상 안다. 금세 내 형에게 말했다.

"바보, 바보."

로시가 슬퍼하면 페포는 로시를 기쁘게 하려고 했다. 로시가 새장 옆에 서서 쓰다듬으면 페포는 행복해했다. 한번은 내 형과 로시가 다투었다. 로시의 마음이 상했다. 로시와 이베타는 로시 부모님 집으로 살러 갔다. 이날 이후 페포는 말하기를 그만두었다. 더는 전화 소리를 흉내 내지 않았다. 우리 집은 아주 조용해졌다. 페포는 슬프게 우리를 쳐다보았다.

어느 날 저녁 나와 내 형이 집에 돌아왔을 때 페포는 새장 안에 없었다. 아침에 내가 새장 닫는 것을 잊어버린 듯했다. 페포는 사라지고 없었다.

슬픈 만남

봄이 아름다운 여자처럼 찾아왔다. 정원에는 꽃들이 다채로운 융단을 만들었다. **마린**은 여름의 첫 번째 날을 좋아한다.
산꼭대기에는 아직도 눈이 쌓였지만 등에 가방을 메고 산을 오른다.

평소처럼 작은 숲을 지나서 언덕을 올라가고 넓은 풀밭을 거쳐 작은 도시인 마을로 들어갔다. 오늘 꽤 이른 아침에 산골 마을 보덴으로 출발했다. 마을길을 지나치자 광장에서 잠깐 쉬려고 긴 의자에 앉았다. 광장 반대편에는 몇 층짜리 건축물이 있는데 거의 폐허가 되었다. 창문도 없고 문도 없고 지붕 위에 기와만 남아 있다. 건축물 마당에는 쓰레기더미가 보인다. 언제 이것을 지었고, 언제 이것을 버렸는가? 궁금했다.

이 순간에 늙은이가 다가와 마린에게 인사했다.

"안녕하세요."

"안녕하십니까?"

마린이 대꾸했다.

"젊은이는 우리 마을 사람이 아니네요."

노인이 쳐다보며 말했다.

"예, 마을을 거쳐 지나가다가 잠깐 쉬려고 앉았습니다."

마린이 대답했다.

"좋아요. 잘 했어요."

노인이 말했다.

"예전에 여기 이 마을에 살았어요."

마린이 기억을 되살려 말했다.

"하지만 이제야 이 폐허 건물을 봤어요. 이것은 공장입니까, 작업장입니까?"

"소시지 공장이었어요."

노인이 대답했다.

"공장 주인은 **스트라힐 이바노브**였죠. 마을 학교 교장이었지만 소시지를 생산하려고 마음먹고 학교를 그만두고 이 공장을 건축했지요. 좋은 소시지를 만들어 가까운 마을과 도시에 내다 팔았어요. 사람들이 소시지를 좋아해서 사 갔어요. 빠르게 큰 부자가 되었지만, 돈은 좋은 친구가 아니죠. 도시에서 아파트와 자동차를 사더니, 도시 아가씨와 사랑에 빠져 부인과는 이혼했어요. 아주 교만해져서 모든 걸 할 수 있다고 주장했죠. 술을 마시고 방탕 하느라 예전처럼 열심히 일하지 않아서 결국 파산했어요. 아내도, 가족도, 애인도 없이 혼자 남았지요. 얼마 있다 마을을 떠나 죽고, 여기 폐허 된 소시지 공장만 남았네요."

노인이 말했다.

"슬픈 구경거리네요."

마린이 덧붙였다.

"슬픈 아버지를 위한 슬픈 구경거리지요. 스트라힐은 내 아들이었어요."

노인은 말한 뒤에 자리를 떠났다.

위엄 있는 사슴

판텔레이는 키가 훤칠하고 어깨가 벌어졌으며 검은 머리카락에 불타는 듯한 눈동자를 가져 벨로보 마을에서 가장 유명한 남자다. 언젠가 숱한 아가씨들이 좋아했지만, 자기처럼 멋지고 나이팅게일처럼 가락 있는 목소리를 가지고 놀랍게 노래하는 **엘레나**와 결혼했다. 밤나무 색 눈을 가진 엘레나는 지금까지도 남자들 가슴에 불을 피운다.

판텔레이는 삼림 지킴이로 일하는데, 나름대로 어려움이 꽤 많다. 마을 사람들은 판텔레이를 탐탁찮게 여긴다. 몰래 사냥하는 사람들과 숲에서 불법으로 나무를 자르는 사람들을 하나같이 심하게 대해서다. 사람들은 비아냥거리며 말했다.

"행복한 사람이시네요. 종일 숲에서 돌아다니니까요."

하지만 판텔레이는 그 말을 들은 체 만 체 하는 듯했다. 벌써 쉰 살이나 되었는데도 아직 예쁘고 매력적인 엘레나 때문에 사람들은 판텔레이를 부러워했다.

어느 날 판텔레이가 숲속에서 지내 마을 사람들은 결코 마을 술집에서 보지도 못했고 어느 거리나 마을 광장에서 대화하지도 않았다. 집은 마치 숲과 같았다.

거기서 판텔레이는 모든 나무, 수풀, 사는 동물들조차 다 안다. 숲은 사람들의 악의와 부러움에서 멀리 떨어진 피난처다. 판텔레이는 동물들을 살피기 좋아했다. 그것들은 자식과 같았다. 특히 '위엄 있는 사슴'이라고 이름 지어 준 예쁘고 크고 힘이 센 사슴을 좋아한다. 사슴의 이마 위에는 작은 별 같은 검은 얼룩이 있다. 처음 판텔레이가 사슴을 보았을 때 그것은 젊었다. 자주 여러 시간 위엄 있는 사슴을 보려고 숲을 헤맸다.

'사람들이 그것을 쏘아 죽이지 않도록 나는 지켜야 해.'

판텔레이는 말했다.

'위엄 있는 사슴은 살아서 사람들을 기쁘게 해야만 해.'

어느 날 밤에 판텔레이는 위엄 있는 사슴 꿈을 꾸었다. 꿈에서 사슴을 사냥하러 숲에 들어온 사냥꾼을 보았다. 잔인한 개의 짖는 소리가 났다. 숲 사이에 바람처럼 나르는 위엄 있는 사슴이 나타났다. 개들이 공격했지만, 사슴은 나무나 언덕 위로 쏜살같이 뛰어갔다. 판텔레이는 사냥꾼이 결코 위엄 있는 사슴을 쏘아 죽이는 데 성공하지 못할 줄을 알지만, 식은땀을 흘리며 깨어나 불안해했다. 옆에서 엘레나가 조용하게 자고 있다. 판텔레이는 그 모습을 보고 속삭였다.

'잠자는 모습도 예뻐.'

여름철 밀 수확할 때 사슴의 발정기가 시작됐다. 들판 평지는 더웠지만, 숲은 시원했다.

'숲에서는 함정, 불의, 사기가 없다. 비방, 등

때림, 고발, 거짓말이 없다. 사슴은 암사슴을 차지하려고 서로 싸운다. 더 센 놈이 이기면 다른 놈은 떠난다. 그것들은 상처받거나 화를 내지 않고 복수를 꾀하지도 않는다.'고 판텔레이는 생각했다. 숨어서 사슴의 싸움을 지켜봤다. 여러 해 동안 그 누구도 위엄 있는 사슴을 이기지 못했다. 그것이 가장 힘이 세고 가장 용감했다. 싸우는 동안 눈동자에서는 불이 나고 이마의 얼룩은 마치 더 커진 듯했다. 사슴은 뿔을 서로 엮어 밀어내지만, 그 누구도 다시 당기지 못했다. 위엄 있는 사슴은 항상 이겨 경쟁 사슴을 멀리 쫓아냈다.

지난해 숲에 위엄 있는 사슴보다 더 젊은 멋지고 힘센 사슴이 나타났다.

'그것은 인생사와 같지.'

판텔레이는 말했다.

'하늘 아래 어떤 것도 영원히 존재하지는 않아.'

젊은 사슴은 숲속을 헤맸다. 판텔레이는 위엄 있는 사슴과 젊은 사슴이 만날 때가 오리라는 것을 알았다. 따뜻한 여름날, 그 순간이 왔다. 한번은 숲으로 가면서 판텔레이는 소란스러운 소리를 듣고 멈춰서 귀를 기울였다. 약한 바람이 불어서 동물들이 자기를 냄새로 알아차리지 못하리라고 예감했다. 판텔레이는 소음이 나는 풀밭으로 조용히 다가갔다. 아름드리나무 뒤에 섰다. 풀밭 위에서 위엄 있는 사슴과 젊은 사슴이 서로 싸우고 있었다. 뿔이 깨지는 소리가 났다. 머리를 맞댄 채 사슴은 서로 밀어냈다. 그들의 몸은 줄처럼 팽팽했다. 판텔레이는 주의 깊게 그것들을 쳐다보았다.

위엄 있는 사슴이 조금씩 지치기 시작했다. 동정했지만 도와줄 수가 없었다.

'더 강한 놈이 이겨야 한다.'

판텔레이는 말했다. 위엄 있는 사슴은 멈추고 다시 당겨서 멀리 도망쳐 숲속으로 사라졌다.

'그래.'

판텔레이가 말했다.

'세월이 흘렀어. 더 센 놈이 왔어.'

판텔레이는 자신이 젊고 엘레나와 사귈 때를 기억했다. 그때 누구에게도 엘레나와 사귀는 것을 허락하지 않았다.
그러나 그것은 아주 오래전 일이었다.

도움

해는 커다랗게 빛나는 동전처럼 천천히 바다에서 헤엄쳐 나왔고 파도는 구릿빛이 되었다. 바닷바람은 얼굴을 어루만지는 듯했다. 낮에는 해가 비치고 조용할 것이다. **라디**는 바다로 가려고 낚싯바늘을 챙겼다. 코로나 대유행 때문에 한 주 내내 집 밖으로 나가지 못해 가슴은 이미 심히 고통스럽다.

오랜 세월 어부라 더는 집 안에서만 갇혀 있을 수 없었다. 바다는 세차게 유혹했다. 라디는 사람들이 집 밖으로 나가는 것을 금하는 줄 알지만, 모든 생활은 바다에 연결돼 있어 파란 바다의 광활함을 보지 않고는, 해초와 소금기 있는 파도의 향기를 맛보지 않고는 살 수 없었다.

아내 **마리아**에게 말했다.

"나는 갈 거야."

마리아는 이런 결심을 동의하지 않지만 반대할 수 없었다. 라디는 출발했다.

작은 마을은 마치 그 안에 아무도 살지 않는 것처럼 조용했다. 집의 창들은 두려움에 떠는 커다란 눈과 같다. 도로는 황량했다.

라디는 천천히 걸어갔다. 바다 근처 버스 정류장에서 누워 있는 남자를 봤는데 여기서 밤을 새운 것 같았다. 라디는 바닷가 부두에서 바닷물에 낚싯대를 드리웠다. 때로 고개를 돌려 여전히 버스 정류장에 앉아 있는 남자를 쳐다보았다.

오전에 버스 정류장을 지나쳐 걸어서 집으로 갔다. 다시 낯선 남자를 바라보았는데, 30세쯤 되어 보이고 노숙자 같지는 않았다. 꽤나 잘 차려입었고 옆에는 여행용 가방이 놓였다.

라디는 궁금했다.

'왜 여기에 있지? 누구를 기다리나?'

다음 날 아침, 남자는 다시 버스 정류장 옆에 있었다. 분명히 또 여기서 밤을 새운 것이라고 라디는 짐작하고, 이번에는 남자에게 물어봤다.

"젊은이, 버스를 기다리나요?"

남자는 고개를 들고 무엇이라고 대답했지만 라디는 알아듣지 못했다.

"어디서 왔나요?"

라디가 물었다.

"북마케도니아에서요."

남자가 대꾸했다.

"저는 호텔 '바다별'에서 일하려고 왔지만, 코로나 대유행 때문에 호텔이 쉬어요. 호텔이 닫혔고, 거기에 아무도 없어요. 지금 저는 무엇을 할지 모릅니다. 이곳 작은 도시에는 식당, 카페, 은행 등 어디에도 문 연 데가 없어요."

"예."

라디는 중얼거렸다.

"대유행 때문에. 언제 도착했나요?"

"얼마 전에요. 사람들이 모든 것을 닫았을 때부터. 벌써 이틀간 여기 있었습니다. 이 도시에는 아무도 알지 못합니다."

"뭔가 먹었나요?"

라디가 물었다.

"아무것도. 돈은 있어요. 하지만 은행이 문을 닫아서 환전을 할 수 없어요. 식당도 마찬가지로 쉬고요."

"아마 젊은이는 대유행 때문이 아니라 배고파서 죽겠네요."

라디가 말했다. 남자는 슬프게 되풀이했다.

"기다려요. 가서 무언가 먹을 걸 가지고 올게요."

라디는 서둘러 집으로 갔다. 얼마 있다가 다시 돌아와 남자에게 빵, 치즈, 소시지를 주었다.

"먹어요."

라디가 말했다.

"감사합니다. 정말 감사합니다. 아저씨!"

남자는 조그맣게 되풀이하며 귤나무처럼 검은 눈이 반짝였다.

늑대 대장

이번 겨울은 몹시 춥다. 들판은 끝없이 넓은 사막처럼 두꺼운 하얀 눈을 이불 삼아 자고 있다. 나무들은 하얀 털옷을 입고 산꼭대기는 은빛이다.

늑대는 배가 고프다. 스레브로보 마을에 늑대 무리가 나타나 **파벨 호로라브**의 양 두 마리를 잡아 찢어 죽였다. 마을 사람들은 두려워 마당 문을 잠그기 시작했다. 마을은 심심산골에 있다.

밤에 마을 개들은 사납게 짖어대지만, 늑대 무리는 개를 무서워하지 않는다. 배가 고프면 늑대는 잔인해진다. 큰 개들도 감히 늑대를 공격하지 못한다. 여전히 늑대 무리는 마을에 몇 번이나 내려와 마을 주민들은 시급히 대처하기로 결의했다.

스레브로보에는 남자가 많지 않아 사냥꾼이 사는 이웃 고르니 리디 마을에 도움을 청하기로 했다. 그 지역에서 가장 유명한 사냥꾼은 **아타나스 데리에브**다. 스레브로보에서 남자 몇 명이 고르니 리디로 가서 무슨 일이 일어났는지 이야기했다.

"우리가 늑대를 쫓아내도록 사냥합시다."

아타나스 데리에브가 말했다.

"그렇게 해야만 우리가 늑대 무리를 내쫓을 수 있습니다."

데리에브는 키가 크고 건장하며 타타르 혈통의 눈과 고슴도치 가시 같은 머리카락을 가진 남자다. 전에는 사무원으로 도시에서 살았지만, 태어난 고향 고르니 리디에 살러 왔다.

고르니 리디 마을에서 사냥꾼들이 스레브로보로 황급히 왔다. 그들은 다음 날 숲으로 가려고 마음먹었는데 밤사이 늑대가 다시 스레브로보를 침입해 또 양이 없어졌다.

다음 날 아침 아타나스 데리에브와 사냥꾼들은 늑대의 흔적을 따라갔다. 늑대가 양을 금세 먹어치운 것으로 보아 몹시 허기진 것이 분명했다.

"그것들은 다섯 마리다."

데리에브가 말했다.

"젊고 힘센 늑대가 통솔하는 것 같아. 늑대 무리에는 새끼를 낳은 암늑대가 끼었고 지금 모든 무리는 새끼 늑대들을 돌보고 있어."

데리에브는 늑대 생활을 잘 꿰고 있다. 겨울에 암늑대가 새끼를 서너 마리 낳는데, 암늑대는 배가 고프면 새끼들에게 젖을 먹일 수 없다. 그래서 늑대 무리가 새끼 늑대를 키운다. 늑대가 먹이를 얻을 때 암늑대가 고기를 씹다가 내뱉으면 나중에 새끼 늑대가 먹는다.

'왜 사람들은 늑대 같지 않을까?'

데리에브는 깊이 생각했다.

'여자들이 자녀를 낳고 곧 떠나버린다.'

늑대에게는 데리에브를 놀라게 하는 무언가가 있다. 늑대는 세 살이 될 때 짝을 이룬다. 암늑대가 늑대 무리에서 가장 힘이 센 늑대를 골라서 죽을 때까지 헤어지지 않는다.

'아쉽게도 사람들은 너무 쉽게 헤어진다.'

데리에브는 깊이 생각했다. 데리에브는 젊어서 결혼했다. 아내 **라이나**는 아들 **베셀린**을 낳고 2년 뒤 어느 버스운전사와 눈이 맞아 데리에브를 떠났다. 그 때문에 데리에브는 고르니 리디에 살러 와서 사냥꾼이 되었다.

숲을 헤매며 동물들의 생활을 살폈다. 늑대는 오로지 배가 고플 때만 공격한다. 늑대들은 아흐레나 열흘간 허기를 참을 수 있다. 늑대가 먹이를 얻으면 먼저 늑대 대장이 먹고 그다음에 다른 늑대가 먹는다. 데리에브는 늑대의 이런 본능 때문에 놀랐다. 그것은 사람한테는 없는 일이다.

사람들은 모두 공동소유재산에서 무언가 가지려고 욕심내며 애를 쓴다. 늑대에게서 가장 중요한 것은 늑대 무리를 안내하고 보호하는 늑대 대장이다.

데리에브는 말했다.

"우리가 늑대를 유인할 거야. 그들은 배가 고파서 또 올 거야."

사냥꾼들은 고기 조각들을 숲 근처에 두고 기다리기로 했다. 데리에브는 모든 것을 잘 생각하고 숲 앞으로 사냥 자리를 옮겼다.

사냥꾼들이 늑대를 기다리는 동안 데리에브는 늑대 대장이 매복을 눈치 채고 늑대 무리를 구하려고 할 것인지 궁금했다. 그것은 늑대의 배고픔에 달려 있다. 늑대는 배가 고프다면 참을 수 없을 것이다. 배가 고파서 그들은 마을로 올 것이다.

늑대는 첫날에도 둘째 날에도 나타나지 않았다. 사냥꾼들은 그들이 다른 마을로 향했다고 짐작했지만, 데리에브는 늑대가 가까이 있다고 예감했다. 어딘가에서 늑대 대장이 사냥꾼들을 살피고 있는 것처럼 느껴졌다. 정말 배고파서 괴로웠지만, 늑대들을 마을로 감히 이끌지 못했다.

정말 늑대 대장은 지금 어느 나무 뒤에서 주변을 살피고 있는 것 같은데 무언가 때문에 불안했다. 늑대는 고기 냄새를 맡았지만, 감히 출발하지 못한다. 데리에브도 역시 기다렸다. 누가 더 참을성이 있는지, 자기인지 늑대 대장인지, 보고 싶었다.

데리에브는 경험과 총을 가지고 있지만, 늑대는 더 빠르고 더 잔인한 좋은 본능을 가지고 있다. 무엇이 더 유용할까? 경험과 총이냐, 본능과 속도와 잔인성이냐?

시간은 지나고 눈은 규칙적으로 천천히 떨어지는 빗방울 같다. 아마 그들은 어딘가에서 먹을 것을 찾아서 지금쯤 깊은 숲속에서 편안하게 있을지도 모른다. 하지만 갑자기 멀리서 무언가가 나타났다. 정말 그들이었다. 한 마리, 두 마리, 세 마리, 네 마리, 다섯 마리. 그것들은 소리 없이 가고 있다.

크고 힘이 세고 민첩하게 걷는 늑대 대장이 무리를 이끌고 있다. 뒤따라 조금 작은 암늑대가 간다.

암늑대는 항상 늑대 대장 옆에서 마치 힘을 깨워주듯 쳐다본다. 늑대 무리는 천천히 간다. 늑대는 불안한 듯 보인다. 배가 고파서 그들은 괴로운 듯했다.

여기서 그들은 벌써 가까이 왔다. 데리에브의 심장박동은 더 빨라졌다. 입술은 말랐다. 늑대는 조금씩 고기 조각 근처까지 왔다. 늑대 대장이 고기를 먹기 시작했다. 다른 늑대들은 뒤에 서서 기다린다.

늑대 대장이 배부르게 먹고 났을 그때 그들은 먹기 시작할 것이다. 데리에브는 총의 방아쇠를 당긴다. 총이 천둥처럼 소리를 냈다. 늑대 대장이 펄쩍 뛰더니 총을 맞고 눈 위에 쓰러졌다. 다른 총소리가 났다. 두 마리 늑대가 쓰러졌다. 다른 늑대들은 도망친다. 여전히 몇 발의 총소리가 난다.

데리에브는 가까이 가서 총에 맞은 늑대 대장을 쳐다본다.

지금껏 그렇게 멋진 늑대를 본 적이 없다. 그것은 크고 힘이 세다. 눈은 떠 있어 마치 그 힘을 표시하며 데리에브를 바라 보고 말하는 것 같다.

"여기 나의 암늑대가 내 곁에 있어. 그러나 당신 부인은 이 미 오래 전에 떠나 도망쳤어."

"그것은 진정한 늑대 대장이었구나."

데리에브는 사냥꾼들에게 말하고 마을로 출발했다.

나의 도르코

 나는 우리 집 암말이 새끼를 낳은 어두운 4월의 하루를 아주 잘 기억한다.

 그때 하늘은 회색 목도리 같고 조금씩 비가 오고 차가운 바람이 나뭇가지를 흔들었다.

 저녁이 되자 아빠는 암말이 새끼 낳는 것을 도와주었다.

 새끼가 태어날 때 전혀 예기치 않은 무슨 일이 생겼다. 암말이 망아지를 깨물고 발로 차기 시작했다.

 아빠는 놀랐다. 불쌍한 망아지는 마르고 힘없는 발로 겨우 서서 이리저리 비틀거렸다.

 암말은 망아지가 젖을 먹도록 가만두지 않았다.

 우리는 무슨 일인지 전혀 이해하지 못했다.

 우리는 암말에게 모성애가 아주 강하다고 알고 있었다.

 그런데 왜 우리 암말은 자기 새끼를 받아들이지 않을까? 아빠는 이미 어릴 때부터 말을 돌보았지만, 깜짝 놀랐다.

 "망아지가 죽겠구나." 아빠는 슬프게 말했다.

 "젖을 빨 수 없어."

 아빠의 이 말이 나를 놀라게 했다.

 "아빠!" 내가 말했다. "우리가 그것을 살려 봐요." 아빠는 나를 쳐다보더니 눈썹을 찡긋했다.

 "좋아, 해 보자."

 나는 기뻤다. 나는 망아지를 **도르코**라고 불렀다.

암말에게 멀리 떨어져 다른 마구간으로 도르코를 옮겨놓았다.

나는 우유가 가득 찬 큰 젖병을 가지고 가서 도르코에게 먹이기 시작했다. 처음에 도르코는 나를 무서워하며 떨었지만 조금씩 익숙해졌다. 나를 볼 때 금세 꼬리를 흔들고 마치 인사하고 싶어 하듯 힝— 하고 울었다. 도르코는 나를 보고 고개를 기대고 나는 부드러운 목털을 쓰다듬었다.

망아지의 몸에서 상쾌한 냄새가 나서 그것을 쓰다듬으며 오랫동안 옆에 서 있었다.

나는 우리 가족 중 가장 어리다.

나의 형 **페테르**와 **아젠**은 나보다 나이가 많아 나를 아는 체도 안 한다.

형들은 아빠를 도와 일하느라 나와 놀 시간도 없다. 그래서 도르코가 내 친구가 되었다.

조금씩 도르코는 힘이 세졌다.

나는 풀을 먹이기 시작했다.

봄날의 푸른 풀을 아주 좋아했다.

나는 도르코와 함께 마을 외곽 풀밭으로 갔다.

도르코는 풀을 뜯고 나는 책을 읽으며 나무 아래 앉아 있다. 도르코는 아이 같았다. 혼자서 달리고 뛰고 풀밭 위에서 원을 그리고, 나중에 내게 와서 주둥이로 나를 조그맣게 핥는다. 그렇게 내게 인사했다.

마치 내게 말하는 것처럼.

"내가 얼마나 빨리 달리는지 보았니? 이리 와 나와 같이 경주하자." 나는 말하면서 그것을 쓰다듬었다.

"우리는 경주 할 수 없어.

너는 바람처럼 빨라. 빠른 것뿐만 아니라 예뻐.

너보다 더 예쁜 망아지는 없어.

너는 나의 사랑스러운 망아지야."

도르코는 정말 아주 예뻤다.

다리는 날씬하고 몸은 미끈하고 빛이 났다.

검은 털을 가진 도르코는 등 위 여기저기에 하얀 얼룩이 보였다. 머리는 항상 들고 있고 큰 눈으로 나를 쳐다볼 때 마치 사람이 나를 보는 듯했다.

내가 도르코에게 말하는 동안 귀가 움직여 내 말을 알아듣는다는 인상을 받았다.

시간이 흘렀다. 도르코는 점점 커지고 힘이 세졌다.

한번은 형 페테르가 도르코를 수레에 채우기로 마음먹었다.

"너는 이제 일을 해야 해." 페테르가 말했다.

"우리가 너를 먹였어. 너는 전시용이 아니야."

하지만 도르코는 반항했다.

도르코는 페테르가 멍에를 메도록 가만있지 않았다.

그래서 페테르는 화가 나 채찍을 들고 도르코를 때렸다.

나는 페테르에게 고함을 치며 팔을 붙잡았다.

"때리지 마요." 내가 울었다. "말을 때려서는 안 돼요. 말도 우리와 같이 살아 있는 존재예요."

크게 화가 나고 양심 때문에 붉어진 페테르가 나를 밀쳐냈다.

"여기서 나가, 장난꾸러기야!

너는 말에 대해 아무것도 몰라."

페테르의 회색 눈은 족제비눈처럼 빛이 나고 회초리로 나를 때리려고까지 했다.

울면서 나는 집 안으로 들어가 숨었다.

며칠 뒤 페테르는 도르코를 굴복시키는 데 성공해서 수레에

멍에를 연결해 일하도록 만들었다.

매일 아침 페테르는 말 수레를 타고 마을에서 우유를 모아 우유가 가득한 커다란 양철 병을 치즈 공장으로 가지고 갔다.

저녁에 페테르가 집에 돌아올 때 나는 곧 마구간에 있는 도르코에게 갔다.

나는 도르코를 어루만지고 오늘 내가 하루 동안 어디에 있었는지 무엇을 했는지 이야기했다.

도르코는 주둥이로 나를 핥으며 기쁘게 힝- 울었다.

한 번은 집에 소동이 일어났다.

남자 몇 명이 페테르를 데리고 와서 침대에 눕혔다. "무슨 일이요?" 엄마가 놀라서 하얀 수건처럼 창백한 얼굴로 물었다.

"도르코가 발로 차서 정신을 잃었어요."

"언제?" 엄마가 소리치며 물었다.

"지금요. 페테르가 농장에 와서 수레에서 큰 양철 병을 잡기 시작했어요. 고개를 숙이자 이 순간 말이 갑자기 발로 찼어요. 다행스럽게 우리가 가까이 있어서 도와 곧 의사를 불렀어요."

아빠는 크게 걱정하며 오셔서 페테르가 누워 있는 침대 옆에 서서 말했다.

"페테르, 네가 말을 때리지 말았어야 했구나.
말은 절대 자기를 때린 사람을 잊지 않고 기억해.
복수한 거야."

나는 깊이 생각했다.

아마 도르코는 마찬가지로 누가 자기를 사랑하는지 기억한다.

"그것을 팔아야겠구나." 아빠가 말했다.

"이미 태어날 때부터 문제가 있었어."

바로 나는 소리 지르고 싶었다.

"도르코를 팔 수 없어요"

하지만 아빠가 내 의견에 동의하지 않을 것을 잘 안다. 아빠는 단호하게 도르코를 팔기로 마음먹었다.

쇠로 된 가위처럼 반짝이는 눈에서 그것을 볼 수 있다.

일주일 뒤 도르코는 팔리고 내 속에서 무엇인가가 영원히 없어진 듯했다.

내 속에서 뭔가가 빠져나가 나는 텅 빈 것을 느꼈다. 그렇게 오랜 시간 나를 따뜻하게 했던 그 무엇.

저녁에 자주 나는 도르코가 예전에 있었던 마구간에 갔다. 그러나 마구간은 텅 비어 있었다.

어느 날 도르코가 돌아와 내가 금세 그것을 껴안아 주는 것을 항상 바랬다.

정말 말은 어디에 살았는지 기억한다고 나는 안다.

우리 이웃 라이코 아저씨는 술 마시기를 좋아했다.

마을 술집에서 술을 마실 때 나중에 말 수레에 앉아서 조금 졸다 보면 말은 실수 없이 수레를 집으로 이끈다.

도르코는 돌아오지 않았다.

결코, 다시는 보지 못했다.

아빠가 누구에게 팔았는지 나는 모른다.

한 번은 밤에 도르코 꿈을 꾸었다.

꿈에서 보았다. 도르코는 걱정 없이 뛰고 땅 위를 날아가고 발굽에서는 빨간 불꽃이 나타났다.

날아가는 소녀

매일 나는 그 여자를 보았다. 여자는 학교 옆 벤치에 앉아 하늘을 오래도록 바라본다. 마치 넓고 파란 하늘 위에 떠다니는 작은 구름 조각들을 모조리 기억 속에 새겨 넣으려는 듯. 때로는 벤치 옆 자리에 다른 여자들이 나란히 앉아 그 여자와 대화를 나누기도 했다.

학교 옆을 지나면서 항상 보니까, 왜 의자에 앉았는지, 왜 하늘을 쳐다보는지 자못 궁금했다. 늙수레하지 않은 그 여자는 파란 웃옷을 잘 차려 입었다. 예쁜 갈색 머리카락은 어깨 위에서 찰랑거렸다. 벤치에 앉아서 움직이지 않고 하늘만 바라보기에 무슨 수수께끼 같기도 하고, 매력 넘치는 고대 그리스 동상 같기도 했다. 이전에는 그렇게 가만히 앉아 한없이 하늘을 쳐다보는 누군가를 본 적이 없다.

한번은 내가 학교 옆을 지나갈 때, 여자가 내게 말을 걸었다. 놀라서 당황했다. 내가 몇 번 숨어서 호기심 어린 눈초리로 자기를 살핀 걸 알아차렸나? 아니면 어찌됐건 내가 관심을 불러일으켰나?

"아저씨."

친절하게 여자가 말했다.

"때로 하늘을 쳐다보시는 거 알아요."

"예."

조금 당황해서 대답했다.

무엇을 쳐다보는지 짐작이라도 하려고 나도 때로 하늘을 올려다보았다.

"나도 하늘을 바라보는 걸 좋아해요, 아주머니."

"저도 하늘을 보고 있어요."

여자가 말했다.

"하늘은 항상 예뻐요."

"분명 하늘 위로 여자아이가 날아가는 것을 보았어요."

이어서 한 말이 나를 놀라게 했다. 농담을 하는지 진담을 하는지 분간할 수 없었다.

"분명 저기 위에서 날아가는 여자아이를 보았어요."

여자가 되풀이했다.

"그 아이는 제 딸 **알렉산드라**예요. 거기서 날고 있어요."

나는 여자를 바라만 볼 뿐 말을 잇지 못했다.

"어릴 때부터 알렉산드라는 날고 싶어 했어요. 그 아이는 내게 자주 말했죠. '엄마, 높이 높이 날고 싶어요.' 알렉산드라는 착하고 똑똑한 여자아이였어요. 지난여름에 삼각 비행기로 날기 시작했어요. 저는 아이가 날아서 행복해하기에 기뻐했는데, 그 삼각 비행기가 떨어져 산산조각이 났다고 사람들이 말했지만, 그것은 사실이 아니랍니다. 알렉산드라는 하늘에서 날았고 나는 그 아이를 보았어요. 저기 지금도 그 아이가 날고 있어요, 날아요."

나는 말이 없었고 여자는 다시 하늘을 쳐다보았다. 나는 머리를 들어올렸다. 그리고 믿을 수 없게도 저기 하늘 위에서 예쁘고 매력적인 여자아이가 나는 모습을 보았다.

독수리들을 구하라

다니엘라는 여행 가방을 꾸렸다. 서둘러 웃옷, 블라우스, 양말을 쑤셔 넣었다. 밀렌은 서서 쳐다만 보았다.

"언제까지나 여기서 살아!"

다니엘라는 화가 나서 쏘아붙였다.

"독수리, 늑대, 여우 옆에!"

밀렌은 침묵했다. 가방을 꽉 채울 만큼 의외로 옷이 많았다. 파리가 방에서 윙윙 날아다니며 밀렌을 귀찮게 했다. 밀렌은 파리를 쫓았지만 번번이 헛탕을 쳤다. 파리는 지치지 않았다. 방은 텅 빈 듯했다. 이제 방 안에는 아무것도 없었다. 벽 위에 낡은 달력만 걸려 있다.

"당신은 독수리와 함께 살아."

다니엘라는 되풀이한 뒤 주위를 둘러보고 무거운 가방을 들고 나갔다.

밀렌은 다니엘라가 집 문을 열고 거리로 나가는 소리를 들었다. 다니엘라는 천천히 버스 정류장으로 갔다.

밀렌은 창 문 너머로 바라 보았다. 거리에는 아무도 없었다. 9월 중순이라 날씨는 아직 따스했다. 해가 비치고 있다.

정류장에 보리수나무가 있는데 다니엘라는 그 가지 아래 섰다. 버스는 20분 뒤에나 도착한다.

버스 정류장의 회색 벽에는 '독수리들을 구하라' 는 오래된 광고지가 붙어 있다. 자동차 소음이 들렸다. 버스 정류장으로 차가 다가왔다. 다니엘라가 팔을 들자 자동차가 멈춰섰다. 모든 일이 마치 영화처럼 아주 빠르게 일어났다. 자동차 문이 열리고 다니엘라는 그 안에 탔다. 자동차가 출발했다.

"드디어 갔군."

밀렌이 말하고 조용한 빈방에서 몇 걸음 걸었다. 열린 옷장에는 갈색 겨울 바지, 겨울용 푸른 잠바, 검은 외투가 걸렸다.

밀렌은 다니엘라와 함께 이 마을에 온 날을 떠올렸다. 2년 전 5월 5일이었다. 그때 나무에 꽃이 피어 하얀 가지들이 예쁜 꽃다발 같았다.

밀코보 마을은 산속에 있다. 밀렌과 다니엘라는 방 한 칸짜리 낡은 집에서 살았다. 밀렌은 방을 조금 수리했다. 마을의 작은 집들은 산비탈에 둥지를 튼 새 같았다. 거리는 울퉁불퉁하고 마당은 비좁았다. 이곳 산골 사람들은 마치 백 년 전 시대를 사는 것 같다. 마을에 학교, 요양원, 종합병원, 영화관 등이 하나도 없다. 생필품 가게만 딸랑 한 곳 있을 뿐이다. 아이들은 이웃 마을 학교에 다닌다.

이 멀고 조용한 산 구석에 독수리가 피난처를 찾았다. 온 나라를 통틀어 이곳 한군데만 독수리가 둥지를 틀었다. 조용해서인지, 황폐해서인지 독수리들이 이곳에 사는 이유는 분명치 않다.

밀렌은 배신감을 느꼈다. 다니엘라는 이곳 생활을 견디지 못하고 떠난 것이다. 이년 전 그들은 멸종된 독수리를 조사하고 돌보고 지키려고 이곳에 왔다.

밀렌이 다니엘라에게 처음 독수리 얘기를 했을 때, 다니엘라의 눈은 빛났다. 그때 다니엘라도 독수리에 흥미를 느꼈고 두 사람은 여기서 살면서 독수리를 살피고 돌보겠다고 다짐했다.

그들은 매일 일찍 일어나서 바위 사이를 헤매고 다니며 독수리를 먹이고 사진을 찍었다. 밀렌은 바위 틈에 특별한 장소를 만들고 거기에 독수리 양식을 놓아두었다.

단숨에 하늘 높이 100~200미터를 날고, 쉬지 않고 120킬로미터를 날아가는 힘 센 새들에 감탄했다.

독수리는 사냥꾼 낌새를 채면 곧장 하강한다. 거기 아래에 뭔가 먹을거리가 있다는 걸 알기에.

독수리 구조의 업무를 띤 스위스기금은 밀렌에게 일원(一圓)이 되도록 권유했다. 다니엘라의 어머니는 의사인데 딸이 멀리 산에서 사는 것에 난색을 표했다. 하지만 다니엘라는 밀렌과 함께 행동하겠다고 결심했다.

이년간 여기서 보낸 그들이 엊저녁에 식사를 할 때 다니엘라는 말했다.

"언제까지 여기 살거에요?"

밀렌은 다니엘라를 바라보았다. 방에 빛이 강하지 않아 얼굴은 양피지처럼 하얗게 보였다. 푸른 눈동자는 두 개의 마른 얼룩 같았다.

밀렌은 대답하지 않았다. 다니엘라는 독수리가 알을 낳은 시기인 걸 잘 알았다. 돌봐줄 독수리 새끼들이 곧 생길 것이다.

밀렌과 다니엘라는 이미 몇 달 전부터 독수리 한 쌍을 관찰 중이다. 암컷의 날개에 상처가 났다. 그들은 독수리를 치료하고 건강하게 되었을 때 암컷을 자유롭게 놓아주었다. 암컷에게 하얀 메리라고 이름 지어줬다. 얼마 뒤에 하얀 메리에게 짝이 있느냐고 물어 보았다. 수컷은 안드라고 불렀다. **안드**는 이곳에 가끔 오는 스위스 과학자이자 탐험가 이름이다. 침묵이 흐르고 나서 다니엘라는 계속했다.

"우리는 아이를 가질 거예요. 여기서 내가 아이를 낳아야 해요?"

밀렌은 다니엘라가 임신한 것을 알았다. 여기엔 종합병원, 분만 조산원은커녕 의사도 없다. 다니엘라가 아이를 낳으려고 할 때 밀렌은 서둘러 골짜기에 있는 시내로 태우고 갈 수 있을 줄 알았다.

"그리고 나중에"

다니엘라는 말했다.

"아이는 어디서 공부해? 여기에는 학교가 없어."

밀렌은 다니엘라를 쳐다보았다.

"독수리를 돌보려고 여기에 오자고 내가 제안할 때 당신은 동의했어."

밀렌이 말했다.

"여기에 종합병원, 의사, 학교, 영화관이 없는 것을 당신도 알았어. 여기에는 아무것도 없어. 오직 우리가 돌봐야 할 독수리만 있어. 그때 당신은 온다고 동의했어. 당신은 나와 함께 세상 끝까지 갈 준비가 되었다고 말했어. 여기가 세상의 끝이야."

다니엘라는 희미하게 빛나는 전등을 슬그머니 바라보았다. 이곳을 다니엘라는 지금 떠났다. 밀렌에게 "잘 있어"라는 말조차 하지 않았다. 다니엘라가 더이상 참지 못한 거라고 밀렌은 이해했다. 세상 끝까지 밀렌과 함께할 준비가 됐다고 말했을 때, 아마 그것이 상쾌한 모험이거나 일시적인 즐거움일 줄 알았을 것이다.

밀렌은 배신감을 느꼈다. 지금 다니엘라는 밀렌이 미쳤다고 생각할 것이다. 정말 누가 독수리를 필요로 하나? 하지만 밀렌은 독수리를 멀리 떠난 자기 인생을 상상할 수 없다.

독수리가 날아갈 때면 매혹에 빠져 독수리를 바라본다.

독수리는 하늘 높이 올라갔다가 갑자기 빠르게 전투기 같이 하강한다.

사람들은 독수리가 잔인하고 위험하게 보인다고 좋아하지 않지만, 독수리가 존재한다면 거기엔 반드시 이유가 있을 거라고 밀렌은 생각한다. 우리 인간은 홀로 살 수 없다.

동물, 새, 물고기, 곤충이 함께 해야 한다. 우리 인류는 지구라고 부르는 커다란 노아 방주에서 그들과 함께 산다. 다니엘라는 방주를 떠나 멀리 갔다. 밀렌은 다니엘라가 이곳에 남도록 확신을 주지 못했다. 누군가가 무엇에 대한 믿음이 없으면, 그 누구도 그들에게 그 무엇의 효용성을 확신시킬 수 없다.

밀렌은 독수리에게 무슨 일이 있는지 살피려고 집을 나왔다.

천천히 바위로 향하는 울퉁불퉁한 거리를 걸었다. 조용했다.

커다란 바위는 누워 있는 회색 늑대 같았다. 밀렌은 쌍안경으로 독수리들을 보았다. 하얀 메리와 안디를 살폈다. 그들이 편안하다고 확신이 들자 집으로 갔다.

집에 가까이 와서 멈췄다. 방에 불빛이 어렸다. 밀렌이 문을 열었다. 다니엘라가 방 안에 있었다. 돌아왔다.

침대 옆에 커다란 여행 가방이 놓였다. 밀렌은 다니엘라에게 다가갔다.

"지금 하얀 메리와 안디를 봤어."

밀렌이 말했다.

"그들은 벌써 새끼들, 작은 독수리를 안았어."

다니엘라는 서서 밀렌을 껴안고 입맞춤했다.

소설 '세베리나'

식당에는 네 명이 있었다. **아드리안, 류벤**, 류벤의 아내 **에미**, 에미의 친구 **세베리나**였다. 오늘 저녁은 류벤이 대접했다. 대형스포츠센터에 관한 새 건축 계획 덕에 상을 받아서 한 턱을 냈다. 저녁식사는 상쾌하고 즐거웠다. 적포도주는 무척 감미로웠다.

밖에는 눈이 왔다. 식당의 커다란 창문 너머로 눈송이가 날리더니 눈송이들이 창에 쌓여 하얀 커튼을 드리운 듯했다.

아드리안과 류벤은 죽마고우다. 아드리안은 자주 류벤 집에 갔다.

그날 저녁, 류벤과 에미 부부는 에미의 친구 세베리나와 함께 있었다.

세베리나는 아름다우며, 스물다섯 살 가량이고, 황금 머릿결, 개암 같은 매력적인 눈을 가졌다.

어느새 밤 10시, 아드리안이 돌아가려 할 때 에미가 부탁했다.

"아드리안, 세베리나를 바라다 주세요. 많이 늦었어요."

"당연하지요."

아드리안이 말했다.

"기꺼이 바라다 줄게요."

아드리안과 세베리나는 류벤, 에미와 작별하고 식당을 나왔다.

"택시를 타고 갑시다."

아드리안이 제안했다.

"산책하는 편이 좋아요."

세베리나가 말했다. 겨울밤은 그리 춥지 않았다. 눈은 부드러운 솜 같았다. 거리는 한산하고 조용했다. 가로등은 노란 빛을 비추고 나무는 하얀 외투를 입은 군인처럼 줄지어 서 있다. 아드리안과 세베리나는 마치 잠자는 기적의 숲속을 거니는 듯 천천히 걸었다.

"어디 사세요?"

아드리안이 물었다.

"새 주거지역 오르키데오에서요."

그들은 도시 중심가로 걸어갔다.

"무슨 일을 하세요?"

세베리나가 물었다.

"그림을 그립니다."

아드리안이 대답했다.

"풍경화나 초상화 어느 쪽 그리기를 더 좋아하나요?"

"나는 그래픽 예술가입니다. 당신은 무슨 일을 하세요?"

"성안나 병원에서 간호사로 일합니다."

"힘든 직업이네요."

아드리안이 알아차렸다.

"네, 하지만 간호하는 걸 좋아해요. 어릴 적 꿈이었으니까요. 화가가 되기를 어릴 적부터 바라셨나요?"

"학생 때부터 화가의 길을 준비했어요. 미술 고등학교를 마치고 예술교육원에 들어갔죠."

어느새 콘티넨트 호텔에 가까이 왔고 거기서부터는 택시를 탔다. 아드리안은 세베리나를 집까지 데려다주고 작별 인사를 하고 자기 집으로 갔다.

집으로 오는 도중 세베리나를 오래도록 생각했다. 세베리나가 마음에 들었다. 미술에 흥미가 있을까? 궁금했다. 지금껏 마음에 드는 여자 친구는 몇 있었지만, 미술에 흥미를 느끼는 이는 없었다.

하지만 인생에서 화가로서의 작품활동이 가장 중요하다. 여자 친구 몇몇은 솔직하지 못했다. 아드리안의 작품이 마음에 든다고 했지만, 그것이 진심이 아니란 걸 아드리안은 짐작했다.

아침이 되자 세베리나에게 전화를 걸어 저녁에 만나자고 했다. 세베리나는 흔쾌히 수락했다.

그들은 식당 프리마베로에서 저녁식사를 했다. 세베리나는 전날보다 더 예뻐 보였다. 신비롭게 만들어진 작은 나뭇잎 모양의 노란 장식이 달린 체리 색 웃옷을 입었다.

세베리나는 자신이 필리포폴리스에서 태어났다고 아드리안에게 얘기했다.

아버지는 역사가이자 대학교수이며 어머니는 교사다.

보통 주말에는 부모님이 계신 필리포폴리스에 머물렀다.

이 첫 만남 뒤, 그들은 자주 함께했다.

한번은 아드리안이 세베리나를 집까지 데려다 줄 때 세베리나가 말했다.

"우리 집에서 같이 커피 마실래요?"

그리 크지 않은 집에는 방이 두 칸이고 가구가 잘 배치되어 있다. 아드리안은 벽에 걸린 그림을 보았다. 유명한 드랴노보 성당이 그려져 있다. 나무 사이로 성당이 보였다. 그림을 쳐다 보면 성당이 천천히 하늘로 올라가는 느낌이었다.

"바실 페트로브가 그렸어요."

세베리나가 말했다.

"1년 전 그분이 아팠을 때 병원에서 간호했어요. 그 인연으로 제게 그림을 선물해 주셨어요."

"저도 페트로브를 알아요."

아드리안이 말했다.

"유능한 화가죠."

"나는 당신의 그림을 보고싶어요."

세베리나가 아드리안을 쳐다보았다.

"화가, 작가, 음악가는 우리 보통 사람과는 다른 세상에서 산다고 생각해요."

"아마 맞을 거에요."

"허락해 주신다면 당신의 세계를 볼 수 있을 텐데." 아드리안은 미소를 지어 보였다.

"하지만 내 세계를 보려면 열쇠를 가져야 해요. 열쇠 없이는 그것을 열 수 없어요."

"내가 열도록 도와주실 거죠?"

세베리나의 개암 같은 눈이 야릇한 빛을 띠었다.

아침에 아드리안이 깨어났을 때 세베리나는 아직 자고 있었다. 미끈한 이마 위로 머리카락 한 줌이 덮였고 눈썹은 두 개의 작은 반달 같고 입술은 조금 벌린 채 편안하게 숨을 쉬었다. 세베리나는 잠자는 모습도 퍽 매력적이었다. 천천히 눈을 떠서 살짝 웃고는 아드리안에게 입을 맞췄다.

"저는 빨리 일터에 가야 해요."

말하고 일어나 욕실로 갔다.

세베리나는 내 인생에 조화를 만들었다.

아드리안은 세베리나에게 자기 작품을 보여주려고 마음먹었지만 조금 불안했다.

무엇이라고 말할지 짐작할 수 없었기에. 처음에 바다 풍경을 보여주었다. 세베리나는 주의해서 그것을 쳐다보았다.

"외로움이 느껴져요."

세베리나가 말했다.

"왜요?"

아드리안이 물었다.

이 풍경이 외로움을 드러낸다고는 전혀 생각지 못했다.

"바닷가에 놓인 어부의 배는 마치 고아 같아요."

세베리나가 말했다.

그것은 마치 폭풍우가 갑자기 휘몰아치는 듯했다.

아드리안은 세베리나의 말을 들었다.

"이 그림을 그릴 때 외로움에 관해 생각하지 않았겠지만 나는 작품을 볼 때 슬픔을 느껴요. 화가는 왜 그리는지, 작가는 왜 쓰는지, 작곡가는 왜 작곡하는지 궁금해요."

"나는 그려요."

아드리안이 말했다.

"그림을 그리면서 당신이 말한 것처럼 다른 세계로 들어가요."

"그리면서 무엇을 느끼나요?"

세베리나가 물었다.

"행복, 그리면서 행복."

5월 초에 아드리안이 전시회를 열도록 기획했다. 그림을 그리면서 전시회가 열리는 날을 상상했다. 전시회에 내놓을 거의 모든 작품이 완성되었다. 그리고 지금 마지막 작품을 그리면서, 그 안에 우주의 다양함과 풍부함을 보여주고 싶었다.

그 그림 안에 늑대 한 마리가 있어야 했다. 늑대가 왜 있어야 하는지 이유가 분명치는 않고, 늑대는 일종의 상징이었다. 늑대는 싸움을 좋아하고 용기 있고 힘이 세다. 그런데 아드리안은 작품 속 어디에 늑대를 두어야 할지 가장 좋은 자리를 찾을 수 없었다. 여러번 그렸지만, 결과가 만족스럽지 못했다. 작품 속에서 늑대 위치를 자주 바꿨다.

한 번은 거리에서 류벤의 아내 에미를 만났다.

"안녕하세요, 아드리안."

에미가 말했다.

봄바람에 금발이 살랑거렸다.

"오랜만에 뵙네요."

에미가 말했다.

"5월 초에 열릴 전시회에 초대할게요."

"감사해요. 세베리나는 어떻게 지내나요?"

"아주 잘!"

"세베리나라는 제목의 소설 주인공이라는 걸 말하던가요?"

에미가 살며시 웃었다.

"정말요?"

아드리안은 깜짝 놀랐다.

"벌써 2년 전에 나온 소설이에요."

"작가가 누군데요?"

"**파벨 다포브**입니다."

"파벨 다포브요?"

아드리안은 놀라서 에미를 바라봤다. 지금까지 세베리나는 이 소설에 관해 한 번도 말하지 않았다.

'왜?'

아드리안은 파벨 다포브가 누구인지 안다. 젊은 작가이고 장편 소설과 단편소설을 두루 쓰지만, 아드리안은 한 작품도 읽지 않았다. 아드리안은 소설을 사려고 책방으로 갔다.

소설은 오래전에 매진되었다.

아드리안은 먼 책방까지 가서 책을 샀다.

책 표지는 푸른색감에 예뻤고 제목은 커다란 글자로 세베리나라고 쓰여 있었다.

아드리안은 집에 돌아와서 곧장 소설을 넘겼다. 거의 온종일 읽었다. 심한 타박상을 입고 입원한 유명한 축구 선수가 주인공인데, 그곳 간호사가 세베리나였다. 의심할 것 없이 작가는 세베리나를 매우 섬세히 표현했다. 이미 아드리안이 알아챈 세베리나의 특징까지 아주 자세했다.

아드리안은 세베리나가 소설에 관해 자기에게 지금까지 말하지 않은 이유를 알 수 없었다.

오후에 세베리나와 함께 카페 오리오노에 갔다.

아드리안이 카페에 들어설 때 세베리나는 이미 도착해서 기다리고 있었다.

"무슨 일이죠?"

세베리나가 물었다.

"그림을 그리다가 늦었어요."

거짓말했다.

"당신의 새 작품을 언제 볼 수 있나요?"

"완성되면요."

"꽤 오랜 시간 동안 그리네요. 뭔가 방해하는 것이 있나요?" 하고 물었다.

"나는 작품 안에 늑대를 넣고 싶은데 가장 좋은 위치를 찾을 수 없네요."

"왜 늑대를 그리고 싶나요?"

"상징이죠."

"그런데, 미술 작품 때문이 아니라 뭔가 불안하게 보여요. 무슨 일인가요? 그림 그릴 때 당신은 기분이 좋아요. 지금 뭔가 이상하게 행동해요."

아드리안은 세베리나를 바라보았다.

'그래, 그녀는 나를 안다. 하지만 나는 그녀를 아는가?'

아드리안이 곧 질문했다.

"왜 지금까지 소설 세베리나에 관해 이야기하지 않았죠?"

세베리나는 살짝 웃었다.

"정말 그것은 모든 소설처럼 픽션이예요. 오직 제목이 세베리나이고요."

"하지만 작가는 당신을 아주 자세히 묘사했어요."

"예, 작가는 환자였어요. 병원에서 치료받고 건강해질 때 제목이 세베리나인 소설을 쓰겠다고 말했지요. 내 이름을 써도 되는지 물었어요. 나는 허락했지요. 그것이 전부예요."

아드리안은 조용했다.

"당신이 내 말을 믿지 않는다고 느껴지네요."

세베리나의 개암 같은 커다란 눈동자에 슬픔과 상처가 내비쳤다.

"소설을 끝까지 다 읽었나요?"

세베리나가 물었다. 아드리안은 대답하지 않았다.

"끝까지 다 읽으면 모든 것이 분명해져요."

세베리나는 일어나서 나갔다. 아드리안은 앉은 채로 그냥 있었다.

잔을 내려다보고 잔 속에 남은 커피의 모양을 슬며시 보았다. 그림 작품을 보는 것처럼 느껴졌다.

나무, 꽃, 새, 달이 있고, 나무 옆에는 늑대가 서 있다. 아드리
안은 집으로 돌아왔다.

곧 그림을 쳐다보았다.

그것은 커피잔에서 본 것과 같다.

이제 늑대를 나무 옆에 그려야 했다.

늑대는 영혼에 들어와서 아드리안을 깨물었다.

다음 날 아침 세베리나에게 전화했지만 받지 않았다.

여러 번 전화했다. 전화기는 조용했다.

옆 탁자 위에는 세베리나 소설이 덩그러니 놓여 있다.

등대지기

성마리나 섬은 작다. 파도는 끊임없이 사방에서 섬을 때리고 조금씩 깨물었다. 여러 해가 지나면 섬이 사라져 버려서 아무도 여기에 섬이 있었는지, 늙은 등대지기가 살았는지 모를 것이다.

오래전부터 **아브람**이 섬의 유일한 주민이었다. 언젠가 여기에 작은 성당이 있었지만, 오래전에 낡아서 없어졌고, 지금은 잡초 사이에 성당의 주춧돌만 남아 있다.

아브람은 성당을 사람들이 언제 지었는지, 언제 부서졌는지 아무것도 모른다.

등대에 작은 방이 있는데 거기에 오래된 성마리나 조각상이 있다. 조각상에 깊은 인상을 받았다. 아브람은 조각상을 깨끗이 씻어 밥 먹는 식탁 위에 두었다. 그 덕에 항상 조각상을 바라볼 수 있었다. 조각상이 빛을 비추어주는 것 같았다.

아브람은 이 섬에 오기까지 긴 여정을 지나왔다. 건축업자로 여러 도시에서 일했다. 십여 년의 결혼생활을 뒤로하고 부인은 아브람을 떠나버렸다.

여러 도시를 떠돌아 다니며 살림을 하더니, 아브람이 이 도시 저 도시 돌아다니면서 일하는 것을 더는 참지 못한 것이다. 아브람의 아들도 외국에 나갔는데 지금은 어느 나라에 사는지조차 모른다.

몇 년 전 성마리나 섬 근처 해양도시에 왔을 때 등대지기가 떠난 것을 알았다. 아무도 등대지기가 되기를 원치 않았다. 섬에서 혼자 살려는 사람은 아무도 없었다. 물과 양식은 사람들이 배로 실어다 주었다.

아브람은 등대지기가 되겠다고 수락했다.

저녁에 등대를 밝히고 아침에 끈다. 아브람은 외로움을 즐겼다. 이미 오래전부터, 담배를 피우는 선술집의 시끄러운 친구들과는 멀어졌다.

지금은 파도의 규칙적인 철썩거림과 갈매기의 커다란 울음소리를 듣는 것으로 충분하다.

아침에 장엄한 일출 광경을 보고, 저녁 전에 일몰 장면을 본다. 때로 파도가 높지 않을 때는 낡은 배로 낚시를 했다. 그러나 섬에서 아주 멀리 떨어지지는 않았다.

노련한 낚시꾼이나 좋은 수영선수가 아니기에.

어제 오후에 심한 폭풍우가 시작되었지만, 오늘 바다는 평온하다.

파도의 안정적인 철썩임은 상쾌한 노래 가락 같다.

아브람은 섬을 산책했다.

바람은 약하고, 공기에는 해초와 깨진 조개 냄새가 물씬 났다. 처음에 바다가 바라다보이는 바위로 갔다.

나중에 언젠가 성당이 있었던 바위 사이로 걸어갔다. 거기는 키가 훤칠한 100년 된 느릅나무가 가까이에 자리했다. 3년 전에 아브람은 느릅나무 옆에 나무 탁자와 긴 의자를 만들었다. 따뜻한 낮에는 아름드리 느릅나무 가지 아래 앉아 있는 걸 즐겼다.

여기서 아브람은 만이 있는 섬의 경계까지 산책을 계속했다.

이 만에서는 종종 바다에 들어가 수영을 하기도 한다.

지금 수영하려고 옷을 벗었다. 그때 갑자기 돌처럼 굳어졌다. 불과 몇 미터 앞 파도에 누워 있는 사람을 보았기 때문이다. 아마도 물에 빠진 사람을 파도가 이쪽으로 밀어왔다고 추측하며 걱정했다.

아브람은 가까이 다가가서 물에 빠진 젊은 여자를 살펴보았다. 살아 있으나 겨우 숨을 쉬었다.

조심해서 여자를 바다에서 건져 등대로 데려갔다.

작은 방으로 들어가 침대에 눕혔다.

얼마 동안 옆에서 무엇을 할까 생각하며 서 있었다. 아가씨는 열여덟 살쯤 되어 보이고 예쁘고 하얀 얼굴에 머리카락은 길고 무성했다.

옷은 젖었지만, 아브람은 감히 벗기지 않았다. 아가씨는 천천히 눈을 뜨고 아브람을 보면서 물었다.

"여기가 어디에요?"

"성마리나 섬입니다." 아브람이 대답했다.

"그리고 **스테판**, 스테판은 어디 있나요?"

"아가씨 혼자예요."

아가씨가 눈을 감자 아브람이 말했다.

"아가씨 옷이 젖었네요."

"물 좀 주세요."

아가씨가 작은 소리로 말했다.

아브람은 물 한 잔을 주고 마시도록 도왔다.

"옷을 갈아입어야 해요." 아브람이 말했다.

"내가 방에서 나갈게요.
여기에 내 낡은 바지와 셔츠가 있어요."

아가씨는 두려워하며 아브람을 바라보았다.

"무서워 말아요. 살아 있는 것이 중요해요."

아브람은 옷을 아가씨에게 주고 나갔다.

얼마 뒤 아브람이 문을 두드렸다.

아가씨가 말했다. "들어오세요."

아브람이 들어왔다.

아가씨는 아브람의 바지와 셔츠를 입고 있었다.

"무슨 일이 있었죠?" 아브람이 물었다.

아가씨는 대답하지 않고 천장을 쳐다보았다. 얼마 뒤 아브람이 다시 말을 꺼냈다.

"분명 배가 고프지요. 달걀부침을 할게요."

아브람이 난로로 가서 달걀부침을 만들었다.

아가씨가 아브람을 쳐다보았다.

아브람은 탁자 위에 접시와 달걀부침, 빵을 놓고 말했다.

"먹어요."

아가씨는 탁자 옆에 앉아 천천히 먹었다.

아주 배가 고픈 듯 보였다.

"여기 라디오 있나요?" 아가씨가 물었다.

"예."

"어제 뉴스를 들으셨나요?"

"아니요."

아가씨는 탁자 위 동상을 바라보았다.

"어떤 성인인가요?"

"성마리나예요."

"그래요, 성마리나가 저를 구했어요.
심한 폭풍우에 휘말려 요트가 뒤집혀서 스테판이…."

아가씨가 울음을 터트렸다.

"우리는 스테판의 요트로 항해했어요. 상쾌하고 해가 비치는 날이었지만 갑자기 폭풍우가 몰려왔어요."

아가씨는 울었다.

"울지 마세요."

아브람이 말했다.

"아마 스테판도 살아있겠지요."

"언제부터 여기 계셨나요?" 아가씨가 물었다.

"벌써 오랜 세월이네요." 아브람이 대답했다.

"오늘 밤은 여기서 자요.

내일 해양도시에서 물과 양식을 가지고 배가 올 테니 갈 수 있어요."

아침에 해가 뜨고 조용히 바다를 비출 때 아브람은 방으로 들어가 아침을 준비했다.

아브람이 차를 끓여 식탁 위에 버터, 치즈, 참외와 함께 두었다. 지금 아가씨는 더 안정을 되찾은 듯했다.

얼굴은 이제 창백하지 않고, 푸른 눈은 빛이 났다.

아가씨가 아브람의 낡은 바지와 셔츠를 입고 있어도 몸은 건강하게 보였다. 수영을 해서 살아난 것 같았다.

"곧 10시가 되면 배가 올 거요.

옷을 갈아입어요. 같이 부두로 가요."

아가씨가 옷을 갈아입도록 아브람이 방에서 나갔다.

그들은 부두 위에 섰다.

배가 가까이 다가왔다.

배가 다가올 때 운전하는 선원이 농담으로 말했다.

"아브람, 어젯밤 여자 손님이 왔었네요!"

아브람은 조용했다.

아가씨는 배로 갔다.

두 걸음을 한 뒤 몸을 돌리며 말했다. "감사합니다. 정말 고맙습니다."

"이름이 무엇인가요?" 아브람이 물었다.

"마리나입니다."

아가씨가 대답했다.

"마리나?"

아브람이 되물었다. 배가 떠났다.

배 뒤로 하얀 줄이 생기더니 몇 초 뒤 사라졌다.

아브람은 부두에 서서 깊은 침묵에 잠긴 듯했다.

파도의 철썩이는 소리도, 갈매기의 외치는 소리도 들리지 않았다.

무언가가 아브람을 숨 막히게 했다.

아브람은 입을 벌려 소리치고 싶었다.

'마리나! 마리나!'

그러나 아브람은 할 수 없었다.

아브람은 아가씨에게 어디 사느냐고, 스테판이 누구냐고 묻지 않았다.

처음으로 아브람은 외로움을 느끼고 이 느낌은 지독했다. 아브람은 섬을 떠나기로 했다.

부다페스트의 1956년 가을

에바는 전쟁이 뭔지 몰랐다. 제2차 세계대전 뒤에 태어나서 전쟁은 왠지 먼 데서 일어나는 이해할 수 없는 일로만 느꼈는데, 지금 에바의 마음엔 전쟁과 같이 마음에 상처를 준 그 일을 기억하고 있으며 영원히 기억할 것이다.

일은 아주 오래전에 칼에 살이 베인 것처럼 상처를 냈지만, 에바가 결코 겪은 일을 잊지 않도록 아직도 아물지 않았다. 그 모든 일은 11월 초순 아침에 시작됐다. 에바는 멀리서 들려오는 희미한 천둥소리에 잠이 깼다.

처음에는 폭우가 내리는 것처럼 보였다.

어두운 구름이 낀 아침이었는데 아마 비가 왔을 것이다. 에바는 침대에 누워서 방안의 커다란 창문을 바라보았다. 엄마는 부엌에 계시고 곧 침실로 오실 것을 알았다.

에바는 플러시 옷감으로 만든 새끼 곰 **가슈타르**를 안고 있다. 낡은 그 인형을 퍽 좋아해서 곁에 두지 않으면 잠을 못 이룰 정도였다.

꽤 긴 시간 깨어 있었지만, 엄마는 오지 않았다.

왜 엄마가 오지 않는지 알지 못했다.

아침에 잠이 깨면 에바는 늘 엄마의 파란 눈동자와 방금 끓인 우유 같은 따스한 웃음을 보았다.

에바가 엄마의 웃음을 떠올리면 항상 따스한 우유가 연상되는 것은 아침에 부엌에서 끓이는 우유의 향기가 풍기기 때문이었다.

그러나 오늘 아침 엄마는 아직 침실로 오지 않아서 에바는 회색 창을 쳐다보면서 꼼짝도 하지 않고 누워 있다. 마치 검고 무거운 커튼이 창밖에 드리워 창문을 덮은 듯했다.

에바는 추위를 느끼며 담요 속에서 떨었다. 부엌에서는 아주 작은 소리도 들리지 않았다. 엄마가 곧 오지 않으리라는 확신이 들자 침대에서 일어나 문으로 가서 무거운 문을 열었다. 맨발로 돌처럼 평평한 부엌 마루 위를 걸어갔다. 어머니는 창가에 서서 큰 건물 옆 마당을 쳐다보고 계셨다.

에바는 조용히 어머니 등 뒤로 가서 똑같이 창밖을 쳐다보려 했다. 높은 건물에 둘러싸인 마당은 아주 커다란 나무문을 통과해야 들어갈 수 있다. 어머니는 활짝 열려 있는 커다란 문을 보고 있었는데, 거기에 커다랗고 무시무시해 보이는 대포가 버티고 있었다.

대포 둘레에는 남자 몇이 서성거렸는데 군인은 아니었다. 남자들은 대포를 **다뉴브강** 너머에 있는 작은 **겔레르트 산**을 향하게 했다.

이제야 에바는 자기를 깨운 천둥소리가 겔레르트 산에서 쏜 대포 소리임을 알았다. 누군가가 쏘았다.

그런데 왜?

어머니는 에바가 등 뒤에 서 있는 걸 바로 알아차리지 못했다.

잠시 후 에바를 보고는 곧 침실로 데리고 갔다.

"꼼짝말고 여기 있거라." 어머니는 엄하게 말했다.

"부엌엔 오지 마. 거긴 위험해.

여기로 아침을 가지고 올게."

에바는 다시 어두운 침실에 혼자 있었다.

대포 소리는 더욱 세게 들려왔다.

울음이 터져 나왔다.

따스한 눈물이 작은 강물처럼 에바의 뺨 위로 흘렀다. 얼마나 오랫동안 혼자 방에 있었을까.

갑자기 문이 열리고 어머니가 아침 -차와 과자-을 들고 들어왔다. 오늘은 버터 빵과 우유는 없었다. 에바는 문득이 어머니를 쳐다보았지만, 어머니는 말이 없이 아주 불안한 듯 보였다. 마치 에바를 보지 못한 듯했다.

아침을 든 쟁반이 어머니 손에서 떨렸고, 철제 찻숟가락이 종처럼 소리를 냈다. 어머니는 쟁반을 내려두고 말없이 눈물을 쏟았다. 엄마가 그렇게 걱정하는 모습은 처음 보았다. 정말 밖에는 뭔가 무서운 일이 일어났다. 에바는 무슨 일이 생겼는지 왜 대포 소리가 났으며 왜 마당에 대포가 서 있는지 알려고 애썼다.

에바의 심장은 무서움에 떠는 참새 같았다. 어머니의 불안이 에바에게 그대로 전이돼 방안이 몹시 추운 듯 덜덜 떨었다. 뱀이 배 위로 스멀스멀 기어 올라온 것처럼 두렵고 무서워 몸을 부르르 떨었다.

무슨 일이 일어났을까?

일터에 가신 아버지는 집에 무사히 돌아오셨을까? 바깥에서 들려오는 대포 소리는 더욱 거세졌다. 창문 유리가 갑자기 떨리고 셀 수 없는 수정 눈송이로 찢어지듯 요란한 소리를 냈다. 어머니는 다시 부엌으로 갔다.

거기서 무얼 할지 궁금했다. 요리하실까, 아니면 창밖을 보실까?

어머니는 커피를 좋아해서 아침에는 커피 향이 집 안 가득 풍겼는데 오늘 아침에는 아마 커피 타는 것을 잊은 듯했다.

에바는 부엌에서 나는 말소리에 귀를 기울였다.

이웃집 **아기** 아주머니 목소리였다.

어머니와 아기 아주머니는 뭔가를 열심히 이야기했다. 에바는 호기심에 가슴이 뜨거워졌다. 에바는 참지 못하고 담요로 가슈타르를 주의해서 덮고 말했다.

"여기 있어. 곧 돌아올게."

에바는 문으로 가까이 가서 부엌에서 두 여자의 말소리를 엿들으려고 했다. 둘은 아주 걱정스럽게 말했다. 분명 두려움에 떨었다. 누군가가 엿듣는다고 짐작한 듯 둘은 때때로 속삭였지만, 에바는 몇몇 단어만을 제대로 알아들었다.

그들이 가장 자주 들먹인 말은 혁명, 노동자, 학생이었다. 에바는 혁명이라는 말은 몰랐지만, 노동자는 확실히 알았다. 에바 아버지는 큰 철공장에서 일하는 노동자다. 학생이라는 단어도 무엇을 의미하는지 확실하게 알지는 못했다.

이웃집에 **피슈타**가 사는데 사람들이 학생이라고 말했다. 엄마와 아주머니는 피슈타 얘기를 하지 않았을까?

안경 쓰고 항상 밝은 색깔의 긴 외투를 입은 피슈타는 매우 진지해 보였다.

피슈타는 좋은 사람이라 나쁜 일을 하지 않을 테고, 분명히 혁명도 하지 않을 테니 엄마와 아주머니가 피슈타를 두려워할 이유가 없다는 걸 에바는 안다.

그러나 두 여자의 불안감은 문을 통해 에바에게도 분명히 전해졌다. 에바도 점점 불안해졌지만 피슈타에게는 아무런 잘못이 없다는 걸 에바는 알고 있다. 바로 문을 열고 엄마와 아주머니에게 피슈타는 좋은 사람이라 나쁜 일을 하지 않았다고 말하고 싶었다.

그러나 에바는 문을 열 용기가 없었다. 엄마는 엄하게 쳐다보면서 책망할 게 뻔하기 때문이다. 정말 어머니는 침실에서 나오지 말라고 엄히 경고했다. 에바의 머리 속에는 피슈타 생각으로 꽉 찼다. 거의 신발까지 닿는 긴 외투를 입은 피슈타는 안경을 써 조금 웃기게 보였다. 그러나 에바에게 깊은 인상을 심어준 피슈타에게는 꾸준히 에바의 호기심을 건드리는 무언가가 있다. 피슈타는 자주 커다란 검은 그릇을 가지고 오는데 그 속에 무엇이 들어있는지 궁금했다. 그 속에 든 것이 인형 같았지만 진지한 편인 피슈타가 인형을 가지고 오리라고는 믿기지 않았다.

가끔 꿈에 그릇을 든 피슈타가 나타난다. 웃으면서 그릇의 뚜껑을 여는데 그 속에서 이상한 빛이 비췬다. 빛이 무엇인지는 전혀 알 수 없다. 그릇은 빈 것 같은데, 그 속에서 눈을 멀게 하는 여러 색깔 빛이 나온다.

에바는 내일 피슈타가 집 앞을 지나갈 때, 그릇 안에 무엇이 있는지 보여 달라고 말해 보겠다고 마음먹었다. 아주 이상한 그릇처럼 보여 에바는 그 안에 무엇이 있는지 꼭 보고 싶었다.

얼마 후 아주머니는 자기 집으로 돌아가고 부엌엔 엄마만 남았다.

그제야 에바는 부엌문을 열 용기가 났다.

"왜 나왔니?" 어머니가 꾸중했다.

"침실에 있으라고 말했잖아."

"혼자는 무서워요" 에바는 울며 말했다.

"내가 여기 있잖니!" 달래는 엄마의 목소리가 떨리고 불안했다. 밖에서 나는 천둥소리는 잦아졌지만, 대포는 여전히 커다란 대문 옆에 그대로 있었다. 대포 옆에 서성대던 남자들은 이젠 보이지 않았다. 에바는 창밖을 보면서 왜 남자들이 마당에 대포를 그대로 둔 채 없어졌는지 궁금했다.

동네의 커다란 집들은 아무도 없는 듯 잠잠했지만, 사람들은 자기 집에 숨죽이며 어머니처럼 창밖을 줄곧 응시하고 있다는 것을 에바는 눈치챘다.

갑자기 길에서 총소리와 고함이 들렸다. 에바네 마당으로 남자아이 둘이 뛰어 들어왔다. 누군가가 그들을 괴롭힌 게 분명했다. 남자아이 하나가 피슈타인 걸 에바는 금세 알아차렸다. 밝은 색깔이 도는 긴 외투를 입고 웃기게 생긴 안경을 썼다. 남자아이 뒤를 따라 푸른 색 군인 복장을 한 남자들이 달려와서 알아듣지 못하는 말로 크게 지껄였다.

피슈타와 남자아이는 재빨리 마당을 가로질러 집 안으로 뛰어 들려 했다. 누군가 마른 나무를 잘게 쪼개는 듯한 거센 총소리가 났다. 계속되는 총소리에 귀가 멀 지경이었다. 피슈타는 비틀거리며 쓰러졌다. 에바는 피슈타가 외투 가장자리를 밟았다고 생각했다. 피슈타는 두 팔을 뻗은 채 얼굴이 보이게 쓰러졌다.

다른 남자아이는 무사히 집 안으로 뛰어 들어갔다. 총을 든 남자들이 뒤따라 들어왔다. 피슈타는 마당에 누운 채로 있었다. 에바는 피슈타가 왜 일어나지 않은지 몰랐다. 곧바로 일어나 마당 위로 보이는 하늘을 쳐다볼 거라고 믿었다. 피슈타 앞에 안경이 떨어져 있는데 뻗은 팔이 그것을 잡으려는 것처럼 보였다. 갑자기 무서운 비명이 모든 집을 뒤흔들었다. 2층에서 난 소리였다. 피슈타의 어머니가 소리쳤다. 소리치면서 아래 계단으로 뛰어갔다. 잠시 뒤, 마당에 도착해 피슈타 위로 몸을 숙였다. 어머니의 외침에는 두려움과 고통이 뒤섞여 있었다. 피슈타의 밝은 외투에는 작은 호수 위로 파문(波紋)이 번지듯이 붉은 핏자국이 계속해서 커지고 있음을 에바는 비로소 알아차렸다.

"누구가 나를 도와주세요." 피슈타의 어머니 **마르타** 아주머니는 울부짖었다. 그러나 아무도 감히 커다란 회색 집에서 나올 용기가 없는 것 같았다. 비가 내렸다. 세게 비가 내렸다. 그러나 마르타 아주머니는 피슈타 위로 몸을 숙인 채 계속 흐느끼며 남아 있다. 에바는 1956년 부다페스트 가을을 생각할 때면 항상 이 일이 되살아난다.

이 무서운 장면은 절대 잊히지 않을 것이다.

상어와 함께 춤을

모든 일은 어느 가을날 시작됐다.

로마의 하늘은 끝없이 깊어 수정같이 파랗다.

그렇게 깊고 파란 하늘은 처음 본 것 같다. 나는 '히스파니오' 광장에서 하늘을 쳐다보고 똑같이 그 속으로 깊이 빠졌다. 더 정확히 나는 천천히 하늘로 날아갔다. 사람이 죽고 나서 몸이 버려질 때 영혼은 그렇게 하늘로 날아간다고 생각했다. 정말 나는 히스파니오 광장에서 하늘을 쳐다보며 오래 머물고 싶었지만, 마침내 어떤 일을 시작해야만 했다. 일하러 이탈리아에 왔는데, 며칠 동안 길 위에서 헤매고 멍하니 사람들을 보며 시간을 보냈다. 일없이 지낸 적이 거의 없다 보니 벌써 따분해졌다. 일어서서 밖으로 나가 돌아다니다 보니 어느 틈에 공원에 도착했는데, 남자와 여자와 아이들이 조용하게 거닐고 있었다.

그들은 이야기하면서 큰 소리로 웃었다. 이탈리아 사람은 유쾌한 사람들이라 마음에 들었다. 공원 가까이 커다란 원형 곡마장이 있었다. 그 앞에 구경하려고 입장권을 산 사람들이 꽤 많이 줄지어 섰다. '여기서 일거리를 찾을 수 있을 거야.' 혼잣말하면서, 뒷문으로 곡마단에 들어가서 바로 앞에 서 있는 젊은이에게 말을 걸었다. 세르비아 사람이 분명한 젊은이에게 일거리를 찾는다고 말했다.

"오, 여기 일거리가 있어요." 젊은이가 대답했다.

세르비아 사람들이 운영하는 곡마단은 지금은 이곳 이탈리아에서 손님을 맞이하고 있다. 젊은이는 멋진 콧수염이 난 건장한 남자에게 나를 소개해 주고 내가 일하기를 원한다고 말했다. 남자는 일거리가 있다고 즉시 대답했다.

"무엇을 할까요?"

내가 물었다.

"상어와 함께 춤을 춰라."

"뭐라고요?"

나는 귀를 의심했다.

"상어랑 춤을 추라고."

키가 큰 남자가 되풀이했다.

"우리 곡마단 프로그램은 세계적으로 유명해. 말들 위에 커다란 유리 수족관을 올려놓지. 그 속에는 아주 위험한 흰 상어 두 마리가 헤엄을 쳐. 너는 수족관에 들어가! 상어 사이에서 그들과 함께 헤엄쳐! 하지만 상어가 너를 찢어버릴 수 없다는 것을 명심해. 우리 프로그램 명칭은 '상어와 함께 춤을' 이야. 아주 유명해서 다양한 나라 수많은 사람이 그것을 보기 원해. 맞아. 모든 곳에서 사람들은 빵과 볼거리를 기대해. 상어와 함께 춤추는 사람에게 나는 거액을 주지. 살아난 사람은 부자가 돼."

"누가 살아나나요?" 주저하며 물었다.

콧수염의 남자가 중얼거렸다.

"살아나지. 그 일을 할 것인지 아닌지 말해. 곧 공연이 시작되니까."

"예."

나는 단호하게 대답했다.

"일할게요. 돈을 벌어야 하거든요."

남자와 함께 곡마단원들 틈으로 들어갔다.

첫 공연은 빛이 났다. 사람들이 말들 위에 수족관을 세웠다. 그 안에서 상어 두 마리가 조용히 헤엄친다. 곡마장에 빈자리는 없다.

그렇게 많은 관객을 본 적이 없을 정도였으니까, 아마 수천 명은 족히 될 것이다. 상어와 함께 춤추는 모습을 보려고 어디서 그렇게들 많이 왔을까?

갑자기 음악 소리가 크게 났다. 두려워서 내 몸은 열병에 걸린 사람인 듯 꽃잎처럼 떨었다. 음악은 세게 더욱 세게 아주 극적이 되었다. 불안해진 나는 수족관이나 출구를 바라보았다. 음악이 멈추자 곡마장 안에는 깊은 침묵이 감돌았다. 관객들은 꼼짝하지 않고 앉아 있다. 마치 숨을 들이쉴 용기조차 없는 듯 고요했다. 모두 내가 나타나기를 기다렸다. 나는 공연장 쪽으로 갔다. 눈을 동그랗게 뜬 사람들이 나를 뚫어질 듯 보고 있었는데 분명 나를 세상에서 가장 용기 있는 사람이거나 미친 놈이라고 생각하는 듯했다.

나는 불안감을 감추려고 애써 편안한 듯 걸었지만, 발이 떨렸다. 작은 계단을 따라 수족관 가장자리까지 올라갔다.

잠시 뒤, 나는 용기 있게 '무슨 일이든지 일어날 테면 일어나라!' 하고 말하면서 물속에 나를 던졌다. 물속에 들어가서야 비로소 출구가 없는 것을 알았다.

상어는 우아하게 내게 다가왔다.

나는 주의 깊게 상어를 바라보면서 <u>스스로</u> 말했다.

'나는 사람이고 너희들은 상어다. 너희는 사람보다 더 현명하지 못하고 더 잔인하지 못해.

상어들은 먹이를 찢어 버릴 생각만 가지고 있지만, 사람들은 적(敵)을 없앨 수많은 방법을 가지고 있다. 그래서 상어들은 사람을 부러워 할 것이다.'

상어 한 마리가 빠르게 다가왔지만 내가 번개처럼 반응하니 물지 못했다. 다른 상어가 마치 기다렸다는 듯 등으로 나를 공격했지만 나는 몸을 돌렸고 상어는 헤엄쳐 나를 지나쳤다. 상어는 멀어졌지만, 공격을 멈추지는 않았다.

갑자기 그것들이 다시 내게 헤엄쳐 와서 나는 만반의 준비했다. 상어는 어뢰처럼 나를 향했다. 지금 나는 아주 빨라야 한다. 내가 한 마리에게서 도망치는 데 성공한다면 다른 놈이 나를 물 것이다. 그래서 주의 깊게 그것들을 살폈다. 상어가 내 옆에 있을 때 수족관 바닥으로 잠수하자 그들이 내 위로 지나갔다. 놀이는 더욱더 잔인해졌다. 상어는 이미 자극을 크게 받은 듯했다. 정말 상어의 콧수염 난 소유자는 일주일 내내 잘 먹이지 않아 지금 나는 상어의 눈에 저녁 먹거리임이 틀림없다. 그러나 여러 번 능숙하게 피해서 상어들은 나를 잡아먹을 수가 없었다.

혼수상태에 빠진 것처럼 조금도 움직이지 않는 수천의 관객들은 수족관을 쳐다보았다.

그들은 갑자기 상어가 나를 찢고 내 피가 물을 붉게 만들고 내 몸이 수족관 바닥으로 움직임 없이 떨어지리라고 확신했다. 그러나 관객은 그런 즐거움을 누리지 못했다.

나는 얼마 동안이나 상어와 함께 춤을 추었는지 모른다. 그러나 뜻밖에 누군가가 조그마한 출입문을 열어 상어가 수족관에서 빠져나갔고, 나도 나왔다.

대중은 손뼉 치고 외치고 고함질렀다. 곡마장이 무너질 뻔했다. 음악이 커다란 소리를 냈다. 프로그램의 사회자도 똑같이 소리쳤다.

'박수! 박수를! 세상에서 가장 용감한 자에게, 상어와 함께 춤을 춘 자에게 박수를!'

저녁에 상어의 소유자는 지금까지 내 삶에서 본 적이 없는 거액을 주었다. 황금을 가졌다면 분명 나를 황금으로 칠했을 것이다. 공연이 계속 이어졌다. 곡마장은 항상 가득 찼고 나는 흰 상어와 죽음의 춤을 추었다. 상어의 소유자는 끝없이 행복해 했고, 내 호주머니는 항상 돈으로 가득하였다.

그러나 소유자는 내가 돈을 위해 상어와 춤을 추지 않는다는 사실을 결코 이해하지 못했다.

상어들과 노는 것이 내게는 큰 기쁨이다.

내가 수족관에 들어갈 때면 항상 나는 다른 사람이 되고, 오직 상어 사이에 있을 때 내가 살아 있다는 것을 느낀다. 상어는 내게 생의 약동과 힘을 준다. 상어들과 같이 있을 때 나는 능력자가 되고 내가 상어와 함께 춤출 때 누구도 나보다 행복해질 수 없음을 나는 안다.

누구는 내가 모험가여서 극단적인 경험을 하려고 애쓴다고 말한다. 아니다. 나는 절대 모험가가 아니다.

나는 항상 평범한 일을 한다.

나는 집 건축자, 자물쇠 장수, 자동차 운전사였다. 나는 일하러 이탈리아에 와서 상어와 함께 춤추리라고 상상조차 못 했지만, 이 춤에서 나 자신을 발견했다. 좋아하는 일을 발견하는 것은 행운이다. 모든 인간의 삶은 상어와 함께 춤을 추는 것과 같고, 바로 그 속에 참 행복이 있다고 나는 말하고 싶다.

감사의 표현

리나와 남편 **라디**는 수도 소피아를 향해 자동차를 타고 출발했다. 해안에서 퍽 즐거운 휴가를 보내고 지금 태양에 그을린 채 만족감에 젖어 있다.

한참을 달리다 플로브디브 시(市)가 가까워졌을 때, 리나는 남편에게 길을 바꿔 대로(大路)에서 가까운 고향 마을로 가자고 청했다.

오래전에 리나는 고향을 떠났다. 몇 년 전 부모님이 돌아가시자 낡은 고향 집을 팔았다. 아무도 관리할 사람이 없어서였다. 리나는 고향 마당에 얼힌 어린 시절의 가장 아름다운 기억을 간직하고 있었다.

"달리 여기 올 일이 없는데 길가 마을이니까 지금 잠깐 머물다 가요. 내 친구들도 이미 오래전에 마을을 떠났지만, 누군가 아는 사람을 분명히 만날 거야!" 리나가 말했다.

"좋아."

남편이 동의했다.

"급할 거 없으니까 마을에 잠시 들릅시다. 당신에겐 소중한 곳이니까." 자동차가 대로를 벗어나자 커다란 황금 동전 같은 해바라기가 끝없이 펼쳐져 마치 융단 같다.

해바라기밭 사이 그리 좋지 않은 오솔길로 계속 차를 몰았다. 마을은 고요했다. 예전에 그곳은 넓은 마당을 가진 이층집들이 많아 예쁜 마을이었다. 그러나 지금은 아무도 살지 않은 집들이 많은데, 어떤 집은 오랫동안 수리를 하지 않았고 벽토(壁土)도 여기저기 떨어진 상태였다.

대부분 마당은 잡초가 무성하고 울타리는 구부러졌는데, 어느 집 대문에는 커다란 철제 자물쇠가 무거운 체인과 함께 걸려 있다.

그런 모습을 쳐다보자 리나의 가슴이 답답해졌다.

예전엔 마을 집 모든 마당에 꽃과 채소, 과일나무의 그림자가 활기차고 부드러웠다.

아이들은 마당과 길 위에서 뛰어 놀았다.

그러나 지금 여름 오후에, 마을은 마치 전염병이 막 퍼지기 시작한 때처럼 깊은 침묵에 빠져 있다.

마을 광장에 차를 멈춘 리나 부부는 누군가를 만날 수 있을까 해서 주위를 살폈지만 아무도 없었다.

몇 년 전 리나가 대학을 마쳤을 때, 이 마을에 와서 교사가 되었다. 당시 학교에는 학생이 많았다.

지금 리나는 자신의 학생들을 기억해냈다.

칼리나는 키가 작고 황금 방울 같은 주근깨가 많은 금발의 어린아이였다. 말수가 적고 불안해 보였지만 나중에 아동 치료사가 되었다.

칼리나 옆에 앉은 장난꾸러기 남자아이 **스토얀**은 짙은 검은 머리카락에, 철로 만든 작은 공 같은 눈을 가졌는데, 자동차 수리공이 되었다. 교실에서 가장 키가 큰 **펜코**는 대학을 마치고 기술자가 되어 지금 수도에 살고 있다. **밀코**는 밝은 파란색 눈에 해 같이 마음 착한 웃음을 가진 아이였다. 밀코의 아버지가 몇 번 리나를 만나 부탁했다.

"선생님, 밀코는 조종사가 되기를 몹시 원해요. 그러나 수학을 잘하지 못해요.

선생님이 수학을 가르치니까 도와줄 수 있나요?"

"예, 제가 도와줄게요." 리나가 대답했다.

"수업시간이 끝난 뒤, 교실에 남아 수학 과제를 같이 풀고 수학 공식을 연습할게요."

그날부터 수업을 마치면 밀코는 규칙적으로 교실에 남아 리나 곁에서 수학 공부를 했다. 끈기 있고 부지런한 밀코는 리나가 말한 모든 것을 따르고, 리나의 말을 주의깊게 들었다. 밝고 파란 눈에는 리나를 향한 깊은 존경심을 볼 수 있다.

밀코는 자기 꿈을 실현하여 마침내 조종사가 되었다. 몇 년 뒤 소피아에서 밀코를 만났는데, 그때마다 선생님 덕분에 조종사가 되어 세계 여러 나라를 날아다닌다고 고마워했다.

"그럼, 당신 고향을 둘러보았으니 이제 우리 소피아로 갑시다. 아쉽게 한 사람도 만나지 못했네. 이 더운 날 사람들은 집에 있기를 더 좋아해."

남편이 리나에게 말했다.

"조금만 기다려요."

리나가 부탁했다.

"커피를 마시러 카페에 가요."

"좋아."

남편이 동의했다.

카페에 들어섰더니 새 탁자와 의자가 있어 매력적이고 쾌적해 보였다.

가까이 놓인 탁자에 가서 앉자 그리 젊지 않은 가게 주인이 다가왔다.

무엇을 원하느냐고 묻기 전에 리나를 보더니 반갑게 말했다.

"선생님, 바로 알아보지 못했어요. 어서 오세요."

리나는 놀라서 고개를 돌렸다.

"로스니?"

"예, 선생님의 제자였죠."

"어떻게 지내니?"

리나가 물었다.

"감사합니다. 다시 여기 와서 살아요. 아시다시피 저는 밀코와 결혼했어요. 수도에 살았지만 밀코가 은퇴한 후 고향에서 살려고 돌아왔어요. 이 카페를 짓고 저는 여기서 일해요."

"그럼 밀코는 어디 있니?" 리나가 물었다.

"안타깝게도 2년 전에 죽었어요. 교통사고죠. 수많은 세월 조종사로 일했지만, 비행 중에는 죽지 않았어요. 그러나 자동차 운전 중에 그만."

"나의 진실한 위로를 받아 줘."

당황한 리나가 말했다.

"지금 저와 제 아들이 카페를 운영하고 있어요."

로스가 말했다.

"카페는 밀코를 생각나게 해요. 여기 모든 것은 밀코가 만든 그대로예요. 서명이 적힌 판자, 벽 위, 이것을 봐 주세요."

리나는 판자를 쳐다보면서 놀라움을 금치 못하고 읽어 나갔다.

"여자 선생님들에게는 커피가 무료."

리나는 웃으려고 했지만, 눈물이 두 눈에 가득 고였다.

꿩 사냥

꿩 사육장은 도시 외곽 황금 계곡에 있다. 왜 황금 계곡이라고 부르는지 정확히 말할 수 있는 사람은 아무도 없다.

누군가는 언젠가 거기 황금 광산이 있었다고 하고, 누군가는 몇 년 전에 거기서 어떤 할아버지가 황금 트라키아 왕관을 발굴했다고 확신에 차서 말했다.

꿩 사육장은 깊은 숲에 둘러싸여 아무도 거기 정식 휴게소가 있는지 짐작도 못 했다. 몇 년 전에는 새들도 그 꿩 사육장 위로 날아갈 수 없고, 낯선 이는 그곳을 보지도 못하게 할 만큼 조심히 지켰는데, 사회가 변한 뒤 사람들이 휴게소를 떠나고 오랫동안 아무도 꿩 사육장에 가지 않았다. 대형 철제 울타리는 떨어졌고 건축물은 거의 폐허가 되었는데 어느 부자가 휴게소를 사서 거대한 현대식 철 울타리로 바꾸어 놓았다. 거기에 화려한 호텔을 짓고 수영장과 아름다운 공원을 조성하고 사냥용 꿩 기르기를 다시 시작했다. 휴일에 사냥하는 남자들이 몰려오고 그들이 쏘아대는 총소리가 황금 계곡 위로 길고 커다란 굉음을 냈다.

1년 전, **류베나**의 아버지는 꿩 사육장에서 일했다. 아버지는 꿩을 잘 돌보았다. 올 여름에는 류베나가 이 도시로 돌아와 아버지를 도왔다.

류베나는 황금 계곡을 좋아하게 되었다.

다른 곳에서는 맛볼 수 없는 편안함이 감돌았다.

여느 계곡처럼 어두운 숲에 둘러싸여 침묵에 잠겨 있다.

정원에는 이국적인 꽃이 자라고, 장미 수풀은 불룩한 작은 구름 같고, 급류 쪽 버드나무는 우산처럼 구부려졌고, 울타리 앞 소나무는 푸른 목도리를 두른 경비원을 닮았고, 수영장 물은 기적의 눈처럼 빛났다.

일이 없을 때 류베나는 공원에서 산책하거나 버드나무 그늘에 앉았다.

꿩 보살피기를 무척 좋아해서 여러 시간을 꿩 우리 앞에 서 있다. 빛나는 짙푸른 머리와 구릿빛 가슴의 꿩보다 더 우아하고 예쁜 새는 없을 것 같았다.

꿩의 긴 꼬리는 퍽 인상적이다.

노련하고 오랜 사냥꾼인 아버지의 말에 따르면 꿩은 두 종류가 있는데, 하나는 사육하는 얌볼 시(市) 이름을 따 '얌볼 꿩' 이라고 하고, 또 다른 하나는 목둘레에 반지처럼 하얀 테를 두르고 있어 '반지 꿩' 이라고 부른다.

류베나는 왕 같이 근엄한 자태를 지닌 젊은 수꿩이 가장 마음에 들었다.

여기 머물 때면 항상 꿩 우리로 간다.

그러면 꿩은 류베나가 모든 방향에서 잘 살펴보도록 배려하는 것처럼 천천히 움직였다.

화려한 꼬리를 뻗고, 신중하고 위엄있게 걷고, 때로 푸른 철같이 빛나는 머리를 좌우로 재빠르게 움직였다.

류베나는 애칭으로 '황금의 플룸' 이라고 붙이고 작은 소리로 "플룸" "플룸" 하고 부른다. 꿩은 마치 류베나의 목소리를 아는 듯 시선을 고정한다.

때로 습기가 있을 때 류베나는 벌레를 모아 플룸에게 주었다.

아버지는 꿩이 벌레, 곤충, 곡식 낟알을 좋아한다고 알려 주었다.
오늘 아침 류베나는 일찍 황금 계곡에 왔다. 아버지는 꿩사냥
하러 오는 중요한 손님을 기다려야 해서 류베나에게 도움을
청했다. 류베나와 아버지는 우리를 깨끗이 청소하고 사냥에
쓸 새들을 준비했다.

중요한 손님들은 오전에 도착했다. 검은 자가용 여러 대가 배
처럼 미끄러지듯 천천히 황금 계곡으로 들어왔다. 하얀 호텔
앞에 멈춘 뒤, 차에서 남녀 젊은이 무리가 내렸다. 맛있는 점
심을 먹고 휴식을 취할 수 있는 쾌적하고 멋진 호텔 방이 예
약돼 있었다.

류베나는 왁자지껄 호텔로 들어서는 남녀 젊은이들을 바라보
다 그들 가운데서 대학 동기 **스트라힐 비에노브**를 발견했다.
남녀 젊은이들에게 둘러싸인 스트라힐을 보자 류베나의 심장
이 떨렸다.

스트라힐은 똑똑하고 지혜로운 대학생이었다.

대학교에서 거의 모두 스트라힐을 알고 류베나처럼 많은 여대
생이 남몰래 좋아했다.

함께 온 아가씨들은 예쁘고 매력이 넘칠 뿐만 아니라 ‘비엔
나 홀’을 위해 준비하듯 잘 차려입었다.

류베나는 자신을 스트라힐에게 보이고 싶지 않아 재빨리 숨었다.
스트라힐은 류베나가 황금 계곡 도시에 사는 걸 전혀 몰랐다.
극히 소수의 사람에게 알려진 이곳 황금 계곡 안에 자리한 호
텔과 꿩 사육장에서 류베나를 만날 줄은 꿈에도 몰랐을 것이다.
남녀 젊은이들은 식당에서 잘 놀았다.

그들의 즐거운 외침과 건배 소리가 들리고, 호탕한 웃음은 천
둥 치듯 했다.

해 질 무렵, 부드러운 석양이 하늘을 진홍색으로 색칠하자 남녀 젊은이들은 식당에서 나와 꿩 우리로 갔다.

류베나는 곧이어 무슨 일이 일어날지, 남녀 젊은이들이 꿩 우리 앞에서 무얼 찾는지 알지 못했다.

잠시 후, 술에 취한 목소리로 누군가가 이렇게 말했다.

"모두 이리 와. 저녁 사냥을 할 거야!"

어딘가에서 류베나의 아버지가 나타나 남녀 젊은이들의 계획을 막았다.

"젊은이들, 그것은 안 돼요. 사냥하려면 새를 준비해야 해요."

"저리 가세요, 어르신. 바보 같은 소리 하지 마시고요." 누군가가 류베나의 아버지를 밀쳤다.

"어떻게 꿩을 사냥하는지 나를 잘 쳐다봐."

술 취한 젊은이는 총을 꺼내 꿩 우리를 향해 쏘아댔다. "젊은이들, 갇힌 새를 사냥할 수는 없어요." 류베나의 아버지가 그들을 다시 멈추게 하려 했다. **"바로야, 너의 총 가늠쇠는 정확하지 않아."** 스트라힐이 작은 소리로 웃었다. 스트라힐은 비틀거리며 건장한 검은 머리 사냥꾼에게 다가가 손에서 총을 **빼앗았다.**

류베나는 스트라힐이 황금 플룸이 있는 꿩 우리로 총을 겨누는 모습을 넋을 놓고 바라보았다.

"탕" "탕"

갑작스러운 총소리가 두 발 연속해서 났다. 무엇이 기다리는지 전혀 짐작조차 못 한 플룸은 몸을 돌리고 위로 풀쩍 뛰더니 아래로 떨어졌고 발을 떨었다. 류베나도 떨었다. 무거운 회색 안개가 눈앞에서 피어났다.

스트라힐은 몸을 돌렸다.

"내가 맞혔어. 내가 맞혔어."

승리한 듯 소리치는 스트라힐의 파란 눈빛엔 잔인한 광기(狂氣)가 불타고 있었다.

용감한 집시 하산

교사 **돈코브**는 조용히 거리를 바라보았다. 인도(人道)에는 열 살이나 열두 살 정도 먹어 보이는 집시 남자아이가 거의 땅에 닿을 만큼 길고 검은 외투를 입고 걸어가고 있다.

천주교 신부들이 쓰는 둥근 테 모자와 꼭 닮은 모자를 썼는데 자기 것은 아닌 것 같다. 지붕에 걸쳐 있는 커다란 차양처럼 테두리가 모자에 걸려 있다.

눈은 이미 그쳤지만, 쉽게 걸을 수는 없다. 쿠마리짜 마을길이 얼어서 미끄러웠다. 하지만 집시 아이는 재빠르게 눈길을 지나갔다. 돈코브 선생님을 알아보고 인사하려고 손을 들면서 잠시 멈췄다.

하얀 이빨이 강낭콩 낟알처럼 빛났다.

"보르코구나!"

돈코브가 말했다.

"내가 3학년까지 가르쳤지. 하지만 그 이상은 학교에 오지 않았어. 똑똑한 아이였지. 하지만 집시에게 학업을 계속하도록 하는 것은 어렵다는 점은 알고 있겠지."

보르코는 파란빛이 도는 오후의 어둠 속으로 사라졌다.

길고 검은 외투와 천주교 신부가 쓰는 커다란 모자와 함께.

"쿠마리짜 마을에는 집시 두세 가족이 살지."

돈코브는 계속 말했다.

"그러나 우리는 그들을 존경해."

나는 돈코브를 잘 이해하지 못했다.

돈코브는 천천히 담뱃불을 붙였다. 두꺼운 안경 뒤에서 돈코브의 눈이 나를 뚫어지게 쳐다보았다.

"이것은 아주 오래된 역사지."

돈코브가 말을 시작했다. "이 이야기를 아버지가 자녀에게 전해줘서 오늘까지 모두 알고 있어."

나는 뭔가 재밌는 이야기일 거라고 짐작했다.

돈코브는 성경의 선지자들을 닮았다. 쉰 살 정도 먹었고 짙은 회색 턱수염에, 머리카락은 길게 길렀고 키가 크고 체격이 건장했다.

"터키가 지배하던 때 쿠마리짜 마을에 시무하던 천주교 신부 **스토일** 할아버지는 지혜롭고 매우 좋은 사람이었어. 큰아들은 도시로 유학을 보냈어. 아들이 돌아오자 스토일 할아버지는 스스로 학교를 세우고 아들을 마을의 첫 번째 교사가 되게 했어. 지금도 우리 학교 이름은 '아보 스토일'이야. 쿠마리짜에서 5킬로미터 떨어진 곳에 포글레텍 마을이 있는데 커다란 터키 땅이고 넓었어. 이 마을에서 혁명위원회를 세우고 스토일 할아버지와 아들이 위원이 되었는데 누군가가 그들을 고발했어. 어느 밤 쿠마리짜에 거의 50명쯤 되는 터키 군인이 들어왔어. 스토일 할아버지와 아들을 잡아갔지. 판결은 분명히 사형이었어. 터키 군인들은 스토일 할아버지 집에 교수대를 준비했어. 그러나 교수형에 처하기 전에 터키 사람들은 큰 잔치를 열기로 했어.

총독은 마을에 집시 **하산**이 사는 것을 알고 데려오도록 명령했지. 하산은 재능 있는 음악가였어. 오보에를 연주했는데, 연주를 하면 모든 사람의 피가 강하고 붉은 포도주처럼 끓어.

하산의 부인 **슐리에**는 젊고 예쁘고 불꽃 같은 눈을 가졌는데, 누군가를 쳐다보면 그 사람은 마치 불에 덴 듯했어. 터키 군인들이 하산과 슐리에를 스토일 할아버지 집으로 데려오자 엄격한 총독이 평결을 내리기 전에 자기를 기쁘게 해달라고 명령했어.

'너는 연주하고 부인은 춤을 춰라.' 총독이 말했지. '오늘 밤 모든 마을에서는 음악을 듣고 우리가 반동분자 ―주교와 아들― 를 교수형에 처하는 것을 알아야 해. 술탄에 대항하면 무엇이 기다릴지 모두 알아야 하지.'

하산은 꽃잎처럼 파르르 떨면서 오보에를 들고 연주를 했어. 슐리에는 총독과 군인들 앞에서 춤을 추었지.

터키 사람들은 구운 닭고기, 과자, 음료수, 포도주가 놓여 있는 탁자 옆에 앉았어.

터키 군인들의 눈은 피에 굶주린 늑대처럼 반짝였지. 터키 사람들 앞에 할아버지와 아들이 서 있었어.

그들 목에는 천장 위 두꺼운 대들보에 묶어 놓은, 강한 끈으로 만든 올가미가 하나씩 둘려 있었지.

'더 크게 연주해라.' 총독이 하산에게 명령했어.

군인과 사형수 두 명 사이에서 집시는 연주하고 여자 집시는 춤을 추었지.

음악이 온 집에 가득 차고 밖에서도 들려 이웃의 어두운 집에서는 떨면서 돌처럼 굳어진 사람들이 음악을 들었지. 마을에서는 모두 오늘 밤에 무슨 일이 일어날지 알기 때문이야.

슐리에는 마술하듯 춤을 추었어. 아름다운 몸은 바람에 흔들리는 갈대처럼 휘어지고 팔은 갈매기 날개처럼 날았지. 불타는 검은 눈은 총독을 매혹했어. 만족해서 바라보며 때때로 한

마디 했지.

'대단해! 훌륭해!' 총독은 스토일 할아버지에게 몸을 돌리고 말했어.

'잘 들으시오 주교, 저세상에서는 듣거나 보지도 못하니까.'

그리고 총독은 천둥 치듯 세게 웃었어. 하산은 얼마 동안이나 연주했는지 몰라. 땀이 강물처럼 흐르고 셔츠는 등에 달라붙었지.

술리에도 지치지 않고 계속 춤을 췄어. 부드러운 몸은 마치 공중에서 헤엄치듯 했고 발은 땅을 밟지 않은 듯했지. 검은 밤처럼 길고 까만 머리카락으로 술 취한 군인들의 시선을 가린 여자 요정을 닮았어. 밖에는 동이 터오기 시작해서 수탉의 첫 울음소리가 들리고 작은 창으로는 작은 촛불처럼 희미한 달빛이 스며들었지.

총독은 손을 들어 하산의 연주를 그쳤어.

'잘했어.' 터키 사람이 말했지.

'아주 만족해. 내 영혼을 사로잡았어. 무엇을 원하는지 말해라. 무엇을 원하든 들어 줄게.'

하산은 총독 앞에 섰는데, 늑대 앞의 귀뚜라미같이 작고 마르고 석탄처럼 검었어.

'총독님' 하산이 말했지.

'저는 끈을 원합니다.'

'무엇이라고?' 총독이 소리쳤어.

'주교와 아들을 교수형 할 끈을 원합니다.'

하산은, 천장에 묶여 두 사형수의 목둘레에 연결된 끈을 가리켰지.

'미쳤구나. 그것들을 너에게 주면 무엇으로 부적절한 놈들을 교수형 하겠냐?'

'저는 끈을 원합니다.' 집시가 고집을 부렸어.

총독은 보고 또 보다가 술리에한테 몸을 돌렸지.

'그럼 너는 무엇을 원하느냐?'

총독이 물었어.

'저도 끈을 원합니다.' 술리에가 대답했지.

그리고 총독을 바로 녹여버릴 듯한 강렬한 시선으로 바라보았어. 총독은 낮은 목소리로 화를 내며 하산이나 술리에를 향해 마침내 말했지.

'한번 뱉은 말은 던져진 돌이다. 그들에게 끈을 주거라.'

군인들은 스토일 할아버지와 그 아들을 풀어주고 끈을 하산과 술리에에게 던져주고는 그들을 쫓아냈어.

그렇게 해서 하산과 술리에는 스토일 할아버지와 아들을 구했지."

돈코브는 조용해지더니 다시 말을 이었다.

"그때부터 쿠마리짜에서는 집시들을 존경하게 됐어.

지금 여기 사는 집시들은 좋은 사람들이고 부지런해.

그런 일이 실제로 있었는지 아닌지 나는 모르지만, 동화에는 항상 얼마간의 진실이 담겨 있지."

밖에는 어둠이 내렸다. 우리는 인적 없는 거리를 걸어갔다. 2월 찬바람이 '쉬' 하고 불고 내게는 어딘가 아주 먼 곳에서 하산의 오보에 선율이 들리는 듯했다. 하산의 연주는 멈추지 않았다. 가난한 집시의 영혼 속에 꽉 찬 그 모든 것을 표현할 수는 없다.

성탄절 커피

마리아는 부모 없는 어린이를 돌보는 보육원에서 교육을 맡고 있다.

어이없게도 부모 없는 보육원에 해마다 아이가 더 많아진다.

부모가 자녀를 사랑하지 않아서 나라가 돌봐 주라고 이 집에 버리는가, 아니면 부모에게 자녀를 부양할 돈이 없는가?

성탄절 전, 마리아는 몹시 슬펐다.

가족이 따뜻한 집안에서 모이고, 성탄 트리 주위 탁자에는 먹을 것이 많고, 아주 예쁘고 비싼 선물을 서로 나눌 그때, 부모 없는 어린이를 돌보는 보육원에는 슬픔만이 감돈다.

이곳 어린이들은 성탄절 선물을 받지 않는다. 다만 몇 차례 어느 이름 모를 기부자가 보육원에 선물을 가져다 준다.

그 이름 모를 기부자 중 한 명은 젊은 남자인데, 항상 12월 23일이면 보육원에 와서 어린이에게 과일과 장난감을 준다.

한 번도 자신의 이름이나 사는 곳을 밝히지 않아 수수께끼로 남아 있다.

항상 차를 보육원 앞에 세워 두고 선물을 내린다.

서른 살가량인 젊은 남자는 마르고 훤칠하며, 머리카락은 회색빛이고, 눈은 서양자두를 닮았고 빛이 났다.

옷차림은 유행에 맞게 세련됐다.

누구일까? 어디서 살며 무슨 일을 할까? 마리아는 퍽 궁금했다. 하지만 남자에게 말을 걸 용기는 없었다.

보육원 사무국장이 몇 번 이름을 물어보았지만, 젊은 남자는 대답하지 않았다. 마리아는 알고 있다.

올해 다시 마리아는 간절하게 신비로운 젊은 기부자를 기다렸다.

기부자가 마리아의 마음에 쏙 들었기에 안절부절못하며 기다렸다. 말을 걸어서 서로 알고 지낼 만한 용기가 없어 걱정스러웠다.

시곗바늘이 얼마나 천천히 움직이는지 절대로 5시가 되지 않을 것 같았다.

거리가 바라다보이는 창가에 서 있는 자신의 주위에서 어린이들이 소리치며 놀았지만, 마리아는 귀담아듣거나 돌아보지 않고 젊은 남자만을 생각하며 떨리는 마음으로 기다렸다.

선물이 가득한 가방을 들고 집 마당을 지나치는 순간의 그 사람을 보고 싶었다.

시곗바늘이 어느새 오후 5시를 가리켰고, 바로 그 순간 마리아는 차 소리를 들었다.

드디어 검은 차가 모습을 드러내더니 천천히 마당을 지나 보육원 큰 대문 앞에 멈췄다.

젊은 남자는 차에서 내리더니 선물 가방을 들고 문 쪽으로 왔다. 마리아는 인사를 하려고 뛰어갔다.

"안녕하세요. 어서 오세요."

남자는 들어와서 가방을 내려놓았다.

마리아는 감정이 고조된 탓에 조금 힘겹게 숨을 쉬며 난처한 듯 말했다.

"급하지 않다면 커피를 대접하고 싶습니다. 이 추운 겨울날 선생님을 따뜻하게 해줄 맛있는 커피를 대접하고 싶습니다."

남자는 놀라서 마리아를 쳐다보았다.

지금까지 보육원 사람 아무도 커피를 마시자고 권유하지 않았다.

"이곳 선생님입니까?" 남자가 물었다.

"아닙니다. 저는 교육자입니다."

마리아가 대답했다.

"그럼 커피를 자주 타십니까?"

"예, 커피를 정말 좋아해요."

"좋습니다. 감사합니다." 남자는 흔쾌히 받아들였다.

이 일로 마리아는 얼굴이 밝아졌고 응접실로 남자를 안내했다.

"이쪽으로 오세요." 마리아가 말했다.

"외투를 벗어도 됩니다. 이쪽이 따뜻해요."

남자는 외투를 벗고 커피용 탁자에 앉았다.

마리아는 작은 도자기 잔을 가져와 거기에 뜨거운 커피를 부었다.

"따뜻한 커피 향기가 어린 시절을 생각나게 해요." 마리아가 말했다.

"제가 어릴 적에 엄마와 할머니는 자주 커피를 마셨죠. 그때 사람들은 커피를 부엌 난로 위에서 끓였는데 방안 가득 따뜻하고 맛있는 커피 향기가 진동했죠. 겨울에 그곳은 정말 유쾌하고 따뜻하고 조용하고 커피 향이 물씬 풍겼죠."

"놀랍네요."

남자가 말했다.

"제 어린 시절의 기억과 닮았어요. 또한 커피는 제게 결코 잊을 수 없는 뭔가 다른 일을 기억하게 해요."

자신의 밀색 머리카락을 살짝 다듬으며 남자를 바라보는 마리아의 호기심 어린 밝은 파란 눈에서 빛이 났다.

"저는 어렸을 때 도시에서 멀리 떨어진 시골에서 살았어요."

젊은 남자가 이야기를 꺼냈다.

"그때 마당은 온통 푸르렀고, 꽃과 나무가 우거졌어요. 여름날을 마당의 과일나무 그늘에서 보냈어요. 우리 가족은 마당에 있는 나무 탁자에 앉아 커피를 마시고 대화했지요.

어느 8월에 엄마, 할머니, 이웃집 뱌라 아주머니 그리고 제가 탁자에 앉아 있을 때, 마당으로 낯선 남자가 불쑥 들어왔어요. 쉰 살 정도였는데 몹시 더운 날씨에 푸른 비옷에다 밀짚모자까지 눌러 써서 무척 웃기게 보였어요. 검은 수염은 길고 진하고, 푸른 두 눈은 작은 유리 전구를 닮았지요.

엄마, 할머니, 뱌라 아주머니는 놀라서 쳐다보았죠.

낯선 남자는 우리에게 다가와 아주 조용히 말했죠.

'존경하는 여러분, 귀찮게 해서 죄송합니다. 나그네인 제게 시원한 물 한 잔 주시겠어요? 정말로 너무 더워서 무척 목이 말라요.'

말하는 태도와 평범하지 않은 단어 표현이 인상적이었어요.

마술에 걸린 사람처럼 엄마는 벌떡 일어나서 집 안으로 들어가 몇 분 뒤 시원한 물이 든 수정 컵을 가지고 왔어요. 남자는 컵을 받아 마셨어요. 그때 나는 그 남자의 손가락이 바이올리니스트처럼 길고 섬세한 것을 알아차렸어요.

물을 다 마신 뒤 컵을 탁자 위에 놓고 감사하며 '안녕히 계세요. 건강하고 행복하세요.' 하고 말했어요.

그때 엄마가 물었어요.

'우리랑 함께 커피를 마시지 않을래요?
우리는 오후에 커피를 즐겨 마시거든요.'

'감사합니다.'

남자가 대답했어요.

'아주 친절하시네요. 커피가 분명 시원할 겁니다.'

남자가 탁자에 앉자 엄마는 커피를 부었어요.

남자는 커피를 기쁘게 마셨어요.

나를 쳐다보면서 천천히 말했죠.

'이 남자아이는 큰 능력을 가지겠네요.

몇 년 뒤 아주 유명해질 겁니다.'

탁자 둘레에서 모두 웃었어요.

'예.' 남자는 되풀이했어요.

'아주 유명해질 겁니다.'

그때 나는 어린이답게 까불거리며 물었죠.

'그럼 제가 많은 돈을 버나요?'

'응.' 남자는 대답했어요.

'너는 많은 돈을 벌 것이고 사람들을 많이 도울 거야.
그러나 네게 무언가 부탁하고 싶어. 여기 이 도시에 부모 없
는 어린이를 돌보는 보육원이 있어.

내가 어렸을 때 그곳에서 살았어. 네가 나이 들어 부자가 되
고 유명해지면 이 보육원 어린이를 돕겠다고 약속해.'

나는 곧 약속했고 모르는 남자는 우리와 헤어져 떠났어요. 나
는 그분의 말과 내가 한 약속을 잊었어요. 그러나 여러 해 뒤
그 이상한 분이 했던 말이 맞았다는 것을 생각해 냈죠. 나는
부자가 되고 유명해졌어요. 그때 내가 한 약속도 기억했어요.
그래서 이 집 어린이를 돕기 시작했어요. 아주 맛있는 커피
감사해요. 즐거운 성탄절이 되길 바랍니다."

남자는 마리아에게 말했다.

"감사합니다. 선생님께도 똑같이."

마리아가 감사했다.

"제 이름은 **에마누일**입니다. 건강하고 행복하세요."

남자는 외투를 입고 문을 나섰다.

아기

알렉시는 문 앞에 섰다. 나가려고 했지만 멈춰서서 아버지를 바라보았다. 아버지는 알렉시가 무엇을 말하고 싶어하는지 짐작했지만, 알렉시는 말을 꺼낼 용기가 없거나 어떻게 말을 시작할까 고민하는 듯했다. 아버지는 부엌 탁자에 앉아 기다렸다. 몇 분이 지났다. 천장에 매달려 있는 오래된 자명 시계의 규칙적인 움직임 소리만 들렸다.

마침내 알렉시는 짙은 눈썹을 찌푸리며 조금 모호하게 말을 꺼냈다. 평안해 보이려고 애썼지만, 아버지는 아들의 마음이 기타 줄처럼 긴장되어 있고, 말이 무거운 물방울처럼 떨어지는 것을 느꼈다.

"아버지."

혀가 입천장에 달라붙은 것처럼 알렉시는 말을 더듬었다.

"그 연세에 그렇게 행동하신 것을 보고 놀랐어요. 용서하세요. 이젠 젊지 않으세요. 6월이면 쉰 살이 되시는데, 그 여자분은 이제 서른다섯이에요. 20년 차이가 나죠. 사람들이 웃으며 '아빠가 젊은 애인을 찾았구나!' 라고 말해요. 사람들 비방 탓에 길에 나가기가 부끄러워요. 그 여자는 임신 중이라 곧 아이를 낳을 거예요. 안타깝게도 이미 돌아가신 어머니도 무덤에서 부끄러워하실 테고요. 이게 가당키나 한 일인가요? 곧 할아버지가 되실 텐데 나와 동생 **이바노**는 동생을 기다려야 해요. 믿을 수 없는 일이에요."

아버지는 말이 없었다. 알렉시의 말이 맞다.

정상적이지는 않지만 일이 그렇게 되었다.

"저와 이바노는 아직 늦지 않았다고 생각해요. 그 여자분에게 유산하고 떠나라고 말하세요." 천천히 주저하며 알렉시가 계속 말했다.

"온 것처럼 가라고 하세요. 그 여자분은 아직 젊잖아요. 자기 나이와 맞는 남자랑 결혼할 수 있어요. 그리고 자녀를 낳고 행복할 수 있어요." 알렉시는 숨을 내쉬었다.

아버지를 설득시키려면 무엇을 더 말해야 할지 몰랐다. 혼란스러웠다. 아버지에게 그렇게 말하면서 설득하는 것이 적절하지는 않다. 알렉시는 아버지를 사랑하고 존경한다. 아버지는 평생 일했고 알렉시와 이바노를 교육하느라 모든 것을 다 쏟아 부었다. 아버지는 자식들을 위해 집을 장만했다. 그 일이 일어나지 않았다면, 계속해서 그들을 도우셨을 테지만 지금은 모든 것이 변했다. 알렉시는 아내 **라드카**가 끊임없이 되풀이하는 말을 언급하고 싶지 않았다.

'아버님은 부끄럽지도 않으시나? 지금 젊은 여자랑 살고 계셔. 늙으셨으면서 젊은 부인을 두려고 해. 이 부끄러움을 모르는 여자는 아버님이랑 같이 살고 곧 아이도 낳을 거예요. 나중에는 유산도 요구하겠죠? 그때 당신은 이바노와 함께 모든 것을 셋으로 나눠야 하는데, 아버님이 가진 것은 그리 많지도 않아요. 하지만 교활한 여우 같은 여자는 맨몸으로 와서 아버님의 침대에 들어오더니 아버님의 유일한 상속녀라고 말할 거예요.' 라드카의 말들이 알렉시 머리에서 맴돌아 마침내 용기를 내서 아버지와 대화하고, 라드카가 이름 붙인 교활한 여우 같은 여자를 내쫓으라고 설득했다. 아버지는 계속 침묵했다.

그 괴로운 침묵이 알렉시를 더 불안하게 했다. 아버지가 무슨 생각을 하고 무엇을 결정할지 짐작할 수 없었다. 아버지는 한 마디도 꺼내지 않았다. 알렉시는 문을 열고 나가면서 말했다. "가겠습니다. 조만간 다시 오겠습니다. 이바노도 같이 올게요. 젊은 여자분이 아버지랑 사신 때부터 우리를 초대하지 않으셨어요. 오겠습니다."

"알았다."

아버지가 대답했다. 알렉시는 떠나고 아버지는 창 너머로 마당을 바라보면서 탁자에 계속 앉아 있다.

벌써 오후 5시다. **케티**는 곧 일터에서 돌아올 것이다. 케티는 큰 판매점 회계원이다.

케티와 함께 산 뒤, **단**의 삶은 변했다. 전에 단은 무척 외로웠다. 여러 해 동안 단은 홀애비로 살았고, 그런 날이 계속될 것처럼 보였다. 단은 전투 조종사로 일하다 은퇴했다. 불행하게도 아내 **로자**가 죽자 혼자가 된 것이다. 아들 알렉시와 이바노는 결혼해서 자기 가족을 돌보느라 단에게 거의 관심을 두지 않았다. 아주 가끔 단을 초대할 뿐이다. 도와야 할 문제가 있을 때, 무엇을 고치거나 무엇을 살 때만 단을 찾았다.

어느 날 밤 케티는 거의 맨발로 단에게 달려왔다. 케티의 남편 **파냐옷**은 단의 직장 동료이자 같은 조종사였고 젊다. 파냐옷에게는 나쁜 습관이 있었는데 술을 많이 마셔서 취하면 아내를 때리고 바람피운다고 질책했다. 파냐옷과 케티 사이에는 자녀가 없는데, 그 일이 파냐옷을 더욱 화나게 했다.

계속된 악몽 같은 밤과 잔인한 폭력 탓에 케티는 집을 나와 단의 집으로 왔다. 다른 어디에도 갈 곳이 없었다. 전에는 먼 마을에서 살았는데, 거기에 살던 부모님은 이미 돌아가셨고 친척도 없다.

케티는 단을 알았다. 단과 파냐옷이 직장 동료였기 때문이다. 단은 파냐옷에게 술을 마시지 말라고 자주 타일렀다. 술을 계속 마시다가는 자신도, 가족도 잃게 될 것이기 때문이다.

하지만 파냐옷은 단의 충고를 받아들이지 않았다. 케티는 단과 함께 살기 시작했고 단은 케티를 도와주려고 했다. 이런 동거가 적절치 못하다는 것을 단은 잘 알고 있다. 케티는 아주 젊고 자신은 이미 늙수그레하다. 그러나 케티를 사랑하게 되었다. 전에는 그렇게 세차게 누군가를 사랑한 적이 없었다. 케티의 커다란 검은 눈동자를 바라볼 때면 심장이 쿵쾅거렸다. 그렇게 아름다운 여자를 알지 못했다. 케티의 검은 머리카락에서는 잘 익은 밀 냄새가 났고, 몸매는 날씬하고 송어처럼 탄력이 있다.

케티가 집에서 같이 살면서 모든 것이 빛났다. 케티는 요리하고 청소하고 물건을 샀다. 결코 지치는 법이 없다. 그것이 단을 기쁘게 했고 마찬가지로 불안하게 했다. 누군가가 자신을 돌보는 것에 익숙하지 않았다. 자주 스스로 말했다.

'그래, 내가 그 여자를 도와주었다. 그러나 같이 사는 것은 적절치 않아. 그 여자 앞에는 창창한 앞날이 있어. 자신의 행복을 찾아야 해.'

한 번은 전혀 기대하지 않았는데 임신했다고 케티가 단에게 말했다.

밤새 잠을 이루지 못했다. 다시 아버지가 된다니 몹시 행복했다. 동시에 누군가가 물이 팔팔 끓는 큰 솥에 자신을 집어넣는 것 같은 고통을 느꼈다.

'사람들이 뭐라고 할까?' 단은 생각했다.

'사람들이 비방하면서 나를 놀리겠지!'

단은 케티에게 유산하라고 말하려 마음먹었지만, 용기가 없었다. 자기 자식을 죽인다는 것은 상상조차 할 수 없었다. 임신은 잘못이 아니다. 케티도 다시는 아무 말 하지 않았다.

정말 임신은 케티를 놀라게 했다. 케티는 수많은 세월 동안 파냐웃과 살았지만 임신하지 못했다. 원인이 자기에게 있다고 생각했다. 파냐웃이 항상 책망했기 때문이다. 파냐웃은 케티를 '임신 못 하는 암소'라고 조롱하고 심하게 때렸다. 지금 케티는 한없이 기뻤다. 마침내 새 생명을 출산하게 된 것이다. 동시에 걱정도 됐다. 단이 자기와 결혼하도록 강제하려고 고의로 임신했다고 생각하지 않을까? 케티는 임신 사실을 안 때부터 기쁘면서도 한편으론 슬펐다. 무엇을 할지 결정할 수가 없었다. 떠날 준비를 하고 자신을 받아 준 단에게 감사하려고 마음먹었다.

케티는 단을 정말 사랑하게 되었지만, 같이 사는 것이 단의 가족을 자극한다는 점을 잘 알았다. 케티는 긴장이 더욱 커졌지만, 아무것도 결정할 수 없었다.

출산의 순간이 갑자기 닥쳐왔다. 그들이 저녁 식사를 마친 뒤 케티는 진통을 느꼈다.

"아이가 나오려고 해요." 케티가 말했다.

단은 서둘러 의자에서 일어나 케티가 편안히 앉도록 돕고, 곧 병원으로 가도록 차를 준비하겠다고 말했다. 몇 분 뒤 그들은 병원에 도착했다. 산파에게 케티를 데려갔다. 단은 집에 돌아왔지만 밤새 잠들지 못했다. 이 방 저 방을 걸어 다녔다. 아들 알렉시와 이바노가 태어났을 때는 지금처럼 불안하지 않았다. 이른 아침에 다시 병원으로 갔다. 사람들이 남자아이라고 말했다. 그 말에 단은 하늘 높이 올라간 듯한 기쁨을 맛보았다. 날개가 돋아난 것처럼 느껴졌고 수년 전 비행 조종사였을 때처럼 날아가기 시작했다.

거리에서는 마치 코냑 두 잔을 단숨에 들이킨 사람처럼 비틀거리며 걸어갔다. 걸어 다니면서도 궁금증이 사라지지 않았다. '사람들이 무엇이라고 말할까? 늙은이가 아이를 가졌구나! 부끄럽지도 않나?' 이런 힐문이 무거운 돌처럼 단의 가슴을 짓눌렀다.

두려움에 떠는 암말처럼 심장이 마구 뛰었다. '케티에게 아이를 입양 보내자고 말할 거야.' 단은 혼자서 속삭였다. '만약 케티가 입양시키기를 원하지 않으면 다른 어딘가에서 살라고 말해서 내 곁을 떠나게 해야지.'

긴장 속에 며칠이 지났다. 단은 더욱 불안해졌다. 누구도 만나고 싶지 않았다. 케티가 병원에서 전화를 해서 언제 아이와 함께 집에 돌아올 것인지 말했지만 단은 병원으로 그들을 데리러 가지 않았다.

단은 부끄러웠다.

자기같은 늙은이가 갓난아기를 안고 자기가 아버지라고 고백하는 것이 불합리하게 여겨졌다.

케티가 병원에서 돌아왔다.

단은 차로 케티를 데리러 가지 않아 죄책감을 느꼈지만 케티가 이해하리라 믿었다.

케티가 방에 들어왔을 때 단은 놀랐다.

아기 없이 혼자였다.

"아기는 어디 있어요?" 단이 물었다.

"입양시키려고 보냈어요."

이 말이 단을 돌처럼 굳게 만들었다. 피가 머리로 뜨거운 급류처럼 흐르고 발은 고무처럼 흐물흐물해졌다.

"내가 무슨 일을 했지? 어떻게?"

단이 말했다. 단은 재빨리 웃옷을 입고 문으로 갔다.

"어디 가세요?"

케티가 물었다.

"병원에 가서 아기를 찾아 데려오려고! 그 아이는 내 아들이요."

단은 대답하고 밖으로 뛰쳐나갔다.

잊어버린 집

이스트반은 저녁 무렵에 도착했다.

공항에서 택시를 타고서 한마디만 천천히 말했다.

"호텔 아스토리아."

헝가리 말을 여러 해 하지 않았다. 언어가 기억 속에만 있어 만약 지금 누군가에게 헝가리 말을 한다면 단어 구사가 자연스럽지 않을 것 같아 이스트반은 두려웠다. 그래서 택시기사에게 '호텔 아스토리아'라고만 했다. 호텔이 그대로 있을 거라 짐작했다.

지난 40년 동안 부다페스트에는 많은 호텔이 지어졌다. 공항에서 택시를 타고 도심으로 가는 길이 끝없이 길게 느껴졌다. 차창에 이마를 댔다. 뒷좌석에 홀로 앉아 차창 밖으로 지나쳐 가는 거리와 건물을 고통스럽게 바라보았다.

예전의 부다페스트를 떠오르게 하는 것이 있나 보려 했지만, 소용 없었다. 택시는 빠르게 마당 있는 집들을 지나쳤다. 곧 그것들이 사라지고 차는 고층건물이 자리잡은 거리로 들어섰다. 잠시 후엔 큰 집들이 있는 주거지역을 지나쳤다.

몇 분 뒤, 택시는 도시의 오래된 지역에 도착했고 이스트반은 호텔 아스토리아가 가까이 있다고 느꼈다. 이스트반은 잠시 후면 수년간 떨어져 지낸 사랑하는 여자를 만날 것처럼 떨었다. 네온 간판에 '호텔 아스토리아'라고 적힌 건물 아래 차가 갑자기 멈췄다. 운전사가 뭔가를 말했지만 알아 듣지 못하고 팔을 뻗어 지폐를 건넸다. 운전사는 1000포린토를 돌려주었다.

시카고에서 출발하기 전, 이스트반은 지금이 초가을이라 호텔에 투숙객이 많지 않을 거로 추측했다. 호텔 측에서는 3층 방을 내주었다. 젊은 직원이 3층까지 안내해 주고 객실 문을 열었다. 이스트반은 들어가서 안락의자에 앉아 생각에 잠겼다.

마침내 40년 만에 헝가리 부다페스트에 왔다. 그동안 여러 나라와 도시에서 살았다. 거쳐온 여러 도시, 지역, 거리에 대한 기억이 사진첩을 넘기듯 선명했다. 지금까지 삶은 길고 지친 여행이었다. 부모님과 이스트반은 이 나라 저 나라, 이 도시 저 도시를 떠돌아다녔다. 비엔나, 로마, 파리, 암스테르담을 비롯해 여러 도시에서 지냈고 그 도시마다 2년이나 3년쯤 살았다. 유럽을 두루 돌아다니는 길고도 지친 여행 중에 이스트반은 부모님을 잃었다.

처음엔 아버지가 돌아가셨다. 추운 겨울날 함부르크에서 늙은 독일 사람 집에 살 때였다. 당시 아버지는 일거리가 없었다. 어느 밤, 힘겹게 숨을 쉬면서 집에 들어오시더니 열이 나서 바로 침대에 누웠다. 어머니가 약을 주고 차를 끓였다. 아침에 의사를 불렀지만, 의사가 처방한 약을 살 돈이 없었다. 늙은 독일 사람이 약을 사라고 돈을 주어 얼마간 약을 먹었지만 별 효험이 없었다. 아버지는 오랫동안 아프셨다.

몇 달 뒤에는 누워만 계시고 점점 마르고 창백해졌다. 얼굴이 길어진 듯, 얼굴 형태가 점점 날카롭게 돼서 침대에 낯선 남자가 누워 있는 것 같았다. 아버지가 돌아가실 때 갑자기 조용해지셨고 방 안엔 깊은 침묵만이 흘렀다.

2년 뒤엔 어머니도 돌아가셨다. 어머니는 헝가리어와 문학

교사로 일했다. 삶의 마지막까지 사무실을 청소하셨던 어머니는 피곤하거나 지친다고 말한 적이 한 번도 없다.

이스트반은 호텔 방을 둘러 보았다. 어느새 밤이 됐지만 자고 싶지 않았다. 빨리 아침이 되면 부다페스트 거리로 나가 부모님과 함께 살았던 집을 찾고 싶었다.

집이 호텔 아스토리아에서 가깝다고 아버지는 가끔 말씀하셨다. 호텔에서 무서운 총격전이 벌어졌다고도 하셨다. 소련군 복무에 반대하여 싸운 아버지를 여기저기서 상처를 주었다.

1956년 가을에 이스트반은 일곱 살이었는데, 잔인한 총격과 붉은 별을 단 커다란 탱크를 기억한다. 그것들은 기억 속에 괴물처럼 남아 있다. 밤에 자주 이 괴물들이 목을 졸라 땀범벅되어 깬다. 오래된 화물차에서 이리저리 뒹굴며 함께 이동했던 많은 사람을 잊을 수 없다. 그때 이스트반은 그들이 어디로 가는지 알지 못했다. 모든 사람의 얼굴색은 구름처럼 잿빛이고, 그들 중 아무도 말을 꺼내지 않았다. 이스트반은 아버지와 어머니 사이에 앉았다.

해가 비치는데도 몹시 추웠다. 11월이었으니까. 그때 이스트반은 떨었는데 추워서인지 아니면 두려움 때문인지 확실치 않다. 아마 두려움 때문이었으리라. 화물차에 탄 사람들과 부모님의 눈에도 같은 두려움이 서려 있었다. 화물차가 갑자기 멈추었다. 한 명씩 짐칸에서 내렸다. 더는 데려다줄 수 없다고 운전사가 말하는 것 같았다. 그때 사람들이 운전사에게 가서 돈을 주었고, 그들은 걸어가야 했다. 이스트반은 부모님 곁에서 걸었다. 피곤하고 졸렸다.

그때 아버지가 이스트반을 들어서 등에 짊어졌다.

수많은 숲을 지나고 수풀 사이로 걸어갔다. 어둡고 조용했다.

어떤 말도, 신음도 들리지 않았다. 때로 마른 나뭇가지가 누군가의 발밑에서 부스럭거리면 무리에서 누군가 '조용히!' 하고 속삭였다. 숲속을 얼마 동안이나 걸었는지 모른다. 머리가 무거워지고 눈이 감겼다. 때로 몸이 흔들려서 머리를 들었다. 아버지의 힘센 팔이 꽉 붙잡아주어 안전했다. 아버지가 데리고 가는 동안 이 깜깜하고 짙은 숲에 야생동물이 있을지라도 앞으로 어떤 나쁜 일도 일어나지 않을 것 같았다.

아버지 옆에서 빠르게 걸어가던 어머니는 때로 이스트반이 아버지 등 위에 잘 있는지 확인하려고 팔을 뻗어 만졌다. 이런 발걸음은 끝이 없었다. 이스트반에게 이 밤이 영원할 것처럼, 결코 해가 뜨지 않을 것처럼, 그리고 부모님과 자기가 평생 이 무서운 숲에서 헤맬 것처럼 느껴졌다. 이런 생각이 이스트반을 더욱 두려움에 휩싸이게 해서 바람 앞의 꽃잎처럼 떨었다.

아침에 일어나자 부모님과 사람들이 피곤에 지쳐 나무 없는 평지에 앉아 있었다.

"여기가 어디예요?" 어머니에게 물었다.

"조용히!"

어머니가 속삭이듯 대답했다.

"오스트리아야!"

그때 이스트반은 오스트리아가 어딘지, 왜 그들이 여기 온 것인지 알지 못했다. 그 모든 것은 나중에 알게 되었다. 아침 해가 호텔 방의 창문을 비추었다. 저녁에 안락의자에 앉았다가 그대로 잠들었다. 꿈을 꾸었지만, 내용은 잘 기억나지 않았다. 꿈에 이름 모를 커다란 도시에서 헤매며 여러 건물에 들락거리며 뭔가를 찾았는데 무엇인지 기억 나지 않았다.

서류와 돈이 들어 있는 검은 여행용 가방을 손에 들고 있었는데, 그 가방이 없어진 것을 알아차렸다. 어딘가에서 잊어버린 것이다. 그것을 찾으려고 방금 나왔던 건물로 달려가서 잽싸게 올라갔지만, 어디에도 가방은 없었다.

이스트반은 걱정하다가 잠에서 깼고 몇 분 동안 안락의자에서 꼼짝하지 않고 두꺼운 갈색 커튼을 통해 방으로 들어오려고 햇빛이 반짝거리고 있는 창문을 바라보았다. 부드러운 빛이 조금씩 이스트반을 편안하게 했다. 꿈을 생각해보니 꿈에서 가방을 잊어버린 것이 좋은 징조처럼 느껴졌다. 가방에 든 돈은 불행을 의미하기에 걱정거리에서 벗어나는 꿈이라고 해몽했다.

몇 년 전 미국으로 떠나기 직전에 부다페스트에 와서 태어나서 일곱 살 때까지 살았던 집을 찾겠다고 마음 먹었다. 현재는 그 집에 다른 사람들이 살 거라고 짐작하고, 그들이 원하는 만큼 돈을 주고 집을 사겠다고 굳게 마음먹었다. 이것이 주된 목적이었다.

이스트반은 반드시 그 집을 사야 했다. 그곳에서 자신의 인생 전반부인 가장 티 없고 아름다운 어린 시절을 보냈다. 이스트반은 현 거주자에게 여러 다양한 가능성을 제시하려고 결심했다. 첫째 돈을 제안할 것이고, 둘째 그들에게 다른 집을 사 줄 것이다. 그들을 설득하는 데 성공할 줄 믿고 그들의 가구를 새 집으로 옮길 비용도 지급할 준비를 했다. 돈은 충분히 마련해 뒀다.

이스트반은 면도하고 옷을 입고 호텔을 나왔다. 많은 일을 오늘 처리해야 해서 아침을 먹지 않고 서둘렀다. 태어난 집은 '몰나르' 거리에 있다.

'아직 "몰나르" 라고 부를까?' 이스트반은 생각했다. 거리는 다뉴브강 인접한 곳에 있어 호텔에서 가까웠다. 이스트반은 어렸을 때 다뉴브 강변에 앉아 배를 바라보는 걸 좋아했다. 어머니는 다뉴브강에서 놀도록 허락하지 않았다. 강에 빠질까 봐 두려워 하셨다. 그때는 어머니도 우리 세 식구가 거세게 소용돌이치는 정치적인 강에서 살려고 호되게 애쓰게 되리라는 것을 짐작도 하지 못했다.

 이스트반은 거리로 나와 확실히 하려고 어떤 남자를 불러 세운 후 자기가 가려는 방향에 다뉴브 강이 있는지를 물어보았다. 남자가 '이겐' 이라고 대답했다. 이스트반은 편안한 마음으로 거리를 걸어갔다. 다뉴브 강변에 이르러 겔레르트 언덕을 보았다. 이제 '몰나르' 거리가 정확히 어디 있는지 물어봐야만 한다. 눈같이 하얀 머리카락에 단추같이 작은 파란 눈을 가진 할머니에게 물었다. 할머니는 머리를 들더니 웃었다.

 "여기가 몰나르 거리예요."
할머니가 말하며 오른쪽을 가리켰다. 이스트반은 감사하고 그쪽으로 서둘러 갔다. 아마 반드시 그 집을 알아차릴 것이다. 가서 주의 깊게 높은 회색 건물을 바라보았다. 정말로 기억 속의 그 집이었다. 40년 전과 다를 바 없었다. 거리는 좁았다. 이스트반은 자기 집이 1층이라고 기억했다. 거리 쪽으로 난 방이 두 개인데 낮에는 거의 햇빛이 들지 않았다. 이스트반은 그곳이 찾는 집임을 확실히 해 줄 어떤 세부적인 점을 기억하려 했다. 힘들게 기억을 끄집어내려 했지만 소용없었다. 거리 양옆에 있는 건물들은 쌍둥이처럼 닮았다. 외관상 차이점은 매우 적었다. 이스트반은 집이 왼쪽에 있다고 확신했다. 다뉴브강에서 왼쪽 길로 접어들었다. 당시 일곱 살이라 집의 번지를 기억하지 못하는 것이 안타까웠다.

1956년 가을, 이스트반은 막 학교에 다니기 시작했다. 아마 두 달가량 배웠을 무렵, 총소리, 폭탄 터지는 소리, 탱크, 알아들을 수 없는 이상한 말을 하는 군인이 있는 따뜻한 가을이 시작되었다.

이스트반이 거리 끝으로 갈 때쯤엔 화가 났다. 어느 집인지 도무지 알아차릴 수 없었지만 절망하지는 않았다. 몸을 돌려 더 자세히 집들을 살피면서 다시 걸었다. 커다란 목재 문 앞에 멈춰 서 문을 열고 마당으로 들어갔다. 언젠가 살았던 집의 마당과 아주 비슷했다. 이스트반은 마당 가운데 서서 머리를 들어올려 테라스를 쳐다보았다. 더워서 땀이 흐르고, 감정도 북받쳐 올랐다. 심장이 빠르게 뛰었다. 테라스 구석에 있는 단층집으로 걸어갔다. 초인종을 누르고 지금 거기 사는 사람에게 말하고 싶었다.

'내가 여기 살았어요. 이 집에서 태어났고요. 여기 이 방에서 자고 이 부엌에서 엄마 아빠랑 밥 먹었어요. 여기 이 난로 옆에서 엄마는 내게 동화책을 읽어 주셨어요. 아주 아름답고 재미있는 동화라고 기억해요.'

이스트반은 1층으로 가서 문 앞에 섰다. 푸른 색에 작은 유리창과 쇠창살이 있는 대형 목재 문이다. 잠깐 망설였다. 문이 그렇게 생겼는지 기억이 나지 않았다. 초인종을 눌렀다. 희미한 소리가 들렸다. 2분 정도 기다렸다. 시간은 아주 천천히 흘러갔다. 집에 아무도 없는 것 같아 돌아가려고 몸을 돌리는데 갑자기 문이 열리더니 80세로 보이는 할머니가 나왔다.

"누구를 찾으시나요?"

할머니가 물었다. 회색 눈은 호기심과 의심에 차서 이스트반을 쳐다보았다. 이스트반은 당황해서 정확히 뭐라고 말할지를 몰랐다. 조금 망설이다가 천천히 말했다.

"죄송합니다. 여기서 수년 전 **스자보** 가족이 살았나요? 1956년에 이사 갔어요. 여기가 그들 집인가요?"

할머니는 딱딱하게 바라보았다.

"예, 스자보 가족, **가보르**와 **일로나**."

이스트반이 되풀이했다.

"그들을 몰라요."

할머니가 대답했다.

"나는 이 집에서 1945년부터 살아요. 그러나 가보로, 일로나라는 이름을 한 번도 들은 적이 없어요."

"확실합니까?"

이스트반은 불안해서 물었다.

"예, 나는 여기 사는 사람을 모두 알아요. 내 남편이 건물관리자였거든요."

"감사합니다."

이스트반이 우물거렸다. 분명히 잘못 안 것이다. 바로 옆 건물같았다. 거리로 나가 이웃집으로 들어갔다. 내부 마당이 비슷하고, 테라스도 비슷한 층에 있었다. 그러고 보니 부다페스트 중심지에서는 모든 건물이 거의 비슷했다. 이스트반은 마당에서 일어나 충계를 바라보았다. 눈이 테라스 구석 1층에 있는 집을 곁눈질했다. 위로 걸어가서 문 앞에서 초인종을 눌렀다. 역시 집에서 할머니가 나왔다. 역시 오래전부터 여기서 살았으나 스자보 가족이나 가보르, 일로나를 알지 못한다고 더 친절하게 말했다.

"그들 아들 이름이 이스트반입니다. 이사했을 때 일곱 살이었습니다."

이스트반도 할머니가 뭔가를 기억하기 바라며 덧붙였다.

"아니요, 아니요."

할머니가 말했다.

"이 집에서 스자보 가족, 가보르, 일로나는 살지 않았어요."

이스트반은 인사하고 떠났다. 마당에서 뭔가 아주 중요한 것, 여기가 언젠가 살던 집이라고 암시(暗示)해 줄 뭔가를 기억하려 애썼다. 서서 층계를 바라보고 있을 때 어딘가에서 비슷한 나이 또래 남자가 나타나서 퉁명스럽게 물었다.

"무엇을 찾고 있나요? 아저씨!"

"스자보, 가보르, 일로나라는 이름의 가족을 찾고 있습니다. 1956년까지 여기서 살았어요."

남자는 이스트반을 엄한 표정으로 바라보았다.

"거짓말하지 마시오."

남자가 말했다.

"내가 보기에 그 누구도 찾지 않았어요. 그저 집들만 살피고 있어요. 당장 나가시오. 아니면 경찰을 부르겠소. 나는 건물관리자라서, 과거 누가 여기에 살았는지 지금은 누가 살고 있는지 잘 알아요."

"나는 내가 태어난 집을 찾고 있어요."

이스트반이 설명했다.

"재앙을 찾고 있군요. 저리 가시오. 내가 경찰을 부르기 전에." 지금 이 남자를 설득하기란 불가능할 것이 분명했다. 그래서 떠났다. 거리에서 예전에 살던 집을 다시 찾아보았다. 이집 저집 둘러보았지만 소용없었다. 그 집은 절대 존재하지 않을지도 모른다. 어렸을 때 부다페스트 '몰나르' 거리에서 살았다는 것은 상상이거나 꿈을 꾼 것이 아니었나 이미 느끼고 있었다. 이 도시에서 산 적이 없는 것 같았다. 이곳을 모르고 이곳 사람들도 이스트반 자기를 모른다.

저녁이 되었다. 어둠이 부드러운 장막처럼 덮였다. 갑자기 부모와 함께 국경선을 건너려고 걸었던 어둡고 짙은 숲이 기억났다. 여기 부다페스트 중심지에서, 작은 거리 '몰나르' 나 숲에서처럼 그렇게 어두운 곳에 혼자 남았다. 부모님은 오래전에 돌아가셨고 집도 나라도 없이 완전히 혼자였다.

사죄(謝罪)

도시 사람은 모두 **드라고일**을 피했다. 아무도 드라고일과 말하지 않고 우연히 거리에서 보면 몸을 돌린다. 그것이 드라고일을 아주 힘들게 한다.

하지만 드라고일은 사람들의 행동이 옳다는 점을 인정한다. 그들에게 책망하거나 화내지 않는다.

드라고일 자신도 똑같이 사람들을 피한다.

거의 집밖으로 외출하지 않고, 아는 사람을 만날 만한 곳을 찾아가지도 않는다.

물건도 사지 않아 판매점엔 안 들어간다.

아내와 딸도 그렇게 한다. 집 발코니에서 사람들과 차량으로 혼잡한 거리를 바라보면서 혼자 시간을 보낸다.

사고는 항상 빠르고 갑자기, 기대하지 않은 때 일어나서 잠깐 동안에 인간의 삶을 넘어뜨리고 부순다고 묵상하면서 교통현장을 바라보았다.

예전에 드라고일은 자기에게 사고가 일어나리라고는 상상해본 적이 없다.

그러나 가끔 운명은 몹시 잔인해서 갑자기 모든 것, 권위, 사람들의 존경, 친구, 친척을 뺏어간다.

몇 년 전만 해도 드라고일은 도시에서 가장 큰 공장인 방직공장 **엘레간테쪼**의 관리자였다. 그곳에서는 주로 여성들이 일하며 수출용 옷을 만들었다. 일은 점점 더 늘어났다. 품질이 매우 좋아 대규모로 팔렸다. 드라고일은 관리자로서 명확한 판단력을 가지고 새 계약서에 서명하고 새 여직원들을 채용했다. 도시 사람들이 드라고일을 존경했다.

관리자로서 여성 노동자들을 잘 관리하기 때문이다. 공장에는 드라고일의 제안에 따라 유치원이 생겼다. 좋은 성과 덕에 여성 노동자들에게 상여금을 자주 주었다.

그러나 사람들은 아주 많은 좋은 것은 좋은 것이 아니라고 말했다.

어느 겨울밤에 드라고일이 차를 운전할 때 큰 사고가 일어났다. 얼음 탓에 미끄러워진 큰 길에서 드라고일이 탄 차가 젊은 부부의 차와 충돌했는데 그들이 그 자리에서 죽었다. 죽은 사람이 **크라소**와 **슬라베나**인 것을 확인했다. 슬라베나는 엘레간테쪼 공장 노동자였다.

그 비극이 드라고일을 파괴했다.

충격을 받아 거의 미칠 지경이 되었다.

사고가 어떻게 일어났는지 설명할 수조차 없었다. 슬라베나는 공장에서 가장 예쁜 여직원이었는데 수정 호수같이 파란 눈에 짙은 머리카락과 날씬한 몸매를 가졌다. 나이는 스물두 살이었다. 슬라베나와 크라소에게 는 어린 자녀 **용코**가 있었는데 이제 고아가 되었다. 법정 앞에서 드라고일은 자신의 잘못을 자백하고 재판을 받았다. 몇 년간 감옥에서 지냈다. 감옥에서 나온 뒤 완전히 딴사람이 되었다. 다시는 일을 하지 않았다. 길고 고통스러운 나날을 집에서만 보냈다.

가끔 집 밖으로 나와도 사람들을 피했다. '왜 내가 사는가?' 궁금했다. '그런 삶은 의미가 있는가? 교통사고 때 죽었더라면 더 좋았을 텐데.'

아내는 편안하게 해주고 희망을 심어주려고 했지만 소용없었다. 드라고일은 말수가 더 없고 좌절에 빠졌다.

어느 날 모든 것이 변했다.

거리에서 사람들이 드라고일과 다시 인사하고 다시 대화했다. 옆을 지나면서 더는 고개를 돌리지 않았다. 가끔 엘레간테쪼 공장의 여재단사중 하나인 **나댜** 아주머니는 드라고일의 이웃 여자에게 물었다.

"무슨 일이 있어요? 나는 거리에서 드라고일 씨를 더 자주 보는데 이젠 예전처럼 그렇게 좌절에 빠진 몰골로 보이지 않아요. 교통사고를 잊었나요?"

"아니요." 이웃 여자가 대답했다.

"드라고일 씨는 교통사고를 잊지 않았어요. 그러나 드라고일 씨와 부인은 크라소와 슬로베냐의 아들 고아 용코를 입양했어요. 그때부터 완전히 다른 사람이 되었어요. 지금 그들은 살아야 할 이유가 있어요."

아들

몇 달 전 **카리나**는 이 집으로 이사했다.

이 지역이 마음에 들었다.

편안하고 조용하고 도심에서 가까웠다.

거리는 좁고 길 양옆에는 4층짜리 건물이 서 있다.

카리나가 사는 집 앞에는 화단이 있는데 누군가 관리하고 꽃에 물을 주고 잡초를 잘라주고 때로 땅을 일구었다.

사람들이 카리나의 이웃 여자인 **니나** 아주머니가 화단을 돌본다고 말했지만, 카리나는 니나 아주머니를 개인적으로 알지 못했다.

카리나의 집은 2층에 있는데 방이 두 개 있고, 아침에 해 비치는 발코니가 두 개나 있어 편리하다.

발코니에서 산을 볼 수 있는데, 여름에는 푸르고 겨울에는 하얘서 항상 매력이 넘친다.

가끔 음악을 듣고, 저녁에는 TV를 켜서 뉴스를 듣거나 영화를 본다.

카리나는 큰 도시에서 남자 친구를 만나고 싶어 했는데, 그것이 여기로 이사 온 이유다.

나고 자란 도시에서는 자기가 꿈에 그리던 사랑하는 남자를 찾지 못했다.

어느새 서른 살이 된 카리나는 꼭 결혼하고 싶었다.

큰 회사의 재정 업무를 맡고 있어 급여도 좋은 편인 카리나는 좋은 남편을 찾는 것이 유일한 소망이다. 건물 입구에서 몇 번 아주 인상적인 젊은 남자를 보았다.

키가 크고 멋진 남자였다. 복숭아처럼 생긴 암갈색 눈동자에 검은 머리카락이었다.

카리나는 그 남자가 누군지, 이름이 뭔지 모르지만, 그 사람은 항상 카리나에게 친절하게 인사했다.

교양 있고 교육을 잘 받은 것이 분명했다.

카리나에게 가끔 말을 걸기도 했다.

"2층에 사시나요?"

"예" 조금 당황해서 대답했다.

"제 어머니께서 그 위층인 3층에 살고 계세요. 제 이름은 **아타나스**입니다." 그리고 팔을 내밀었다.

"저는 카리나입니다." 대답하면서 얼굴이 조금 붉어졌다. '정말 이 남자는 니나 아주머니의 아들이구나.' 카리나는 속으로 말했다.

그 뒤 다시 만나기를 기다렸지만, 날짜가 지나가도 아타나스는 건물에 오지 않았다. 분명 그 남자는 도시 다른 지역에 살면서 **때때로** 어머니를 찾아오지만, 카리나는 어느 날 다시 보기를 바랐다. 아마 말을 걸 테고 그때 커피를 마시거나 만나자고 초대할 수도 있다.

어느 날 저녁 8시에 카리나가 TV 뉴스를 보고 있을 때, 아타나스의 어머니인 니나 아주머니 집에서 외침 소리가 들렸다. "도와주세요, 나를 도와주세요." 절망적이고 마음을 찢는 비명이 카리나를 두렵게 했다. 니나 아주머니에게 무언가 일이 생긴 것이다. 집에 도둑이 들어왔나? 혼자 사는 할머니를 누군가 공격했다. 아마 넘어져서 일어나지 못할 수도 있겠구나.

분명히 다리나 팔이 부러졌을 수도 있다. 몇 분간 카리나는 경찰이나 응급실에 전화할지 말지 주저했다.

위로 올라가 무슨 일이 일어났는지 정확히 봐야겠다고 마음을 먹었다.

서둘러 집에서 나와 3층으로 뛰어 올라갔다.

이웃집 문은 열쇠로 잠겨 있어, 열려고 해 봤자 소용이 없었다. 안에서는 여전히 마음을 찢는 도와 달라는 외침이 들려왔다. 그 소리는 점점 약해지고 희미해졌다.

카리나가 잠긴 문 앞에 서 있을 때 이웃집에서 카리나가 모르는 여자가 나왔다.

"니나 아주머니에게 무슨 일이 있나요?" 그 여자가 물었다.

"아마 넘어져서 일어날 수 없나 봅니다."

"내가 응급실로 전화할게요."

"하지만 문이 잠겨 있어요." 카리나가 말했다.

"내가 아주머니의 아들 **아타나스** 전화번호를 가지고 있으니 부를게요."

그 여자가 아들에게 전화했다.

"아타나스, 빨리 오세요. 어머니가 넘어졌는데 다리나 팔이 부러진 것 같아요. 도움을 청했지만, 문이 안으로 잠겨 있어서 들어갈 수 없어요. 빨리 오세요."

아타나스가 무언가를 말하자 여자는 휴대 전화를 끊었다. 얼굴은 화가 나고 창백해졌다.

"뭐라고 말해요?" 카리나가 물었다.

"무엇인지, 내 귀를 믿고 싶지 않아요. 그 사람은 아들도 아니고 나쁜 놈이에요. 자기 누나에게 전화하고 자기는 귀찮게 하지 말라고 말했어요."

"어떻게 그런 말을!" 카리나는 충격에 빠져 그 여자를 바라보았다.

"예, 몇 달 전에 니나 아주머니는 집을 대가족과 사는, 집 없는 딸에게 물려주었어요. 그래서 아타나스는 어머니께 화가 났지요."

여자는 니나 아주머니 딸에게 전화 걸었고 카리나는 멍하니 움직이지 않은 채 그 여자를 바라보았다.

집에서는 아직 할머니의 신음이 들렸다.

몇 달 뒤 건물 입구에서 아타나스를 마주쳤다.

그 남자는 살짝 웃으며 인사했다. 그리고 말을 걸려고 했지만, 카리나는 쳐다 보지도 않고 지나쳤다.

무서운 호수

나움은 삽을 가지러 창고에 들어갔다가 깜짝 놀랐다. 창고 한 가운데 그리 크지 않고 20cm쯤 되는 작은 늪이 생긴 것이다. 그것을 가만히 내려다보다 나왔다.

다음 날 아침 다시 창고에 들어갔을 때는 늪이 조금 더 커져서 직경이 벌써 1m 정도 했다.

나움은 내키지 않았지만 주의해서 늪을 살폈다. 탁하고 거울처럼 움직이지 않아 수염을 자르지 않은 얼굴이 비쳤다.

'어디서 이 물이 나왔을까?' 나움은 궁금했다.

창고 아래는 물을 끌어오는 관이나 운하가 없다.

고장난 수도관도 없다.

고개를 숙이고 물 냄새를 맡았더니 늪 냄새가 났다.

'물 색깔에 푸른 빛이 감도는 건 무슨 이유일까?'

나움은 창고에서 나왔지만 계속해서 어디서 이 물이 생겼는지 궁금했다.

다음날 더 일찍 창고에 들어갔다.

늪은 훨씬 더 커져 있었다.

바로 뭔가 조치를 하지 않으면 큰일날 것 같았다.

나움은 양동이로 물을 퍼냈다.

그러나 늪은 더 커지고 더 깊어졌다.

나움은 화가 났지만 점심때까지 그 일을 했다.

집에 들어가자 아내가 오전 내내 창고에서 무엇을 했느냐고 물었다.

보통 때처럼 나움은 일이 있다고 짧게 대답했다.

상황은 점점 불안스러웠다.

물은 창고 두 곳에 넘치고 진창 냄새를 풍겼다.

양동이로는 더 아무것도 할 수 없을 것 같았다. 시간이 조금 더 지나면 물이 집을 무너뜨릴 것이 분명했다.

부지런한 편인 나움은 창고에서 배수를 시작했다. 예쁘고 튼튼한 2층 집이었다.

30년 전 **게나**와 결혼할 때 나움이 손수 지었다.

집을 잘 짓고 싶은 마음에 양질의 건축 재료를 사서 사용했다. 나움이 손수 돌, 벽돌, 기와를 골랐다.

좋은 도토리나무 소재인 창과 문을 사려고 여러 도시를 차로 돌아다녔다. 이 집에서 30년 넘게 살고 있다.

자녀들이 여기서 태어나서 자랐고 어른이 되자 새처럼 멀리 날아갔다.

거의 모든 날을 배수 공사를 하느라 피곤했지만, 한 일 때문에 만족했다.

저녁에 친구를 만나러 마을 술집에 갔다.

언제나처럼 술집은 벌집처럼 웅성거렸다. 마을 사람들은 이야기하고 크게 토론하고 농담하고 웃었다. 아무런 걱정이 없는 듯 즐거워 보였다.

그들의 창고는 물이 가득 차지 않아서 배수구 파는 일을 할 필요가 없을 것 같았다.

나움은 어린 시절부터 알고 지낸 **스토일**과 **벨코** 옆자리에 앉았다.

스토일은 농담을 잘하고 벨코는 말수가 적다.

둘은 밀, 옥수수, 라이보리 수확에 관해 말했다.

'이들에게 창고에 물이 찬다고 말해 버릴까?'

나움은 자문했지만 말하지 않기로 했다. 셋이 브랜디를 마시며 대화하던 중, 갑자기 친구들한테서도 진창 냄새가 풍겼다. 그들도 배수 공사를 하는 거라고 나움은 짐작했다. 그러나 그들은 공사에 관해 아무것도 언급하지 않았다. 나움은 배수 공사를 계속했지만 일은 의미없게 보였다. 퍼내는 만큼 물이 샘솟았다. 이마의 땀을 씻어낸 나움은 자기 창고에서만 물이 나오는지 알아 보려고 마음먹었다. 먼저 이웃에 사는 스토일에게 갔다.

마당에 딸린 문은 닫혔다.

나움이 꽤 오랫동안 '스토일'을 불렀다,

발칸산(産) 개가 험하게 짖어도 스토일은 나오지 않더니, 한참만에 나왔다.

"무슨 일 있니? 친구!" 나움이 물었다.

"30분 동안 불렀는데 이제야 나타나니."

"미안해. 자느라 소리를 못 들었어."

스토일이 더듬거렸다.

분명히 거짓말하고 있었다. 스토일에게는 낮잠 자는 습관이 없다는 걸 나움은 잘 알고 있었다. 그 밖에 스토일은 진흙 얼룩이 묻은 작업복을 입고 있었다.

스토일도 배수구를 만들고 있다고 나움은 짐작했다.

"스토일, 창고에서 갑자기 물이 솟아 나오지 않았니? 내게 솔직히 말해 봐."

"무슨 물?" 스토일은 이상하다는 듯 나움을 쳐다보았다.

"내 창고는 화약 보관소처럼 말랐어." 거짓말이 분명했다.

나움은 감정이 상했지만 아무런 말도 하지 않았다. 역시 똑같은 말을 물어보려고 벨코에게 갔다. 그러나 벨코도 스토일처럼 말했다. "물이라고? 내 창고는 완전히 말랐어. 무슨 일이 있어?" 나움은 정말 이해할 수 없었다. '내가 미쳤나? 아니면 내 눈에 그들이 미친 사람마냥 보이는 것일까? 왜 거짓말을 할까? 왜 창고에 물이 차고 넘친다고 솔직히 털어놓으려 하지 않나?' 나움은 다른 이웃에게 물어보려 마음 먹었다. 하지만 모두 창고에 물 한 방울 없다고 말했다. 그렇지만 모두 몰래 배수 공사를 하고 있는 낌새를 엿볼 수 있었다. 자기 집에 물이 찬다고 아무도 말하고 싶지 않았다. **달레보**는 퍽 아름다운 농촌마을로 광천수가 나오는 온천이 있다. 여름에 많은 사람이 쉬면서 치료하려고 이곳에 왔다. 불과 몇 달 뒤면 휴가철이 시작된다. 그래서 모두 물이 차는 것을 언급하지 않았다. 달레보가 물이 가득 찬 것을 알게 된다면 누구도 이곳에 휴양차 오지 않을 것이기 때문이다. 달레보는 사막같이 텅 비게 될 게 뻔했다. 마을 사람들은 매년 여름 찾아오는 휴양객으로 생계를 유지한다. 마을 사람이 범람에 대해 말하지 않는 것이 옳다고 나움은 생각했다. '왜 내가 그들에게 집에 물이 찼냐고 물었을까? 나는 내 배수구를 파고 조용히 있어야지. 모든 사람은 스스로 자기 문제를 풀어야만 해.'

나움은 계속해서 배수구를 팠다. 그러나 결과는 아무런 진전도 없었다.

물은 계속 솟구쳤다. 물은 마당으로, 정원으로 흘러 나왔다. 모든 사람은 아무도 그것을 알아차리지 못하는 듯 조용히 행동했다. 물은 벌써 거리로 흘러 나왔다. 사람들은 장화를 신고 다녔다. 그 물에 드라고의 암소가 빠지는 나쁜 일이 일어났다.

한번은 오후에 드라고가 목초지에서 암소를 데리고 왔다. 드라고는 암소를 앞세우고 걸어갔다. 이웃 펜코와 이야기하려고 몇 분간 멈췄다. 그런데 암소가 사라졌다. 물에 빠진 것이다. 아무도 그 장면을 보지 못했다.

무슨 일이 일어났는지 모두 알지만, 누구도 말 한마디 하지 않았다. 마을 사람들은 그들이 지나다니는 곳을 더 주의해서 살피기 시작했다. 물에 가득 찬 거리는 이미 베네치아 운하와 비슷했기 때문이다.

하지만 아무도 끔찍한 일이 곧 닥치리라고는 짐작치 못했다. 물속에 페에비 가족의 딸 **나다**가 빠졌다.

거리로 나갔던 어린 여자아이는 집에 돌아오지 않았다. 물에 빠진 것이다.

그때 비로소 마을 사람들은 심각하게 떨었지만 이미 늦었다. 물은 솟구치고 또 솟구쳤다.

창고는 물로 가득 찼고 물은 1층까지 차올랐다.

물이 지붕까지 이르자 나움은 자기 집 지붕 위로 올라가 외쳤다. "왜 조용했느냐? 왜 아무 것도 보지 못한 척 했느냐?" 소리치는 나움의 눈빛은 무서워 보였다.

마치 미친 듯 했다.

석 달 뒤, 달레보의 모든 집이 물에 잠겼다.

그림 같은 마을이 있던 곳에 커다랗고 조용한 호수가 넓게 자리잡았다. 이제는 누구도 언젠가 이곳에 달레보라 이름한 마을이 있었다는 사실을 짐작조차 못 한다. 밤에 깊은 침묵이 장악할 때면 멀리서 외침이 들려온다. "왜 조용했느냐? 왜 아무것도 보지 못한 척했느냐?" 그러나 어느새 이 말이 무엇을 의미하는지 아무도 알지 못한다.

미르카

아버지와 딸은 교장실 옆 교실 복도에 서 있다. 아버지는 늙어 보인다. 키가 크고 마른 아버지는 검고 마른 포플러나무 같다. 얼굴은 광대뼈가 튀어나왔고 머리카락은 고슴도치 털같이 짧고 날카롭다. 눈은 마른 호수 같이 퀭하다. 한눈에 노동자라는 걸 알아볼 수 있다.

물기를 머금은 자두빛 어두운 얼굴, 삽 같은 손바닥이 매달린 긴 팔이 그 사실을 말해 주었다.

몸은 앞으로 약간 휘었다. 한때 유행하던 갈색 웃옷과 깃에 단추가 없는 하얀 셔츠를 입었다. 그 위로 초콜릿색 비옷을 걸쳤는데, 이미 추워진 11월의 날카로운 바람을 전혀 피하지 못할 것 같이 가벼웠다.

딸은 부드러운 묘목처럼 아버지 옆에 가만히 섰는데 1미터 50센티가 될락말락하고 삐삐 마르고 연약했다. 처음에는 석탄 조각처럼 빛나는 검고 커다란 두 눈만 보였다. 연한 풀처럼 부드러운 눈을 가진 듯했다. 여자아이는 아버지의 커다랗고 따뜻한 손을 세게 붙잡았다. 그들이 어디 있는지, 무엇을 기다리는지 전혀 알지 못한 채 쳐다보았다. 여자아이는 짧고 낡은 외투를 입었다. 처음엔 보라색이 분명했겠지만 지금은 무슨 색깔인지 겨우 알아볼 수 있었다.

문이 열리고 노르웨이 사람처럼 파란 눈을 한 젊고 키 크고 마른 교장 **스탈레브**가 나왔다.

"죄송합니다."

교장이 아버지에게 말했다.

"하지만 조금 더 기다리셔야 합니다. 수업시간이 끝나면 다른 교사와 의논을 해야 하거든요."

아버지는 머리를 끄덕이기만 했다.

"올해 수업은 벌써 두 달 전에 시작됐습니다."

교장이 계속 말했다.

"왜 아이를 이제 데려오셨습니까? 지금 어느 교실에서 그 아이를 받겠습니까? 1학년 반 모두 학생으로 꽉 찼어요. 교사는 아이를 거부하거나 받지 않을 권리가 있습니다. 한 반에서 너무 많은 학생을 가르칠 수 없습니다. 또 이렇게 늦게 와서 아이가 어떻게 다른 학생들을 따라가겠습니까? 그들은 이미 읽고 쓰는데, 따님은 이제 배우기를 시작하니까요."

아버지는 땅속에 박힌 말뚝처럼 서 있고 교장의 말을 듣지 않은 듯했다.

그때 수업 종이 울리고 어린 남녀 학생들이 두레박에서 쏟아 낸 물처럼 교실에서 밀려 나왔다.

황금 후광 같은 머리카락에 미끄러운 우윳빛 얼굴을 한 젊은 여교사가 가까이 와서 교장실로 들어왔다.

"바라디노바 선생님!"

교장이 불렀다.

"문 밖에 서 있는 아버지와 딸을 보았죠?"

"예."

여교사가 대답했다.

"아버지가 딸을 1학년에 입학시키겠다고 데려왔어요."

"지금요? 이미 학년 초가 두 달이나 지났는데요."

"예, 지금."

교장이 화를 내며 말했다.

"그런데 왜 지금이죠?"

여교사가 계속 물었다.

"무슨 일이 생겨서 여기 살지 않았다고 아버지가 변명하지만, 내가 보기에 다른 이유가 있는 거 같은데 말하고 싶어 하지 않네요. 그리고 그건 중요하지 않아요. 학교에 그 여자아이를 입학시켜야 해요."

"그들은 어디서 사나요?"

바라디노바가 물었다.

"어딘가에서요."

교장은 더 화를 냈다.

"그들은 강가 고무 공장 근처에서 살아요."

"그 지역 아이들은 **바실레바** 선생님 반이거든요."

"예, 나도 알아요. 하지만 바실레바 선생님 반은 이미 가득 찼어요."

"저희 반도 가득 찼거든요."

"나도 알아요. 이번 학년도에 처음으로 1학년 반이 모두 가득 찼어요. 선생님, 바실레바, 아타나소바 반이죠. 어린 여자아이는 배워야 해요. 거리에서 지낼 수는 없지요."

"하지만 한 반 학생 수에 관한 규칙은요?"

바라디노바가 따지려고 했다.

"규칙? 어느 여교사도 자기 반에 여자아이를 받길 원치 않는 걸 나도 잘 알아요. 강 반대편은 노동자 지역이죠. 거기는 노동자 가족들만 살아요. 부모님들이 아무도 학교에 다닌 적이 없어요. 알파벳도 모르고 교육도 받지 않았어요. 선생님 같은 여교사가 이 아이들을 가르치는 것이 아주 어렵다는 걸 알아요. 배우는 태도도 좋지 않고 자주 학교에 결석하지만, 선생님 반에 아이를 등록시킬게요. 내가 결정했어요."

"알겠습니다."

마음 상한 바라디노바가 대답하고 교장실에서 나갔다.

"여기, 이 여자 선생님 반에서 공부할 거예요."

교장이 아버지에게 말하고 바라디노바 선생님을 가리켰다.

바라디노바는 여자아이 손을 잡고 물었다.

"이름이 뭐니?"

"미르카입니다."

아이가 대답했다.

"이리 와, 미르카. 아이들에게 가자. 아빠에게 작별 인사해."

미르카는 아버지를 향해 작은 손을 흔들었다. 그리고 선생님과 함께 교실 복도 끝까지 갔다. 아버지는 교장에게 작별 인사를 한 뒤 거센 파도가 치는 바다 위 범선처럼 몸을 흔들거리며 계단으로 갔다.

어느새 9월로 접어들어 해가 교실 창문을 어루만졌다. 복도에는 어린아이들이 떠드는 고함소리가 들려왔다. 마치 학교 지붕 위에 우주선이 멈춰서 교실 안에 우주복을 입은 외계인이 돌아다니는 것처럼 활기차고 소란스러웠다.

오늘 스탈레브 교장은 기분이 좋았다. 여름방학이 끝나고 새 학기가 시작됐다. 매번 새학기를 시작할 때는 바로 이번 학기에는 뭔가 멋지고 특별한 일이 일어나리라는 유쾌한 예감이 넘쳐서 신선하다.

지금 앞에는 해에 살짝 그을린 얼굴에 밝은 색 포도를 닮은 예쁜 눈을 가지고 황금 후광 같은 머리카락을 늘어뜨린 바라디노바 선생이 있다.

"무슨 일이 일어났나요? 바라디노바 선생님!"

교장이 말을 걸었다. 지난해에는 어느 선생님도 자기 반에 미르카를 두고 싶어하지 않았다. 그런데 올해는 모두 원했다. 지금 바실레바는 미르카의 집이 있는 지역이 자기가 책임지는 곳임을 기억하고 미르카는 반드시 자기 교실에 있어야 한다고 강하게 주장했다.

"선생님이 아무리 말씀하셔도 저는 미르카를 내드릴 수 없어요."

바라디노바가 강하게 말했다.

"다른 여자 선생님들도 미르카가 자기 반에 있기를 원하네요. 도대체 이게 무슨 일인지 모르겠네요. 처음으로 한 여자아이를 두고 선생님들 사이에 쟁탈전이 벌어졌어요."

교장은 몹시 의아해했다.

"미르카는 아주 현명한 아이입니다. 오래전부터 우리 학교에 그런 똑똑한 아이가 없었어요."

바라디노바가 말했다.

"예, 믿을 수 없어요. 저도 놀랐어요. 누구도 그것을 짐작할 수조차 없었어요."

"놀랍네요. 부모님은 알파벳도 모르고 학교에 다닌 적이 없는데."

바라디노바가 덧붙였다.

"예. 하지만 그 아이 부모님에 관해 우리가 무엇을 알고 있죠?"

교장은 궁금했다.

"지난 가을 아버지가 미르카를 학교로 데리고 왔을 때 진실을 말하지 않은 것 같아요. 그때는 자세히 묻고 싶지도 않았어요. 아무것도 숨긴 것은 없어요. 일찍이든 늦게든 우리는 모든 것을 알았어요. 아마 선생님도 들으셨죠? 미르카는 입양됐어요. 도브릴 마을에서 태어났지만, 친아버지는 정신병자였어요. 의처증이 심했는데 어느 날 밤 정신 발작을 일으켜 아내를 우물에 빠뜨렸어요. 자기가 한 일을 알아차렸을 때 자신도 바로 우물에 뛰어들었죠. 그렇게 해서 미르카는 고아가 됐어요. 강 반대편에 사는 가족이 입양했어요."

교장은 조용했다. 9월의 햇볕이 커다란 창문을 통과해 친구처럼 교실 안으로 스며들었다. 학교 복도에 들려오는 아이들 외침은 멈추지 않고 오히려 더욱 커졌다.

"안심하세요. 바라디노바 선생님, 미르카는 선생님 반에 있을 겁니다. 선생님이 받아주셨으니 계속 두겠습니다. 그 아이는 선생님께 행운입니다. 하나님이 우리에게 그 아이를 보내셨습니다."

황금 사슴

보리스는 조용히 삼촌 **게나디**를 바라보았다.

게나디는 보리스가 고향에 온 걸 보자마자 뭔가 부탁하려 왔다는 걸 눈치했다.

게나디는 보리스가 말하기를 조용히 기다렸다.

탁자에는 브랜디 잔이 두 개와 게나디의 아내 **네다**가 차려놓은 샐러드 접시가 있다.

보리스는 뜸을 들였다. 게나디와 네다의 젊은 시절 사진을 걸어놓은 벽에 시선을 보냈다. 사진 속의 게나디는 검은 양복에 하얀 셔츠를 입었고, 네다는 밝은 노란색 비단 정장을 입었다. 게나디의 머리카락은 새 날개처럼 검고, 네다는 짙고 긴 금발이었다.

보리스는 하고 싶은 말을 생각하는 듯 침묵했다. 서른 살에 훤칠한 키에 광대뼈가 튀어나온 보리스는 갈색 눈동자에 호기심과 의심이 어린 눈빛이었다. 양복은 값비싸 보이는 짙은 푸른색이고, 셔츠는 붉은 색이다. 넥타이를 하지 않아 도드라지는 황금색 목걸이가 무거워 보인다.

가족 누구도 보리스의 직업이 뭔지 알지 못했다. 보리스 아버지 **만돌**은 게나디의 형이다.

공부에 관심이 없던 보리스는 학교를 마치자마자 마을을 떠나 수도에서 살았다.

여러 해 동안 마을에는 거의 오지 않았다. 가끔 비싼 최신

식 차를 타고 나타났다. 만돌은 자기 아들 보리스가 부자가 됐고 유망하다고 자랑했지만, 게나디는 비꼬듯 쳐다봤다. 그런 허풍을 늘어놓는 걸 보니 보리스가 이상한 상거래를 한다는 소문을 만돌이 모르는 것 같아 놀랐다.

보리스는 재차 삼촌을 쳐다보더니 헛기침을 하고 천천히 말을 꺼냈다.

"삼촌이 받는 연금은 비참할 정도여서, 생활비로 충분하지가 않잖아요. 네다 숙모는 많이 편찮으시고요. 곧 수술해야 받아야 한다고 하던데, 수술비도 없잖아요."

"네 말이 맞다."

게나디가 조그맣게 대답했다.

침대에 누워 있다 몸을 약간 일으킨 네다의 눈이 빛을 냈다. 보리스가 수술비를 대주려 한다고 짐작하는 듯했다.

"제가 도와드릴게요."

보리스가 계속 말했다. 게나디는 도움은 필요 없다고 말하려 했지만, 네다의 희망에 가득한 시선을 의식해서 입을 떼지는 않았다.

"제게 친구가 있는데요."

보리스가 운을 뗐다.

"유명한 사람이고 정치가인데, 큰 부자여서 황금 사슴의 뿔에 거액을 걸었어요."

게나디는 망연자실해져서 보리스를 태울 듯 강렬한 눈빛으로 째려 보았지만 보리스는 알아차리지 못한 듯 했다.

'누가 황금 사슴이란 말을 입에 오르내리는가?'

게나디는 궁금했다. 한 달 전부터 이 마을 산 근처에 화려한 뿔을 가진 사슴이 나타난다고 사람들이 수군댔다. 그것을 본 사람들은 황금 사슴이라 부르면서 계속 사슴 얘기를 했다. 사슴은 아주 예쁘고 큼직하고 힘이 세 보인다고 했다. 지금까지 아무도 본 적이 없는 그 사슴에 관한 소문이 수도에까지 퍼져서 보리스의 부자 친구가 그 화려한 뿔을 갖기 원한 것이다.

"그만 됐다. 사슴 얘기는 더 이상 듣고 싶지 않구나!"

화를 내며 게나디가 말했다.

"나는 그런 돈은 원치 않아."

"삼촌, 삼촌은 훌륭한 사냥꾼이잖아요. 평생 사냥을 하셨는데 그까짓 사슴 한 마리가 뭐 그리 대단한가요? 제 친구가 거액을 준답니다. 생각해 보세요. 더 이상 네다 숙모 수술을 미뤄서는 안 되잖아요."

게나디는 화가 단단히 나서 보리스에게 단호하게 말하고 싶었지만, 아내의 시선을 의식했다. 아내는 애원하듯 남편을 계속 쳐다보았다. 아내의 커다랗고 슬픈 눈이 조용하게 묻는 듯했다.

'여보! 누가 더 사랑스러운가요? 나인가요? 사슴인가요? 나는 수많은 세월을 당신 곁에 있었어요.'

잔인한 질병으로 고통스러워하면서 아내는 남편과 조카의 대화를 들었다.

남편이 사슴 사냥에 나서겠다고 동의하지 않는 바람에 조카의 부자 친구가 주겠다는 거액을 받을 수 없게 돼 그녀는 슬펐다.

"여기, 제 친구가 선불을 줬어요."

보리스가 말하고는 돈다발을 탁자 위에 놓았다.

"가져 가거라."

게나디가 엄히 말했다.

"그런 돈은 원치 않아. 게다가 이제 나는 늙었어. 시력이 좋지 않아 사냥할 수도 없어."

"삼촌은 유능한 사냥꾼이잖아요. 평소 능숙하게 쏘시고 손도 안 떨리잖아요."

보리스가 대꾸했다.

게나디는 화를 내며 돈다발을 쥐어서 보리스에게 주려고 했지만, 보리스는 삼촌을 밀치면서 떠나려고 일어섰다.

"그럼 가볼게요."

보리스가 말했다.

"다음 주에 올게요. 요즘이 한창 사슴 사냥 철입니다. 삼촌, 서두르세요. 네다 숙모는 더 기다릴 수 없어요. 건강 상태가 좋지 않아요."

게나디는 딱딱하게 쳐다보았지만, 보리스는 서둘러 문으로 갔다. 도로에는 보리스의 값 비싼 자동차가 서 있다. 보리스가 떠난 뒤에 게나디는 혼잣말을 했다.

'그런 일은 없을 거야. 돈을 돌려줄 거야. 네가 받지 않는다면 네 아버지에게 줄 거야.'

그때 아내가 속삭였다.

"여보!"

"그래, 알아. 우리는 급하게 돈이 필요하지. 꼭 돈을 마련할게. 친척이나 친구들에게 빌려 달라고 사정해 볼게."

아내를 보니 마음이 아팠다. 오랜 지병 탓에 이미 무척 지쳐 있었다. 얼굴은 누런 레몬 빛을 띠었다. 밤 같이 아름답던 눈동자는 이제 잿빛처럼 회색이고 몸은 타버린 나무 같았다.

'수술비를 꼭 마련할 거야.'

게나디는 중얼거렸다.

'하루라도 수술을 미뤄서는 안 돼.'

며칠째 게나디는 신경과민이었다. 이쪽저쪽을 서성거렸다. 탁자 위에는 보리스가 두고 간 돈다발이 아직 그대로 있었다. 그것은 날카로운 칼처럼 게나디 눈을 찔렀다.

마침내 결심했다. 사냥용 총을 들고 부지런히 닦았다.

네다 숙모 눈이 빛났지만 아무 말도 하지 않았다.

다음 날 아침, 게나디는 사냥복을 입고 배낭을 메고 총을 들고 집을 나섰다. 황금 사슴을 어디서 찾아야 하는지 잘 알고 있었다.

화창한 9월 아침이다. 숲은 깊은 침묵 속에서 자고 있었다. 게나디의 조심스러운 발소리만 들렸다. 나무와 수풀은 마치 기적의 손길이 황금 실로 꾸며 놓은 듯 어느 새 주황색 천지였다. 게나디는 신선하고 맑은 공기를 깊게 들이마시면서 유쾌한 기분을 느꼈다.

온종일 숲속을 헤맸지만 사슴을 마주치지 못했다.

늦은 오후에 집으로 돌아오자, 다시 질문하듯 애원하는 아내의 눈길을 마주쳤다. 아내는 아무 말도 하지 않았다.

정말 게나디가 사슴을 찾지 못한 것이 분명했다. 다음 날 게나디는 다시 숲으로 갔지만, 이번엔 다른 방향으로 향했다. 천천히 주의해서 수풀을 헤치며 걸었다.

큰 나무 뒤에서 감시했다.

수년 전 사냥할 때 느꼈던 편안함과 익숙함이 온몸과 정신에 가득 찼다. 갑자기 사슴이 나타났다. 작은 풀밭에서 풀을 뜯고 있었다.

게나디는 소리 없이 일어섰다. 사슴을 쳐다보면서 눈을 의심하지 않았다. 그렇게 예쁜 사슴을 결코 본 적이 없다. 키 크고, 위엄 있는 뿔을 가진, 힘이 센 놈이다. 자연이 아주 멋지게 만들어 놓았다.

아주 천천히 총을 들고 방아쇠를 당기려고 만반의 태세를 갖췄다. 몇 분 뒤, 사슴에 고정된 시선은 얼음처럼 굳었고 게나디는 소리 없이 일어났다.

'아니야, 나는 할 수 없어.'

혼잣말을 했다.

'이렇게 멋진 피조물을 총으로 쏴 죽일 수 없어. 내가 죽인다면 큰 잘못을 저지르는 거야. 황금 사슴은 살아야만 해. 새끼도 낳아야 해. 아내의 수술비는 내가 꼭 마련할 거야. 반드시 마련할 거야. 아내는 다시 건강하게 살 거야.'

게나디는 총을 내리고 조용히 떠났다.

거기 작은 풀밭 위에 남겨진 황금 사슴과 멀어졌다.

햇빛이 사슴을 비추었다. 위엄있고 아주 예쁜 사슴은 마치 황금으로 조각한 것 같다.

어머니

여자는 항상 수업 사이 쉬는 시간에 왔다.

교사 **아랴노브**는 2층 창문 너머로 여자를 보았다. 봄이 시작된 지 꽤 됐는데도 아직 몸에 헐렁한 갈색 겨울 외투를 입고 있다. 길고 어두운 머리카락이 제비 날개처럼 어깨 위로 찰랑거렸다. 여자는 예쁘장해 보였다.

크고 밝은 눈은 잘 익은 황금빛 포도알 같고, 얼굴은 중국 도자기처럼 조그마했다. 걸음걸이는 개구리의 부드러운 움직임을 연상시켰다. 아랴노브는 여자의 나이를 정확히 가늠할 수 없어도 서른이나 서른 다섯 살로 보였다.

여자는 학교 차단봉 옆에서 고개를 들고 서 있거나 학교문 옆에서 서성거렸다.

자주, 아주 자주 교실 창문을 올려다보고, 수업 사이 쉬는 시간을 알리는 종소리가 울리기를 기다린다.

겨울과 봄에 종소리가 울리면 남녀 학생들은 무너진 둑으로 흘러넘치는 강물처럼, 넓은 땅바닥으로 기어가는 장수풍뎅이들처럼 운동장으로 쏟아져서 나온다.

차단봉 옆에 서 있던 여자는 정신을 차린 듯 운동장으로 들어와 이쪽저쪽 쳐다보면서 걸었다.

운동장을 한 바퀴 돌고 남녀 학생들 틈으로 끼어들어 마침내 찾던 아이를 만난다.

그 아이는 '보'반 7세 **바스코**인데 작은 키와 곱슬머리에 강가의 빛깔 좋은 조약돌처럼 빛나는 눈을 가진 연약한 남자 아이다.

여자는 바스코를 옆으로 잡아끌더니 한참 동안 무언가를 말했다. 바스코는 머리를 기댄 채 움직이지 않고 들었다. 쉬는 시간 종료를 알리는 종이 다시 울리자 바스코는 아이들과 함께 학교 건물로 들어갔다.

동료 학생들이 놀려대며 '엄마의 작은 아들' '아기' 라고 불렀다. 하지만, 바스코는 말 없이 전기난로 옆에 선 것처럼 얼굴이 벌게진 채 땀을 흘리며 땅을 내려다보았다.

밝은 눈에 눈물이 그렁거렸지만 이를 지그시 깨물고 화를 참았다.

'너무 잔인한 애들이야.'

아랴노브는 자주 생각했다.

바스코 어머니는 로켓을 쏘는 비행장과 비슷한 커다란 학교 운동장을 천천히 지나서 넓은 교문을 통과해 거리로 나갔다.

아랴노브는 여자의 어두운 얼굴이 거리 모퉁이 너머로 사라질 때까지 계속 내려다보았다.

아랴노브는 바스코 어머니가 왜 매일 학교에 와서 휴식 시간 20분 동안 아들에게 뭔가 말을 하는지 알 수 없었다. 교사의 머릿속은 여러 가지가 추측됐지만 어느 것도 논리적이지 않았다. 바스코는 말이 없고 불안해 보이는 남자아이다. 학급친구들을 피하고 아주 가끔씩만 농담이나 대화나 장난에 어울렸다. 공부에 열심이지만 자주 수업시간에 딴 생각을 했다. 칠판을 보면서도 생각은 분명히 어딘가 먼 데를 날아다녔다. 아랴노브는 바스코가 자신을 닮았다고 생각했다. 아랴노브가 어렸을 때, 어머니는 바스코 어머니처럼 자식에게 지나치게 관심을 보였다.

아버지는 아랴노브가 초등학교 1학년 때 돌아가셨고 형제나 자매는 없었다.

어머니가 아침 일찍 일어나 차를 준비하고 빵을 잘라 버터를 발라주고 학교까지 바라다 주셨던 기억이 잊혀지지 않는다.

당시 아랴노브는 어머니가 학교에 데려다 주는 것이 부끄러워서 싫어했지만 어머니는 고집이 셌다. 매일 아침 학교 문까지 함께 갔다. 지금에 와서 돌이켜 보면 아랴노브는 그것이 어머니께는 어떤 의식, 아주 중요한 의식이었다고 생각한다.

어머니는 아랴노브가 열심히 공부해서 분명 기뻐했다. 그래서 꼭 돕고 싶고, 아니면 근심거리는 풀어주고 싶었고, 아이를 지키고 싶었다. 어머니에게 아랴노브는 유일한 자식이었다.

하지만 당시 아랴노브는 어머니가 부끄러웠다. 자신은 충분히 혼자 할 수 있을 만큼 나이를 먹었다고 여겨 자립을 원했고 아이들의 놀림감이 되는 게 고통스러웠다. 고등학생일 때 한번은 어쩌다 저녁 늦게 귀가했는데, 어머니는 아랴노브를 찾으려고 친구와 급우에게 곧장 갔다. 그때 아랴노브는 부끄러워서 땅 속으로 기어들고 싶었다.

어머니 때문에 여자아이를 집에 초대할 용기조차 낼 수 없었다. 어머니가 어떻게 행동할지 몰라서였다. 아니, 정확히 말하자면 뻔히 알아서였다. 그래서 여자아이나 친구들을 피했다. 분명 그들과 마주치면 어머니는 자기가 아들을 배불리 먹이고 옷을 잘 입히려고 아침부터 밤까지 일했다고 늘어놓을 것이기 때문이다.

그러나 아랴노브는 여자 아이랑 산책하느라 어머니 마음을 아프게 하고 화나게 한 채 집에 홀로 두었다. 돌같이 무거운 책망을 듣자 아랴노브는 양심의 가책을 느꼈다. 무서운 죄책감에 휩싸였다. 앞으로는 그런 일로 어머니에게 고통을 주지 않으리라 다짐했다. 어머니가 쏟아내는 고통에 찬 잔소리와 책망의 눈빛을 아무렇지도 않게 듣고 볼 수는 없었다. 어머니가 자신을 위해 삶을 희생하는 동안, 어머니를 돌보지 않겠다고 생각해 본 적은 한번도 없다. 세월이 많이 흐른 뒤에 아랴노브는 어머니의 행동에는 잔인함과 이기주의가 깔려 있었다는 걸 알았다.

어렸을 때 일찍 그걸 알아차리지 못한 것이 고통스러웠다.

언젠가 어머니의 사랑이 얼마나 이상하고 이해할 수 없는 것인지 곰곰이 생각했다. 아이를 돕는다고 애쓰면서 어머니는 자주 아이를 넘어뜨리고 아이의 날개를 가차 없이 부러뜨리고 아이가 날아가야 할 순간에 깊은 나락으로 떨어지게 해서 절대로 하늘로 날아오르지 못하게 한다. 그러나 누가 어머니에게 그걸 설명할까? 누가 그런 어머니들에게 그들이 한 일이 나쁘니 아이를 내버려 두라고 말할까.

한 번은 쉬는 시간이 끝나자 아랴노브가 바스코를 불렀다.

"왜 어머니가 학교에 매일 오시니?"

아랴노브가 물었다. 바스코는 선생님을 쳐다보더니 사막 바람이 갑자기 자기에게 불어온 듯 얼굴이 빨갛게 상기됐다. 아무 대답도 못 했다. 얼마 동안 꼼짝하지 않고 땅을 멍하니 내려다보았다.

"알았어. 내가 어머니랑 말씀 나누고 싶다고 오시라고 해."

아랴노브가 말했다.

다음 날 바스코 어머니가 학교로 왔다. 아랴노브는 어머니를 교무실로 안내해서 의자를 권했지만 선 채로 있었다. 우리에

간힌 족제비처럼 불안한 듯 신경질적으로 교사를 쳐다보았다. 아마도 아랴노브가 바스코 때문에 불만을 말할 거라고 짐작한 듯했다.

발을 디디고 서서 서두르듯 주위를 살폈다.

다 익은 황금빛 포도 같은 눈은 유리처럼 빛났다.

"어머니."

아랴노브가 말을 꺼냈다.

"아들은 부지런하고 좋은 학생입니다. 저는 아주 기쁩니다. 그런데 왜 매일 학교에 오시나요? 바스코는 이미 7세반이니 어린애가 아니예요."

어머니는 곧 대답하지 않았다. 무슨 말을 할지 주저하더니 갑자기 분명하게 말했다.

"그것은 제 문제입니다. 저는 그 아이의 어머니예요. 학교에 간다고 하면 정말 학교에 있는지 내 눈으로 확인해야 해요."

아랴노브는 놀라서 쳐다보고 더는 아무 말도 묻지 않았다.

"어머니는 저에요, 선생님이 아니라."

어머니는 거칠게 반복해서 말하고 몸을 휙 돌려 나갔다.

안녕히 계시라는 말도 하지 않았다. 아랴노브는 학교 문까지 배웅했다. 돌아오자 바스코가 교실 앞에서 기다렸다.

"바스코야! 왜 여기 있니?"

선생님이 물었다.

"선생님!"

어린 남자아이가 속삭였다.

"엄마에게 화내지 마세요. 엄마가 아파요. 저는 엄마에게 매일 학교에 오신다고 화내지 않아요. 아이들이 나를 놀릴지라도요."

아랴노브는 아이를 쳐다보았다.

"나도 안단다. 바스코야!"

천천히 선생님이 말했다.

페쵸, 마뇨 그리고 헥토르

소년 **페쵸**와 강아지 **헥토르**는 산책을 한다. 어젯밤 눈이 펑펑 내렸다. 오늘 아침에는 거리며 호수 앞 작은 정원이며 나무며 수풀이 마법의 동화책에서처럼 온통 하얗다.

헥토르는 마냥 기뻐하면서 눈 위를 달리고 뛰다가 부드러운 눈밭에 빠져서 나오려고 낑낑대며 애를 썼다.

거리에 사람들이 없어 모든 거주지역은 사막 같이 보였다. 이틀 전날이 크리스마스여서 어제와 오늘은 연휴다. 사람들은 집에 머물고 가게로 가거나 물건을 사러 가려고 서두르지 않는다.

페쵸는 헥토르와 함께 학교 운동장으로 갔다. 주택 건물 앞에서 페쵸는 썰매를 가지고 있는 어린 여자아이를 보았다.

자기 또래인 여덟 살이나 아홉 살로 보였다.

썰매를 타려고 집에서 서둘러 나온 듯했다. 페쵸는 학교로 가는 길이라 여자아이를 지나쳤는데 여자아이가 먼저 말을 걸었다.

"개가 정말 예쁘구나. 개 이름이 뭐니?"

페쵸는 멈춰섰다.

"헥토르야."

페쵸가 대답했다.

"왜 헥토르야?"

놀란 여자아이가 페쵸를 뻔히 쳐다보았다.

"그게 개 이름이니까. 네 이름은 뭐니?"

페쵸가 물었다.

"**마뇨야.**"

여자아이가 대답했다. 마뇨의 눈은 파랗고 뺨은 추워서 빨갰다. 뜨개질한 하얀 모자 아래로 금발 머리카락이 보였다.

"예쁜 썰매구나."

페쵸가 알아보았다.

"새거야."

마뇨가 말했다.

"엄마와 아빠가 크리스마스 선물로 주신 거야."

"이건 혼자서 탈 수 없어. 누가 끌어 줘야 해."

"맞아. 여기는 작은 언덕이 없어서 미끄러지면서 썰매를 탈 수 없어. 아빠랑 산에 같이 가기로 했어. 거기서는 문제없이 썰매를 탈 수 있을 거라 하셨지."

"그게 훨씬 좋지."

페쵸는 맞장구를 치다가 말을 마치고 헥토르와 함께 학교 운동장으로 향했다.

그때 마뇨가 페쵸를 불러 세웠다.

"썰매 타보고 싶니? 내가 썰매에 앉을 테니까 네가 끌어줘. 그다음엔 네가 앉아, 내가 끌어 줄게."

페쵸는 주저하다가 대답했다.

"좋아, 그렇게 해 보자. 앉아, 내가 끌게."

페쵸가 동의했다. 마뇨는 재빨리 썰매에 앉았다. 페쵸는 끈을 잡고 썰매를 끌어당겼다.

"조금 더 빨리 달릴 수 없니?"

마뇨가 재촉했다.

"그럼, 할 수 있고 말고."

페쵸가 말을 마치고 달리려 하다 눈 속에 빠져서 완전히 눈 뭉치가 되었다. 마뇨의 입에서 터져나온 웃음은 은빛 종 소리 같았다. 페쵸는 조금 속상한 듯 여자아이를 쳐다볼 뿐 아무 말 하지 않았다. 마뇨 같은 여자아이는 하나같이 다른 사람을 놀리기를 좋아한다. 페쵸는 썰매를 계속 끄느라고 지쳐서 숨을 깊이 내쉬었다.

"이제 됐어."

마뇨가 말했다.

"고마워. 이제 네가 앉아, 내가 끌게."

"너는 할 수 없어."

페쵸가 말렸다.

"나는 꽤 무겁거든."

"아니야, 나 힘이 세. 보면 알 거야."

마뇨가 고집을 피웠다.

페쵸가 썰매에 앉자 마뇨는 끈을 세게 쥐고 잡아당기면서 몇 걸음 가더니 멈췄다. 힘에 부친 것이다.

"숨을 더 깊이 쉬어야 해."

마뇨가 중얼거렸다.

"넌 끌 수 없다고 말했잖아. 내가 꽤 무거워."

"내가 할 수 있다는 걸 보여줄 거야."

마뇨는 계속 우겼다.

"그러려면 운동선수처럼 집중해야 해."

"알았어."

페쵸가 동의했다.

"이제, 성탄절에 어떤 선물을 받았는지 말해 봐."

마뇨가 물었다.

"엄마가 작은 책과 초콜릿을 선물했어."

페쵸는 자랑스럽게 대답했다.

"아빠는 무얼 선물하셨니?"

여자아이가 물었다.

"나는 아버지가 없어."

조금 당황한 듯 페쵸는 머뭇거리며 말했다.

"아버지는 오래전에 어딘가로 멀리 떠나 돌아오시지 않았다고 엄마가 말씀하셨어."

"이상하네, 왜 안 돌아오신대?"

마뇨가 남자아이를 쳐다보았다.

"몰라."

"그럼 엄마랑 둘이서 사는구나."

"응, 둘이서만 살아. 엄마는 자주 늦게 집에 돌아오셔. 내가 집에서 혼자 있을까 봐 헥토르를 사 오셨어. 헥토르는 내 친구야. 내가 돌봐 줘. 먹을 걸 주고 같이 산책 해. 무척 좋아 해."

"알겠어. 헥토르는 진짜 네 친구구나."

마뇨가 맞장구쳤다.

"어제 엄마가 저녁에 늦게 돌아오신다고 말씀했어. 엄마를 기다렸지. 밤늦도록 돌아오지 않으셨어. 엄마 주려고 선물을 만들었어. 엄마를 놀라게 하고 싶었거든."

"어떤 선물?"

마뇨가 궁금해서 물었다.

"엄마를 위해 그림엽서에서 본 작은 성탄절 트리를 그렸어. 그림 아랫부분에 큰 글자로 이렇게 썼어. '엄마를 사랑해요.' 엄마에게 그 선물을 줄 수 없었어."

"그래, 오늘은 네 엄마에게 줄 수 있을 거야."

마뇨가 페쵸를 안심시켰다.

"그래, 맞아. 오늘은."

그리고는 페쵸를 쳐다보며 말했다.

"내일 다시 이리로 와. 우리 함께 썰매 타자."

마뇨가 제안했다.

"난 하루 종일 너랑 같이 있고 싶어."

"좋아."

페쵸가 대답했다.

"잘 가."

마뇨는 인사하고 자기 집으로 갔다.

"잘 가."

페쵸도 대답하고 마당에서 이리저리 뛰어다니는 헥토르를 불렀다.

"헥토르가 제일 잘 지내는구나."

페쵸가 혼잣말을 했다.

"헥토르는 아버지도 어머니도 생각지 않아. 선물도 원하지 않아. 누가 무슨 선물을 줄까 기다리지도 않아."

"가자."

페쵸가 헥토르에게 말했다.

"우리는 밖에 한참 있었어. 어서 집으로 돌아가자."

트라키아의 기병(騎兵)

슬라브 바실레브는 오래 전부터 드라기노 마을을 방문하고 싶었다. 어머니가 슬라브를 임신했을 당시 교사로 일하던 마을이다. 어머니는 대학을 마친 뒤 몇 년간 드라기노에서 불가리아 언어와 문학을 가르쳤다.

슬라브 바실레브가 아이였을 때, 딱 한 번 부모님과 같이 드라기노에 가 보았다. 이 오래된 방문은 기억 속에서 잔잔한 호수에 구름이 비치듯 희미한 흔적처럼 헤엄쳤다.

그때의 기억을 왜 호수에 비교하는지 모르지만 그것은 우연이 아니다. 한 번은 5월이 시작되는 토요일에 슬라브가 드라기노에 가기로 마음먹었다.

해가 따뜻하게 비치는 날씨였다. 아내 **리나**에게도 같이 가자고 했더니 몸이 좋지 않은지 마다했다. 도시에서 50킬로미터나 떨어진 낯선 마을에 왜 가느냐고 되묻기도 했다.

"드라기노가 뭐 특별한가요? 마을은 다 똑같아요."

하는 수 없이 슬라브 혼자 출발했다.

고속버스에 몸을 싣고 따뜻한 오월 하루 즐겁게 여행하리라 마음먹었다. 고속도로는 비단 리본처럼 푸른 들과 나무 사이에 제트(Z)자로 끝없이 이어졌다.

계곡을 따라 내려간 뒤 작은 언덕을 타고 산 꼭대기까지 계속 올라가 드라기노에 도착했을 때, 슬라브는 깜짝 놀랐다.

고속버스가 작은 호수를 지났는데 이 호수에 얽힌 기억은 어린 시절 드라기노 마을을 방문한 데서 생긴 것 같았다.

커다랗고 푸르스름한 호수는 콩팥 모양이었는데 두 언덕 사이에 조용히 누워 있다. 호수 주위 여기저기에 잠을 설치고 나온 낚시꾼들의 무표정한 얼굴이 보였다.

슬라브는 고속버스 차창 너머로 호수를 바라보면서, 어린시절의 다른 기억은 오래전에 잊었는데도 호수만 기억하는 것이 가능한지, 아니면 기억 속에서 왜곡과 조작이 일어난 우연한 연상인지 깊이 생각했다.

고속버스가 드라기노 광장에 멈추자 몇 명 안 되는 여행자들이 학교 종소리가 나면 교실에서 몰려 나오는 아이들처럼 한꺼번에 우르르 내렸다.

고속버스에서 내린 사람들은 도시에 살지만 분명 이곳엔 빌라나 친척이 있다. 산기슭에 숨은 듯 자리잡은 조용한 마을은 별장으로 아주 적당하다. 여행자들은 재빨리 사라지고 슬라브 혼자서 광장에 남아 주변을 살폈다.

광장을 가로질러 작은 강이 흘렀다. 5월에는 강물이 불어나 급하게 흐른다.

강 위의 다리는 지은 지 얼만 안 되었는지 튼튼하게 보였다. 광장 다른 편에는 2층 건물이 두 채 있는데, 마을 회관과 병원인 듯했다. 한 건물 1층에는 식당과 제과점이 있다. 식당 앞 의자에는 노인 셋이 앉아서 머리를 꼿꼿이 들고 호기심 가득한 눈빛으로 슬라브를 바라보았다.

리나의 말이 맞는 듯했다. 드라기노는 평범한 마을이었다. 고속버스는 출발했고 두세 시간 뒤에는 어느 다른 도시에 도착할 것이다. 슬라브는 노인들에게 다가가 인사를 건네고 학교가 어디 있는지 물었다.

어머니가 가르치셨다는 학교에 가 보고 싶었다.

"학교는 없어요."

노인들이 합창하듯 대답했다.

"아이도 없고 학교도 없어요. 여기는 늙은이들만 살아요."

"하지만 과거엔 있었죠."

슬라브가 그들의 말에 끼어들었다.

"있었지요. 있어."

그 중 가장 젊어 보이는 노인이 대답했다.

"어렸을 때 거기서 배웠죠. 오래전 일이지만요."

"저는 교사 **벨리카**의 아들입니다. 선생님을 기억하시겠어요?"

"왜 기억을 못 하겠어요."

젊은 노인이 말했다.

"그 선생님은 여기서 50년 전에 교사로 계셨어요. 아주 예쁘고 좋은 여자 분이셨습니다. 선생님이 내 아들 딸을 가르쳤지요. 그러나 오래전 일입니다. 선생님은 어떻게 지내시나요?"

"돌아가셨습니다. 저는 어머님이 살아 생전에 교사로 일하신 마을을 찾고 싶었어요."

"알겠어요, 좋아요. 그러나 학교는 없어졌어요. 지금은 호텔이 들어섰죠. 그곳 역시 아무도 오지 않아 텅 비었어요. 1년 내내 아무도 여기 오지 않아요. 하나님도, 임금도 우리를 잊었어요. 학교가 어디 있었는지 보기 원한다면 내가 안내해 줄게요."

노인 한 분이 말하고는 의자에서 벌떡 일어섰다.

슬라브는 고맙다고 인사한 후 나즈막한 집들과 과일나무 그늘 아래 꽃이 활짝 핀 마당 사이로 뱀처럼 구불구불한 비탈길을 안내해 주는 노인을 뒤따라 걸었다.

두 사람은 흰 배 모양에 예쁜 공원이 빙 둘러 있는 커다란 건물로 갔다.

"이곳이 드라기노의 호텔입니다. 이름이 '노바비보'이고, 여기가 예전 학교가 있던 곳이에요.

우리 할아버지들이 직접 학교를 지었어요. 하지만 내가 말한 대로 곧 철거했어요. 가까이에서 광천수 샘이 솟아 온천을 만들었죠."

슬라브는 호텔을 바라보았다. 요즘 유행하는 알루미늄과 유리로 지은 현대식 건물이었다.

"지금은 학교 흔적이라고는 아무것도 남아 있지 않아요. 그럼 나는 이만 갈게요."

노인이 말했다.

"호텔로 들어가면 안에 카페가 있어요. 이곳 커피 맛이 훌륭하다고들 해요."

슬라브는 노인에게 인사하고 호텔 입구로 다가가다가 들어가기 직전에 멈췄다.

호텔 뒤편 그리 멀지 않은 곳에 듬성듬성 숲을 이룬 작은 언덕이 드리웠다. 언덕 위에는 마치 바위에 조각한 듯한 수도원이 보였다. 장소가 범상치 않게 보였다. 수도원은 마치 새둥지처럼 강 위에 매달려 있는 형세였다. 돌로 지어졌는데 호텔 쪽에서 보면 그리 작지 않고 강하고 튼튼해 보였다.

슬라브는 호텔로 들어가기보다 언덕에 올라가 수도원을 둘러보는 편이 좋겠다고 생각했다. 수도원 쪽으로 향하는 거리로 걷다가 얼마 후 어두컴컴한 성당으로 들어갔다.

일요일 미사는 끝났지만 안에는 아직 열심히 십자가를 긋는 할머니 몇 명이 보였다.

슬라브는 조각상과 제단을 둘러보았다. 수도원은 낡았다. 어머니도 천주교 대축제 때 여기에 왔을 거라고 슬라브는 상상해보았다.

촛불을 켜고 성모 마리아상 앞에 몇 초 동안 움직임 없이 서 있었다. 성당에서 나와 본당 앞의 돌판을 보았다. 돌판을 더 자세히 보려고 가까이 갔다가 슬라브는 큰 충격을 받고 자리에 얼어붙다시피했다. 대리석 판은 트라키아 기병이 새겨진 굉장한 것이었다. 슬라브는 잘못 본 게 아닌지 눈을 의심했다. 역사 교사이기에 트라키아 기병이 무엇을 의미하는지 잘 알고 있다.

트라키아 흔적을 담고 있어 역사적 가치가 엄청난 트라키아 기병 대리석판은 온 나라를 다 뒤져도 불과 몇 개뿐이다.

슬라브는 꼼꼼이 대리석 판을 살펴보았다. 거기에는 개와 시종을 거느리고 사냥을 하는 기병이 새겨졌다.

"정말 귀하고 가치 있는 걸 발견했군."

슬라브는 혼잣말을 했다.

뒤에서 호기심을 띠고 조용히 자기를 살피는 천주교 신부를 알아차린 슬라브는 신부를 향해 몸을 돌렸다.

"이것은 트라키아 기병이군요."

슬라브가 말했다.

"사람들이 이것을 근처에서 발굴했나요?"

"예."

신부가 대답했다.

"수도원을 넓힐 때 발견했어요. 아마 이곳에 트라키아 성당이 있었겠죠"

슬라브가 짐작했다.

"나는 믿지 않아요."

건장한 편이고 슬라브와 또래이며 연회색 무성한 턱수염에 슬라브를 의심스럽게 쳐다보는 밝은 눈빛의 신부는 냉소하듯 입술을 깨물었다. 길고 검은 사제복은 낡았고 더러웠다. 그 밑으로 진흙이 묻은 찌그러진 신발이 보였다.

신부는 트라키아 대리석 판이 얼만큼 가치가 있는지 알지 못하는 듯했다.

"여기 사시나요?"

슬라브가 물었다.

"예, 여기서 태어났고 저기서 살아요."

그러면서 손으로 맞은편 언덕 위 작은 집을 가리켰다.

"나는 선생님을 지금껏 본 적이 없어요."

"예."

슬라브가 대답했다.

"도시에서 왔어요. 어머니가 2년간 이곳에서 가르치셨어요. 오랜 세월이 흘렀지만 어머니가 어디서 사셨는지 어디에서 가르쳤는지 보려고 왔습니다."

"알겠어요, 좋습니다. 어머니 성함이 무엇이지요?"

"벨리카 네데바입니다."

"모르는 이름이군요. 그때 저는 아직 학교에 다니지 않았어요. 하나님의 축복이 임하시길. 나는 신부 **스피리돈**입니다. 이곳에서는 모두 나를 알죠."

신부는 슬라브 손을 꽉 잡더니 재빨리 나갔다.

슬라브는 여전히 트라키아 기병을 바라보면서 쓰다듬고 싶은 듯 손으로 만져 보았다.

슬라브는 정말 이곳, 이 작고 숨겨진 장소, 알려지지 않은 수도원에서 그렇게 대단한 고고학 유물이 발견되었다는 사실이 믿기지 않았다. 역사가와 과학자에게 이 트라키아 기념물을 꼭 알리리라 마음먹었다. 이곳은 아주 먼 과거에 트라키아 거주지임이 분명하지만 아직 고고학자들이 조사해보지는 않았다. 이것에 대해 예쁘고 멋진 주변 여건, 광천수 샘, 강이 암시한다.

슬라브는 고속버스를 기다리려고 마을 광장으로 갔다. 노인들이 앉았던 의자는 텅 비었고 광장은 넓은 사막처럼 보였다. 주변에 사람은 아무도 보이지 않고, 털이 바랜 개 한 마리가 강 옆 100년 된 뽕나무 아래 누워 있다.

고속버스를 타고 집으로 돌아가는 동안에도 슬라브는 트라키아 기병을 생각했다. 정말 특별한 유물을 발견한 것 같아 감정이 복받쳤다.

대리석 판을 보여 주려면 트라키아학을 열심히 파는 동료를 데리고 곧 돌아와야 했다. 하지만 일주일 뒤 슬라브는 일에 빠져 드라기노 마을과 트라키아 기병을 잊어버렸다.

학년 말이 가까워지고 학생 시험을 채점하고 집에서 수정 작업을 했다. 무언가 다른 일을 할 틈이 거의 없었다.

여름은 단숨에 지나갔고 10월 말에야 슬라브는 드라기노에 갔다. 고고학 박물관에다 대리석 판을 전달하는 건에 관해 스피리돈 신부와 이야기하고 싶었다.

조용한 가을날이었다. 언덕 위의 숲은 빨갛고 노랗게 물들어서 마을 광장 위쪽이 구리빛을 띠었다.

강 물결이 찰랑대는 소리가 잡담처럼 날아가고 오래전부터 아무도 이곳에 얼씬대지 않은 듯 모든 곳이 다 조용했다.

광장 위에도, 작은 비탈진 거리에도 사람은 보이지 않았다. 슬라브는 수도원으로 가서 그 안에 들어가 사방을 둘러보았다. 트라키아 기병이 있던 자리가 텅 비어서 깜짝 놀랐다. 기병이 벽에 기댔던 곳에 커다란 구멍이 남아 있었다. 그 구멍을 막으려고 대리석판을 거기 두었던 듯했다. 수도원에는 키 작고 늙은 할머니만 있었다. 할머니는 꺼진 초의 남은 밑둥을 모아 물과 함께 통에 집어 던졌다.

"안녕하세요"

슬라브가 인사했다.

"하나님의 축복이."

할머니가 대답하고는 긴장하며 언젠가 만났던 기억을 더듬는 듯 빤히 올려다보았다.

"저는 6개월 전에 여기 왔었어요"

슬라브가 말했다.

"저기 본당 앞에 기병이 새겨진 돌판이 있었는데 지금은 볼 수 없네요. 누가 다른 곳에 두었나요?"

할머니는 의심스런 눈초리로 쳐다보더니 말했다. "누가 훔쳐 갔어요. 경찰에 말했지만, 아직 찾지 못했어요"

"스피리돈 신부는 여기 계시나요?"

"아니요. 6개월 전부터 여기서 근무하지 않아요. 브레고에 예쁘고 큰 집을 샀어요. 이제는 거기 신부입니다. 자녀들은 영국에서 공부해요. 스피리돈 신부는 부인과 함께 브레고보에서 살아요. 거기서 부자로 잘 지내고 있어요. 여기는 사막 같고 사람도 없는 마을인데 이곳에서 무엇을 하겠어요?"

"그러면 지금 여기 신부는 누구인가요?"

"젊은 신부가 왔는데 이름이 **알렉시**예요. 세 마을 수도원을 책임져서 여기에는 일주일에 한 번만 와요. 우리 마을에는 기도하는 사람이 남아 있지 않아요. 노인들은 한 명씩 돌아가시고 청년들은 없어요."

슬라브는 수도원에서 나왔다. 트라키아 기병은 이제 여기에 없다. 스피리돈 신부를 생각했다. 의심하는 날카로운 시선과 밝고 교활한 눈을 보는 듯했다.

"스피리돈 신부는 브레고보에 크고 멋진 집을 샀고, 자녀들은 영국에서 공부해요."

수도원 여자 봉사자가 슬라브에게 한 말이 자꾸 떠올랐다. 그것이 도둑맞은 트라키아 기병과 어떤 연관을 갖지 않을까.

빠른 협상

그로즈단 삼촌은 아침마다 잠자리에서 빨리 일어난다. 황금 이삭 같은 첫 햇살이 작은 집 지붕 위로 비칠 때, 삼촌은 마당으로 나와 애완견 **아틸로**와 함께 산책하러 간다. 집 가까이에 푸름 속에 잠겨 있는 큰 공원이 있다. 삼촌과 아틸로는 갈림길에서 한 길을 골라 느릿느릿 편안하게 걸어서 공원을 한 바퀴 돈다. 삼촌이 신선한 아침 공기를 깊이 들어 마시면, 아틸로는 그 옆에서 이리 뛰고 저리 달리다가 둘이서 다시 푸르고 부드러운 풀밭과 키 큰 나무가 있는 공원에 있게 된 걸 기뻐한다.

"동네 전체에서 그로즈단과 아틸로 같이 친한 친구는 없을 거야."

이웃이 농담을 했다. 그로즈단 삼촌의 아내 **카탸** 숙모가 돌아가신 뒤로 아틸로는 항상 삼촌 곁을 지켰다.

삼촌의 아들 **페트로**는 자기 가족과 함께 도시의 다른 주거지에 살면서 아주 가끔 아버지를 찾아오지만 그로즈단 삼촌은 그다지 외로움을 타지 않았다.

아틸로와 늘 함께 있기 때문이다. 자식처럼 사랑하는 삼촌의 마음을 아틸로는 분명 느끼고 있을 것이다.

그로즈단 삼촌은 얼마 전에 생긴 불쾌한 사건을 결코 잊을 수 없을 것이다.

한 번은 집 뒤에 있는 막사 지붕을 수리했다. 거기에 겨울에 불을 때려고 나무와 석탄을 쌓아 두었다.

그날 그로즈단 삼촌이 오래된 나무 계단 위에 섰다가 갑자기 계단이 흔들리는 바람에 떨어지는 사고를 당해 왼쪽 다리가 칼에 잘린 듯했다.

"부러졌구나."

그로즈단 삼촌이 혼잣말했다. 일어서려고 했지만 꼼짝달짝을 하지 못했고, 하는 수 없이 땅 위에 누워 있었다. 가까이에는 아무도 없었다. 비록 소리를 질렀어도 아무도 듣지 못했을 것이다. 이웃집은 한참 떨어져 있다. 그로즈단 삼촌은 누운 채로 극심한 고통에 이빨을 깨물면서 어떻게 집으로 기어갈까 궁리했다.

10분 뒤 기어가려는 생각을 포기했다. 배로 겨우 2m 기어갔는데 힘이 소진됐다. 심한 통증과 함께 절망을 느끼며 누워 있었다.

그때 갑자기 아틸로가 가까이 왔다. 집주인에게 뭔가 나쁜 일이 일어난 것을 느낀 듯했다. 아틸로는 그로즈단 삼촌 옆에 머리를 가까이 대고 낑낑거리면서 꼬리를 쳤다. 그로즈단이 아틸로를 손으로 쓰다듬자 아틸로는 그로즈단 삼촌을 천천히 집 쪽으로 잡아당기기 시작했다. 아틸로와 함께 얼마 동안이나 기었는지 정확하지 않다. 그러나 둘은 집 문까지 왔고 마침내 집 안까지 기어들어갔다. 그로즈단 삼촌은 아들 페트로에게 전화하고 이어 응급실에도 연락했다. 아들이 오고 구급차도 와서 그로즈단 삼촌을 병원으로 이송했다. 그로즈단 삼촌의 다리는 다시 건강해졌지만 아틸로의 도움을 절대 잊을 수 없었다.

지금 삼촌과 아틸로는 다시 공원에서 산책하고 함께 하루를 보낸다. 삼촌은 아틸로에게 사람에게 하듯 말을 건다.

아틸로는 물기 있는 커다란 눈을 꿈뻑이면서 꼼짝하지 않고 말을 다 알아듣는 것처럼 삼촌을 바라본다. 어느 날 저녁, 예고도 없이 페트로가 방문했다.

그로즈단 삼촌은 기뻐하며 일어섰다.

"안녕."

노인이 말했다.

"네가 나를 찾아오다니 믿을 수 없구나. 어떻게 지내니? 네 처와 아이들도 잘 지내니?"

"우리 모두 잘 지냅니다."

페트로가 대답했다.

"하지만 매우 급한 일이 있어서 오래 머무를 수 없어요."

"무슨 일 있니? 왜 이렇게 서두르니?"

그로즈단 삼촌이 놀라며 물었다.

"다행스럽게 좋은 협상을 했어요. 그냥 두어서는 안 되거든요. 알다시피 저는 지금 돈이 궁해요. 아버지도 저를 도울 형편이 아니잖아요. 연금이 아주 적으니까요. 아는 사람이 아틸로를 사고 싶어 해요. 그래서 아틸로를 데려가려고 왔어요."

"뭐라고? 정말 아틸로를 팔 거니?"

그로즈단 삼촌은 믿을 수 없었다.

"예, 팔 거예요. 돈이 필요하거든요."

페트로는 더 아무런 설명도 없이 아틸로를 끈으로 묶어 자동차로 끌고 갔다. 그로즈단 삼촌은 벼락 맞은 나무처럼 꼼짝하지 않았다. 급하게 아틸로와 함께 멀어져 간 페트로를 망연자실한 채 멍하니 쳐다볼 뿐.

다뉴브 강가의 로빈조노

이번 여름은 따뜻하고 건조했다.

두 달 이상 비가 오지 않았다.

나뭇잎은 마르고 마치 분필을 마구 깎은 것처럼 하얀 먼지가 가득 덮었다. 한낮의 더위를 참을 수 없다.

주변에 그늘에서 조금이라도 쉴 수 있는 나무 한 그루 보이지 않았다.

다뉴브 강이 구부러진 곳에 버드나무 몇 그루가 있고, 그 사이에 다 무너진 오두막집이 있다.

오두막에는 나이를 쉽게 짐작할 수 없는 남자가 살고 있다. 키가 크고 검은 지팡이처럼 마르고 덥수룩한 수염과 다이아몬드처럼 날카롭고 밝은 눈동자를 가진 그 남자는 혼자인 자기를 열심히 지켜주는 큰 개 다섯 마리와 함께 살고 있다. 예전에 낚시꾼이 지은 오두막에 언제부터 사는지 아무도 몰랐다.

일주일에 몇 번 이 낯선 남자는 빵을 사러 마을에 왔다. 개두 마리가 항상 따라왔다. 다른 세 마리는 오두막을 지킨다.

겨울과 여름에 남자는 몸에도 맞지 않는 커다란 푸른 고무장화를 신고 경찰서장처럼 위엄있게 천천히 걸었다. 마을에서 아무도 감히 말을 걸지 않았다.

남자는 빵을 사고 곧 마을을 떠났다.

조용히 위협하듯 따라다니는 큰 개 때문에 아이들은 도망가고 몸을 숨긴다. 누구도 그 사람의 이름을 모른 채 그저 **로빈조**

노라고 부른다.

로빈조노가 여기 왔을 때, 마을 촌장 **라요**는 누구고 어디서 왔는지 알려고 했지만, 로빈조노는 개를 자극해서 거부 의사를 전하고 멀리서 소리쳤다.

"땅은 그 위에서 사는 사람의 것이오"

그때부터 모든 사람이 버드나무 옆 오두막을 피하고 어머니들도 아이들을 근처에 못가게 했다.

로빈조노가 어떻게 생계를 유지하는지 분명치 않다. 사람들은 자주 로빈조노가 고기를 잡아 가까운 고속도로 위에서 차로 지나가는 운전자에게 생선을 파는 광경을 보았다.

긴 여름날 로빈조노는 오두막 입구에 앉아서 나무를 조각했다. 언젠가는 여러 날 얼굴을 보지 못했는데 어디로 갔는지 아무도 몰랐다.

봄이 끝나갈 무렵에 여름은 덥고 건조한 것이 확실해졌다.

유리 같은 하늘 위엔 작은 구름조차 보이지 않고 어디에도 바람이 불지 않았다. 사람들은 숨었다. 더위로 인해 들판은 구운 검은 빵처럼 넓어졌다.

다뉴브 강의 수위는 떨어져 어느 아침에 루마니아 배가 버드나무 건너 모래턱에 빠졌다.

강가에서 배는 한쪽으로 기울어, 매 순간 흔들리고 넘어지는 거대한 하얀 기념비 같았다.

마을 아이들이 처음 그것을 알아차렸고, 1시간 뒤에는 버드나무 근처 강가에 앉아서 기울어진 배를 구경하는 사람들이 가득했다.

언젠가 여기에 배가 빠진 적이 있었지만, 지금 이 덥고 숨 막히고 지루한 날에 이것은 마을 사람에게 매우 즐거운 구경거리였다. 그들은 앉아서 바라보고 소란을 피우며 사건을 나름 대로 궁리했다. 남자들은 적어도 2~3일 배가 여기에 머물 거라고 진지하게 생각했다.

"금방 배를 끌어내지 못할 거야. 그러려면 아주 크고 강한 예인선이 필요해."

"맞아, 배 자체도 커야 해." 키가 작고 마른 짚더미 같은 머리카락을 가진 마흔 살의 남자 **블라스**는 생각했다.

"분명 배를 끄집어낼 거야." 마치 아랫입술에 달라붙은 듯 담배를 항상 물고 사는 **다노** 할아버지가 주장했다.

"루마니아 사람은 그럴 만도 해."

익은 복숭아처럼 빨간 얼굴의 튼튼한 마을주민 **도나** 아줌마가 비웃었다.

마을 사람들이 조금 멍하니 바라보다가 해가 너무 뜨거워지자 하나둘씩 마을로 향하는 먼지 덮인 길로 걸어갔다.

점심때까지 배 철갑판에는 이쪽저쪽으로 헤매는 선원이 보이더니 철갑판이 구운 쇠처럼 뜨거워지자 어딘가로 숨었다.

깊고도 장엄한 고요가 강가와 강을 장악했다. 마치 거대한 유리병 아래 놓인 것처럼, 아주 작은 나뭇가지 부러지는 소리가 멀리 1km 밖에서도 들릴 정도였다.

로빈조노의 크고 마른 얼굴은 어디에서도 볼 수 없다. 오두막에 숨었는가?

여름밤을 지내기란 더 성가시고 괴로웠다.

기울어진 배는 나무에 기댄 술 취한 사람 같았다.

오렌지빛 전구 같은 달은 희미한 빛을 내보냈다.

아침에 해가 달걀부침처럼 수평선에 떠올랐을 때, 그림자 하나가 오두막에서 미끄러지기 시작했다. 커다란 장화를 신고 혼들리듯 걷는 로빈조노는 낡은 작은 배로 갔다. 무언가를 배에 싣고 강으로 배를 밀어내어 올라타더니 큰 배를 향해 노를 저어 갔다.

큰 배에 아직 도착하지 않았을 때, 선원 두 명이 철갑판 위에 나타났다.

창칼처럼 날카로운 로빈조노의 시선 때문에 두려움에 떠는 선원들은 멀리서 무언가를 로빈조노에게 말하기 시작했다.

그러나 로빈조노는 마치 못들은 듯했다.

작은 배에 서서 선원들에게 가방과 오래된 양철대야를 주었다. 가방에는 빵이, 대야에는 물이 들어있다.

선원들을 로빈조노가 왜 왔는지 이해하고 철갑판으로 기어오르도록 도왔다. 로빈조노는 그들 옆에 서서 철갑판을 흘깃 보았지만 거기에는 아무도 없었다.

선원들은 대야에 담긴 물을 마시고 무언가를 말하고 웃었지만, 로빈조노는 알지 못했다. 선원 중 하나인 키가 크고 넓은 어깨를 가진, 아마 큰 배의 선장인듯한 사람이 얼마의 돈다발을 쥐어 로빈조노에게 주었다.

로빈조노는 날카로운 시선으로 돈다발을 보더니 선장에게 돌려주었다. 선장과 로빈조노는 돈다발을 서로 밀어냈다. 선장이 돈다발을 주고 로빈조노는 돌려주었다.

"아닙니다. 아니에요" 로빈조노는 말하고 웃었다.

지금까지 로빈조노가 웃는 것을 보지 못했다.

처음으로 웃었고, 이빨은 옥수수 낟알처럼 누렇다. "다시 봅시다. 다시." 로빈조노는 되풀이하였지만 선원들은 이해하지 못했고, 해에 그을린 갈색 맨 등을 친구같이 손으로 토닥였다.

외로운 영혼

갈리나는 광고가 있는 페이지를 찾으면서 신문을 넘기고 있다. 2주 전 신문사에 자신이 보낸 광고를 찾아냈다.

'65세 여자로 혼자 살고 있는데 같이 살면서 함께 외로움을 쫓아낼 남자를 찾고 있습니다.'

신문을 내려놓고 벽에 걸린 그림을 쳐다보았다.

바닷가 풍경화다. 경계가 없는 파란 바다는 조용하고 끝없이 펼쳐져 있다.

멀리 외로운 작은 섬이 보이는데 사람 하나 없이 회색 안개에 싸여 있다.

왼쪽에는 가파른 바위와 그 위에 등대가 있다.

등대는 배를 해안으로 안내하고 비바람 치는 어두운 밤에 빛과 희망을 준다.

갈리나는 이 풍경화를 좋아하지만, 누가 언제 주었는지는 기억나지 않는다.

아마 어느 해 생일 축하 선물일 것이다.

젊고, 친구가 많고 삶이 끝없는 축제 같던 그때 바다에서 수영하고 즐기며 걱정이 없어 빛과 희망을 줄 등대가 필요 없었다. 어느덧 65세인 지금은 풍경화 속 인적없는 섬처럼 외롭다.

갈리나는 친구도, 친척도 없어 오래전부터 하루가 날아가지 않고 부모님께 물려받은 선반 위의 오래된 자명 시계 분침처럼 단조롭게 고통 속에서 기어간다.

아주 가끔 누군가가 전화를 걸고 아주 가끔 누군가가 자신을 찾아왔다. 지금 바라는 것은 광고에 쓴 것처럼 외로움을 함께 몰아낼 남편을 구하는 것이다.

지금까지는 자기를 사랑해 주는, 그리고 자신이 사랑해서 삶을 함께할 남자를 발견하는 데 성공하지 못했다. 그것이 지금으로서는 가장 크고, 가장 가치 있는 소망이다.

갈리나가 젊었을 때는 많은 친구가 있었지만, 그들 중 누구도 남편이 되지 않았다. 부부의 인연을 맺지 못한 데는 서로에게 문제가 있다. 변호사로서 갈리나는 급여가 많아 자신만만했다. 남자들 마음에 맞으면 자기 마음에 들지 않았고, 반대 상황도 있었다. 그래서 결혼하지 않았다. 수년이 지난 뒤 마음의 안정이 찾아왔다.

'남편 없이도 살 수 있어.' 혼잣말했다.

하지만 지금은 결혼하지 않은 것을, 자식도 없이 혼자인 것을 후회한다.

벌써 몇 년 전부터 광고를 내고 항상 읽었다. 직접 전화하고 사람들이 전화를 걸어 와서 여러 남자와 만났다. 항상 자기가 기다리는 남자가 기대하지 않게 다가올 것처럼 느껴져서 계속 찾아야 하기에 광고 내기를 멈추지 않았다. 지금 새로운 광고가 나간 뒤, 불안하게 전화벨 소리를 기다렸다.

마음은 두려움에 떠는 참새처럼 떨었다. 갈리나는 '내게 전화하는 사람은 어떤 사람일까?' 궁금했다.

동정적이고 지적이고 마음씨가 착할까, 아니면 평범하고 그리 현명치 않고 계획도 없고 삶의 목적도 없을까?

그렇다고 너무 뻔뻔한 태도를 보이지 않는다.

자기를 이해하고, 마음씨 착하고, 생애 끝까지 함께 살도록 준비한 남자의 꿈을 꾸었다.

갑작스레 전화벨이 울려서 갈리나는 두려웠다.

깊은 꿈에서 깨어난 듯 재빨리 전화 수화기를 들었다. 목소리를 듣고는 남자가 동갑내기라고 짐작했다.

"안녕하세요." 남자가 부드럽게 말했다.

"광고 때문에 전화 드렸습니다."

"예." 갈리나가 대답했다.

"만나고 싶습니다. 언제가 편하신가요?"

"오는 주말에." 갈리나가 주저하며 말했다.

남자의 목소리가 아는 사람인 듯했다.

'언제 어디서 이 목소리를 들었을까?'

기억하려 애썼다.

아마 언젠가 똑같은 전화를 한 것 같았다.

갈리나는 언제 이 목소리를 알게 되었는지 기억해내려고 대화를 계속하기로 마음먹었다.

남자에게 "어디 사시나요?" 갈리나가 물었다.

"소피아입니다."

"연금을 받고 계십니까?"

"예, 1년 전부터요."

"무슨 일을 하셨나요?"

"철공장에서 기술자였고, 마지막 몇 년은 개인 회사에서 일했습니다." 남자가 설명했다.

분명 여자와 대화하는 것이 유쾌한 듯 자세하게 대답했다.

"그럼 이름은 무엇입니까?" 갈리나가 물었다.

"내 이름은 **미하일 노에브**입니다."

갈리나는 깜짝 놀랐다. 이제야 모든 것이 기억났다.

"감사합니다. 노에브 씨. 제가 전화 드릴게요." 말하고는 빨리 수화기를 내려놓았다.

갈리나는 움직이지 않고 얼어붙은 듯 있었다.

'미하엘 노에브' 의식하지 않고 중얼거렸다.

30여 년 전 그 남자를 알았다.

그때 두 사람은 젊었고 똑같이 광고 때문에 알게 되었다. 그때도 광고를 냈는지, 어느 신문에서 보았는지 기억나지 않는다.

미하일은 마음에 들었다. 멋지고 검은 머리카락, 깊은 밤색 눈을 가졌다. **바르나** 라는 도시 출신이고 소피아에서 살고 일했다. 그들이 만났을 때 갈리나는 감정이 떨렸고 작고 연약한 어린아이 같았다.

미하일은 젊잖고 사랑스럽게 행동했고 갈리나는 그들이 아주 좋은 가족이 되길 희망했다.

한 달 내내 함께 있으며 잊을 수 없는 순간을 보냈고, 극장 공연과 음악회를 같이 봤다.

일주일을 산 속에 있는 화려한 산장에서 보냈다.

모든 것이 동화 같았다.

어느 날 갑자기 미하일이 사라졌다. 마치 땅에 잠긴 것처럼, 전화에 대답하지 않았고 갈리나는 무슨 일이 생겼는지 알지 못했다. 직접 보고 왜 더 만나지 않으려는지 묻고 싶었지만 소용없었다.

마침내 더는 찾지 않고 잊기로 했다. 그런데 여기 지금 전혀 뜻밖에 미하일 노에브가 전화를 한 것이다. 아마 결혼하지 않고 가족도 없고 계속해서 광고를 낸 여자에게 전화했을 것이다. 아니면 좋아하는 일이 광고를 모으고, 여러 외로운 여자들

에게 전화 거는 일일 테지. 그러나 그 남자는 분명 그런 여자
들과 함께 살면서 외로움을 쫓아내기를 원치 않는다.

사진가 라쇼

청년시절, 작은 도시 이스타르에서 보낸 날들은 무척 아름다운 기억으로 남아 있다. 추위가 채 가시지 않은 어느 봄날 아침, 이스타르 광장에는 행인이 아무도 없어 텅 비었다. 나는 그 소도시 중심부에 있는 키 큰 밤나무 아래 카페에서 자주 커피를 마셨다. 향 진한 커피를 홀짝거리며 조용한 봄날 아침을 즐기면서 조간 신문을 펼쳤다.

조금 뒤, 동갑내기 친구인 사진가 **라쇼**가 카페로 들어왔다. 라쇼가 자리에 앉자마자 우리의 끝없는 수다가 시작됐다.

내 친구 라쇼는 이상야릇한 인물이다. 아주 사소한 일도 인상적으로 보고 느낀다. 가지가 많은 나무나 끝없이 펼쳐진 수평선에 감탄한다. 사람의 행동을 분석하고 토론하길 좋아한다. 풍성히 토론할 많은 기억을 간직하고 있다. 라쇼가 물었다.

"너 그거 아니? 나는 이 고장 태생이 아니고 딴 지방에서 장가 왔는데, 이곳 사람들 모두 나를 존경한다는 거 말이야. 내가 사진을 가장 멋지게 찍어서 그래. 나는 풍부한 기록을 가지고 있어. 수많은 사진을 보관하고 있으니까. 그간 내가 찍어준 사람들의 사진 말이야. 그들이 태어났을 때, 자라서 침례받을 때, 초등학교에 입학했을 때, 고등학교를 졸업할 때, 군인이 됐을 때, 결혼했을 때나 이혼했을 때…. 나는 이 작은 도시의 '살아 있는 역사'야. 결혼 축하 때마다 거기서 내가 사진을 찍었어. 새 신부는 나중에 꼭 아이를 낳았지. 어떤 마력이 내 사진기에 있는 것처럼 말이야. 한 번은 젊은 여자가 내게 뭐라고 말했는지 아니? '라쇼, 이혼할 거예요. 그리고 다시 결혼할 거예요. 그래서 결혼사진 찍을 때 당신을 초청할게 요.'"

라쇼는 능청맞게 슬쩍 웃었다. 눈썹이 구식 안경 위에서 콤마처럼 움직였다. 작은 회색 눈이 교활한 빛을 띠었다. 몇 살인지 짐작하기 쉽지 않은 인상이다. 게다가 용수철을 장착한 것처럼 역동적이다. 한 곳에 진득하게 붙어 있지를 않는다. 항상 걸어다니고, 주변을 맴돌고, 작은 시에서 일어난 매사에 관심을 쏟고, 삶을 개선하기 위한 방법에 관해 생각이 풍부하고 제안도 많이 한다.

"너, 아니?"
라쇼가 말했다.

"어디서 일하든 나는 항상 생각이 많아. 생각은 정말 큰 일을 할 수 있어. 생각이 세계를 움직여. 예전에 내 생각을 존중하는 사장을 모신 적이 있지. 하지만 좋은 생각을 듣고도 관심을 기울이지 않고 곧 잊어버리는 사람들도 있어. 돈을 벌었지만 똑같이 잊어."

라쇼는 직업 사진가가 아니라 아마추어다. 도시의 철공장에서 일했다. 용접공이나 자물쇠 장수인 것 같기도 하지만, 아마도 선반공이었을 것이다.

"한번은 내가 부장에게 어떤 합리적인 생각을 제안했지."
라쇼가 말했다.

"나는 일개 노동자였지만 일을 어떻게 하면 쉽고 시간을 절약해서 할 수 있는지 방법을 고민했지. 내 생각을 도안으로 그려서 제안함에 넣었어. 1~2주를 기다렸어. 하지만 부장이 개선안에 관해 설명해 보라고 나를 부르지 않았어. 마침내 어느 날 공장 입구에서 부장을 만나 무슨 일이 있는지 물어봤지. 부장은 나를 처음 보듯 쳐다보았어. 그리고는 수수께끼처럼 내게 말했지. '할 얘기가 있으니 내 방으로 오시오.' 사무실로 갔지. 마치 나를 철공장 주요기술자처럼 대우하면서 만나 주더군. 부장은 곧바로 사람들에게 커피 대접을 지시했어. 또 부장이 냉장고에서 꼬냑 한 병을 들고 와서 내 잔에 채웠어. 우리는 오랜 친구처럼 건배했지. 부장이 말을 했어.

'라쇼 씨! 당신의 생각은 매우 흥미로워요. 당신은 진짜 기술자고 나는 이곳에 어떤 사람이 일하는지 전혀 몰라요. 당신의 생각을 잘 살피고 내가 그것을 받아들이면 우리 철공장은 돈을 많이 벌 테지만, 한 가지 문제가 있어요. 당신은 기술자도 아니고 전문가도 아니고 단지 평범한 노동자예요. 당신이 준 이 놀랄 만한 생각을 과학적으로 발표하려면 협력자가 필요해요. 내가 당신 개선안의 과학적인 협력자가 되기로 마음먹었어요. 그걸 우리 둘 이름으로 과학자 위원회에 제안합시다.' "

이 사건을 얘기할 때마다 라쇼의 눈이 빛났다. 눈썹을 위협적으로 위아래로 움직이고 거의 소리를 지를 정도였어.

" '허, 부장님.' 뜨겁게 흥분했지. '내 생각에 내 이름이 아닌 다른 이름이 추가되는 건 절대로 동의할 수 없어요. 모든 생각은 크나큰 일입니다.' "

나중에 조금 차분하게, 라쇼는 덧붙였다.

" '예, 부장님이 내 개선안에 과학적 협력자가 되는 것을 거부합니다.' 그래서 나는 많은 돈을 잃었어. 내가 동의했다면 많은, 아주 많은 돈을 벌었을 텐데. 내 생각을 실현하고 부장은 많은 돈을 얻는 데 성공했을 텐데. 그러나 돈이 무슨 의미가 있겠니. 사람은 원칙적이고 정직한 것이 더 좋지 않니? 절대로 나는 거짓말하지 않을 거야. 전쟁 때 우리 중대는 어느 헝가리 마을을 지나갔지. 거기서 얼마간 머물러야만 했어."

라쇼는 계속 얘기했다.

"어느 헝가리 사람이 트랙터로 밭을 가는 보게 됐어. 그런데 트랙터 바퀴가 한 쪽으로만 움직여 여서 헝가리 사람은 화가 났어. 트랙터를 수리한 지 얼마 안 된다고 했어. 내가 어디에 고장이 났는지 봐 주겠다고 했지. 배출기가 빠진 거였어. 그래 내가 다시 만들어 주겠다고 했지. 그 헝가리인은 잘 정리된 부품 창고로 나를 데리고 갔지. 나는 배출기를 용접해서 트랙터를 수리했지. 헝가리인은 기뻐하다가 나를 정식으로 자기 집에 초대했어. 좋은 브랜디를 갖고 있댔어. 저녁에 그 사람 집으로 갔지. 그들은 내게 귀빈 대접을 했어. 전쟁 중이었는데 음식과 브랜디와 아주 귀한 헝가리 포도주로 식탁을 상다리가 부러지게 차렸어. 우리는 집주인이자 헝가리인 트랙터 주인과 함께 앉았고, 부인과 어느 아가씨가 우리에게 서빙을 해 주었어.

아가씨를 보자 내 시선은 계속해서 그 아가씨를 따라갔어. 젊고 예쁘고, 긴 머리 매듭 두 개로 묶은 합성수지처럼 까맣고 탐스러운 머리카락, 올리브처럼 빛나는 커다란 두 눈, 날씬한 몸매에 잘록한 허리, 예쁜 민속 정장차림에 윤 나는 새 단화를 신은 아가씨였어. 하지만 눈은 슬퍼 보였어. 깊고 밝은 눈을 보면 마치 작은 눈물 방울 같았어. 나는 젊었고 내 피는 뜨거웠지. 집주인은 브랜디와 진한 헝가리 포도주로 벌겋게 달아오른 내 시선을 눈치챘어.

'이 아가씨는 **주자나**이고, 내 며느리요 하지만 이 애도 우리처럼 불행한 처지라우. 동부전선에서 내 아들이 전사했으니까. 얼마 전 결혼하자마자 새신랑이 전선으로 징집됐어요 그들은 부부가 된 기쁨을 얼마 누리지도 못했어요 주자나 역시 우리처럼 혼자가 됐어요. 부모는 일찍 돌아가셨고, 우리 곁에 며느리만 남았어요. 우리 애기를 결혼시켜야 해요 내가 보기에 당신은 뛰어난 손재주를 가진 점잖은 젊은이니 우리와 함께 머물고 주자나와도 결혼해 주시오.' 나는 그 제안을 기다리지 않았어. 마치 잘 이해하지 못한 척 했지. 헝가리 말에 능통하지만 말이야. 나는 잘못이 없어. 집주인은 신중하게 말하고 나를 가만히 쳐다봤어. 내가 무슨 생각을 하는지 짐작하고 싶었겠지.

'주자나는 예뻐요.' 내가 말했어. '그러나 나는 여기 머물면서 결혼할 수가 없어요 내가 전쟁에서 살아남으면 집으로 가야만 해요 어머니, 아버지, 형제자매가 있는 내가 태어난 곳으로 돌아가고 싶어요 다른 나라에서 살 수 없어요.'

'아, 살아서 건강하게 고향으로 돌아가는 것이 좋지요 당신은 좋은 젊은이니 행복하세요.'

집주인이 말했어. 그 사람 눈에서 자기 제안을 받아들이지 않아 안타까워하는 것을 보았지. 그러나 동시에 존경심도 느꼈지. 내 생각을 바로 말하고 거짓말하지 않은 것을 이해해주어서. 그리고 주자나는 내 가슴을 불타게 했어. 그 헝가리 여자는 정말 아름다워서 지금도 그 여자를 잊지 못하지."

지금도 눈물 때문에 뜨거웠던 시선과 눈 속의 부드러운 빛을 보는 것 같았죠

"아! 아름다운 헝가리 여인! 그러나 나는 거기 머물 수가

없었어. 전쟁이 끝나서 나는 고국으로 돌아왔지만, 대부분은 헝가리 초원에서 눌러 살았지. 영원히… 아니, 내가 무슨 말을 하고 있지? 영원히는 아니지, 전쟁 통이니."

카페 위 큰 밤나무를 쳐다보는 라쇼의 눈에는 언젠가 오래전 아름다운 주자나 눈에서 본 것과 비슷한 부드러운 빛이 감도는 걸 나는 보았다.

"집주인, 아내, 주자나에게 무슨 일이 일어났을까?"

라쇼가 소리 내어 혼잣말을 했다.

"그 늙은이는 오래전에 죽었겠지만, 주자나는 남편을 만나서 행복하게 살았을까?"

생각에 잠긴 나는, 라쇼가 기억을 더듬으며 하는 말을 들었다. 그것들이 나를 여기 이스타르의 소리 없는 거리에서 저기 먼 도시로 산책하게 한다. 그것들이 나를 아는 사람, 모르는 사람과 만나게 한다.

라쇼는 부모님께 작은 경작지 두 곳을 물려받았다. 그러나 여자 조카들과 소유권 분쟁이 생겨 몇 년째 두 작은 경작지를 놓고 재판 중이다.

"왜 재판을 하니?"

내가 물었다.

"너는 많은 것을 가지고 있는데 그런 작은 경작지들은 필요 없잖아."

"그렇지. 나는 작은 경작지가 필요치 않아. 여자 조카들에게 그것을 주려고 준비했어. 그런데 그들은 그것을 얻으려고 가능한 모든 일을 했어. 맞아, 사람은 정말 만족할 수 없어. 많이 가질수록 더 많이 원해. 그들에게 작은 경작지가 두 개나 필요하지 않은 것을 나는 알아. 그들은 결코 경작지를 가꾸거나 씨를 뿌리지 않아. 그들은 경작지를 팔아버리고 돈을 먹어 치우겠지. 바로 그래서 나는 재판하는 거야. 나도 마찬가지로 경작지를 가꾸기는 어려워. 그러나 그 두 경작지는 부모님에게 받은 거야. 부모님은 평생 허리가 휘도록 땅을 돌보았어. 그들은 일하고 땀 흘리고 그것으로 우리를 양육했어. 부모님의 땅을 지키기 위해 나는 헝가리 전역을 걸었어. 나는 칼 공장에 다녔고 비에 젖었고, 포탄이 쏟아지는 전장에 나갔어. 내가 그렇게 지킨 경작지들을 지금 손가락 하나 움직이지 않는 누구에게 선물해야만 하는가?"

라쇼는 밤나무와 청명한 아침 하늘을 쳐다보고 알마슈 제단 위에서 대면하여 그 순간을 바라본다면 얼마나 예쁜 사진을 만들 수 있는지 깊이 생각했다.

이야기를 듣는 것이, 서두르지 않고 나무와 제비 둥지를 바라보는 것이 나는 유쾌하다. 흐릿한 목소리는 나를 작고 조용한 작은 도시 위로 새의 날개처럼 실어다 준다.

호텔의 유령

'성 판텔레이모노' 수도원은 매우 아름다운 숲속에 자리하고 있다. 숲속 수백 년 된 너도밤나무 사이에 커다랗고 하얀 배를 닮은 멋진 자태를 드러낸다.

수도원 가까이 호수에는 송어가 헤엄치는 투명하고 차가운 물이 가득하다. 숲에는 동굴 집이 있는데 옛날에는 그 안에서 은둔자가 살았다고 한다. 수도원에서는 아침마다 가까운 마을을 깨우는 종소리가 울린다.

지난 몇 년 동안 '성 판텔레이모노' 수도사가 차례로 죄 많은 세상을 이별하고 영원한 나라로 갔다. 수도원에는 건강한 흰머리 노인 **네스토르** 할아버지가 홀로 살고 있다. 밝고 파란 눈에 사랑스러운 웃음이 가득한 그 노인은 수도원을 관리하며 아침에 종을 친다. 남자아이 둘도 할아버지를 도와서 수도원 염소가 풀을 뜯게 방목하는 일을 한다.

네스토르 할아버지는 수도원에서 하루를 조용하고 편안하게 보낸다. 여기서 영원의 삶을 기다리는 것이 분명하다.

하지만 항상 사람 일이 계획한 대로 되는 것은 아니다. 수도원에 젊은 남자가 왔다. 마을에서 누구도 그 사람을 모르고, 어디서 왔는지도 알 수 없다.

이름은 **크룸**이다. 키가 작고 뚱뚱하고, 눈은 돼지처럼 작았다. 크룸은 봄 끄트머리에 와서 네스토르 할아버지를 만났고, 동네 사람들이 자기에게 수도원 관리를 맡겼다고 설명했다.

"곧 수도원을 보수하고 그 안에 호텔을 세울 겁니다."

크룸이 말했다.

"이 아름다운 수도원에 관광객이 몰려 와서 수도원과 멋진 자연을 감탄하고 여기서 숙박을 할 겁니다. 1, 2년 뒤에는 외국 사람들도 올 겁니다."

"왜?"

네스토르 할아버지는 이해할 수 없었다.

"이곳은 수도원이야. 사람들은 기도하고 용서를 구하려고 이곳에 오는 거야."

"아이고, 네스토르 할아버지."

크룸이 싱긋 웃으며 돼지 눈 같은 실눈을 번쩍거렸다.

"요즘 시대엔 돈이 믿음이죠. 수도원도 돈 없이는 존재할 수 없어요. 보수도 돈이 있어야 해요. 여기 있는 모든 것이 낡고 부서진 것을 잘 아시잖아요. 그래서 수도원에 호텔이 들어서요. 사람들이 여기 와서 잠을 자고 돈을 내죠. 호수 곁에 식당을 지을 거예요. 호수에 물고기가 그득해요. 호텔에서 신선한 송어 요리를 하면 모두 좋아할 거예요."

"하지만 이 거룩한 곳이 술집이 되잖아. 사람들이 술 마시고 취하고 타락할 거야."

네스토르 할아버지가 슬픈 목소리로 중얼거렸다.

"그런 일엔 관심 두지 마세요."

크룸은 안정시켰다.

"이제 늙은 몸에 관심을 기울이세요. 수도원은 유명해지고 똑같이 가까운 마을도 잘 알려질 겁니다. 사람들이 차로 여기에 오도록 수도원에 오가는 도로를 만들 거예요. 네스토르 할아버지도 돌봐 드릴게요. 노인을 위한 현대적인 요양 건물로 모셔 드릴 겁니다. 거기서 편안히 사세요."

네스토르 할아버지는 크룸을 쳐다보며 엄히 말했다.

"나에게 관심두지 마오. 나 때문에 요양 건물 짓느라고 헛돈 쓰지도 마시고, 아직 내 몸은 스스로 돌볼 수 있소."

며칠 뒤 할아버지는 종적을 감췄고 아무도 어디로 갔는지 모른다.

크룸은 수도원을 보수하고 호텔 건축에 착수했다. 노동자, 건설기기가 들어오고 대대적인 공사가 벌어졌다.

2년 후, 수도원은 새로 단장되고 호텔이 지어지고 호수 옆에는 현대식 식당이 들어섰다. 수도원은 빠르게 유명해지고 많은 사람이 찾아왔다.

어떤 사람은 이곳에서 주말을 보내고, 어떤 사람은 며칠간 머물렀다. 크룸은 만족하고 자랑스러웠다. 계획대로 다 이루어졌기 때문이다.

크룸은 호텔에서 가장 화려한 객실에서 살았다. 하루 대부분을 호텔 옆 식당에서 보냈다. 거기에는 크룸만 앉는 특별 테이블까지 마련해 두었다. 크룸은 가까운 도시의 포도 창고에서 주문한 적포도주를 즐겨 마셨다. 병에는 '수도원 포도주'라는 꼬리표가 붙어 있었다.

호텔에는 손님이 점점 많아졌다. 크룸은 호텔 광고 효과를 톡톡히 보았다. 외국인들이 오기 시작했다. 시끄러운 축들은 한밤중까지 호수 옆 식당에서 놀았다.

거기서 노래와 흥청대는 소리가 날아다녔다. 수도원과 주변이 타락하는 곳이 된다는 네스토르 할아버지의 말이 맞았다.

한번은 아침에 크룸이 벌써 식당에서 아침 커피와 적포도주를 마시고 있는데, 호텔 지배인 블라도가 다가왔다.

"사장님"

블라도가 말했다.

"큰 문제가 생겼어요. 15호실 손님들이 방을 빼겠다고 야단입니다. 어제 밤에 와서 5일간 묵겠다고 숙박비를 다 냈는데 오늘 아침에는 떠나겠다고 통보하더니 돈을 돌려 달라고 하네요."

"왜?"

크룸이 묻는 동안 작은 눈에서는 노기가 서렸다.

"밤새 잠을 못 잤다고 합니다. 객실에서 걷는 소리가 나고, 화장실에서는 문이 계속 열렸다 닫혔다 했답니다. 여러 차례 침대에서 일어나 불을 켜고 주변을 살폈지만, 객실에는 아무도 없었대요. 다시 침대에 누워 자려고 하면 화장실 문이 다시 열렸다가 닫히고 다시 객실에서 걷는 소리가 났대요. 그들은 전부 신경이 예민해졌고, 두 어린 자녀는 겁에 질려 덜덜 떨고 있는데, 아직도 흥분이 가라앉지 않았다고 해요. 호텔에 유령이 있다면서 일 분도 더 머물 수 없다고 야단입니다."

"바보 같으니!"

크룸이 크게 소리쳤다.

"그들이 미쳤거나 바보인가 보구나! 유령을 꿈을 꿨거나! 분명 그들은 취했어."

"아마도"

블라도가 동의했다.

"이제 어떻게 할까요?"

"돈을 돌려줘! 그런 정신병자들은 어서 꺼지라고 해."

크룸은 지시하고 짙은 눈썹을 찡그렸다.

15호 객실 손님이 떠나고 이틀 뒤 사건이 반복되었다. 호텔에 젊은 가족이 들어왔다. 매우 사려 깊은 남편과 아내는 삼 일간 머물 계획이었다. 하지만 하룻밤 뒤 그들이 블라도에게 '밤새도록 잠을 못 잤다. 방에 이상한 발자국 소리가 나고 화 장실 문이 계속해서 열렸다 닫혔기 때문이다' 라고 불평했다.

블라도는 그들을 안정시키려고 했지만 아무런 소용도 없이 당장 나가겠다고 했다. 그들 뒤로 다른 손님들도 똑같이 갑자 기 떠나버렸다.

크룸은 화가 나서 소리치고, 블라도는 어떻게 해야 할지 몰 라 안절부절했다. 손님들이 호텔에서 하룻밤을 보내면 갑자기 떠났다.

블라도는 손님마다 돈을 돌려 줘야 했다. 호텔에서 밤에 일 어난 이상한 일들은 빠르게 소문이 났다. 나쁜 소식은 날개가 돋친 듯 퍼져나가서 손님이 오지 않게 되었다. 식당도 손님이 조금씩 줄었다. 테이블은 텅 비었다. 연주 단원도 떠나고 커 다란 홀에는 침묵만 흘렀다.

한 달 전만 해도 자동차 주차장에는 빈자리가 없었다. 그 정 도로 많은 자동차가 주차했는데, 지금은 크룸의 차만 보였다. 크룸은 화가 나서 저주를 퍼부었다. 누군가가 희롱하며 속인 다고 생각했다.

지금 식당 안 포도주잔 앞에 혼자 앉아 있다. 때로 화가 나 서 소리쳤다.

"내 눈에 깡패가 보인다면 개죽이듯 총으로 쏴 죽일 거야. 크룸 바네브가 누구인지 잘 보게 될 거야."
식당에는 크룸과 긴카라는 여종업원 외에는 아무도 없었다. 그래서 아무도 크룸의 위협을 듣지 않았다. 크룸은 보통 밤늦 게 술이 취한 채 호텔 방으로 돌아와 침대에 눕고 곧 잠이 들었다. 오늘 밤도 술에 취한 채로 돌아와 옷도 벗지 않고 침대에 드러누워 잠이 들었다.

그러나 10분 뒤, 방 안에서 들려오는 무거운 발걸음 소리가 크룸을 깨웠다. 누군가가 천천히 조심스럽게 걸었다.

'누구일까?'

침대에 누워 돌이 된 듯 굳은 크룸은, 방 안에서 걸어 다니는 물체가 점점 가까이 다가오자 두려움에 떨면서 생각했다.

정체를 알 수 없는 괴물체를 잡으려 했지만, 어둠 속에는 아무것도 보이지 않았다. 그러나 걷는 소리는 계속해서 들려왔다. 1분 뒤, 화장실 문이 열렸다 닫혔다 했다.

'내가 꿈을 꾸나? 아니면 오늘 밤 술을 너무 과하게 마셨나?'

크룸은 두려웠다. 갑자기 침대에서 벌떡 일어나 불을 켜고 방을 자시혜 살폈다. 사방 구석, 옷장, 침대 밑, 탁자 위를 꼼꼼히 살폈다.

화장실 문은 크게 열려 있었지만, 안에는 아무도 없었다. 식은 땀이 흘렀다. 몸을 바람 앞에 꽃잎처럼 부르르 떨었다.

아침까지 잠 못 이루고 담배 한 갑을 피웠다.

"네스토르 할아버지가 나를 저주했구나."

크룸은 여러 번 되풀이했다.

"할아버지가 떠날 때 악의를 품고 나를 바라본 것이 분명해."

이틀간 크룸은 뜬 눈으로 지냈다.

방에서는 걸음소리가 그치지 않았다. 다른 방으로 자러 갔지만, 거기도 마찬가지였다.

며칠 뒤 크룸은 갑자기 어딘가로 사라져버렸다. 블라도가 일

주일 내내 크룸을 기다렸지만, 돌아오지도, 전화을 하지도 않
았다. 그러자 블라도는 호텔 문을 잠그고 마을로 가서 살았다.
 몇 년이 지났다. 침묵과 신비가 호텔을 감싸서 감히 아무도
거기에 들어가려고 하지 않았다.

미친 사람과 평화

이 주거지는 도시 외곽에 있었지만, 2년 전 모습은 거의 알아
볼 수 없게끔 변했다. 사람들은 이곳을 '레보'라고 부른다.
그러나 '지역'이라는 단어는 정확하지 않다. 왜냐하면, 그곳
은 커다란 건물 다섯 채 정도로 이루어졌기 때문이다.
건물 근처에 공원이 있는데 마찬가지로 새 것인데, 화단에 꽃
이 있고, 하늘로 뻗은 어린아이 팔처럼 마르고 작은 나무들이
자라고, 공원 한가운데는 미끄럼틀과 그네가 있는 어린이 놀
이터도 자리했다.
새 건물에는 젊은 가족들이 살고 있다. 한창 여름이 시작되는
무렵이라 공원에는 엄마와 아이가 북적거렸다. 아이들은 그네
나 미끄럼틀을 타거나 공원 의자 사이로 달리고, 엄마들은 앉
아서 자식들이 넘어지지 않도록, 팔이나 다리를 다치지 않도
록, 아니면 서로 다투지 않도록 주의를 기울인다.
갑자기 어린이 놀이터 한가운데 이상한 남자가 나타났다. 중
년 나이에 회색 바지와 누런 셔츠를 아무렇게나 걸쳤다. 머리
카락은 헝클어진 채로 어깨까지 늘어졌다. 등 뒤에서 쳐다본
다면 분명 여자라고 생각할 것이다. 깡 말랐기 때문이다. 남자
는 움직이지 않고 마치 뭔가 아주 중요한 것을 찾듯이 하늘을
쳐다보면서 어린이 놀이터에 멈춰 서 있다. 엄마들은 놀라서
쳐다보다가 얼마 뒤 그 남자를 모른 체 했다.
남자는 선 채로 움직이지 않았다. 이상한 사람이 움직이지 않

고 조용히 머무는 것이라고 엄마들이 짐작할 즈음, 남자는 무섭게 소리를 질렀다.

"폭탄, 폭탄! 전쟁, 전쟁!"

소란스러웠다. 두려움에 사로잡힌 엄마들이 의자에서 벌떡 일어나 자기 아이들을 팔로 감싸안고 놀이터에서 멀리 도망쳤다. 놀이터에는 이상한 사람만 홀로 남아서 계속 소리를 질렀다.

"폭탄, 폭탄! 전쟁, 전쟁!"

엄마 중 한 명이 어린 자녀를 데리고 멀찍이 떨어진 의자에 앉아 있는 노인에게로 뛰어갔다.

"무서운가요?"

노인이 아이 엄마에게 물었다.

"예."

아이 엄마가 대답했다.

"저는 모든 미친 사람이 병원에 있지 않고 도시에서 자유롭게 다니는지 이해할 수 없어요. 어디서도 안심할 수가 없어요. 이곳에는 어린이들이 놀잖아요. 그 사람이 아이들을 두렵게 해서 아이들이 밤에 악몽을 꾸거든요."

"그 사람은 위험하지 않아요."

노인이 여자를 안심시켰다.

"나는 그 사람을 알지요. 이름이 **안드레오**입니다. 전에는 마음 착하고 똑똑한 기술자였어요. 아이 엄마는 여기에 산 지 얼마 안 되지요?"

"예, 두 달 전부터 살았어요."

"그러니 3년 전에 바로 이곳에 보병대 광산 공장이 있었던 것을 모르지요."

노인이 말했다.

"이 공장에서 안드레오는 일했죠. 그런데 폭발사고가 났어요. 많은 노동자가 죽었어요. 원인이 무엇인지 아무도 몰라요. 어느 노동자가 주의를 기울이지 않았죠. 안드레오는 죽지 않았고 살아남은 대신 미쳤어요. 이곳이 폭발사고를 기억나게 하니 자주 여기에서 소리 질러요."

미친 사람은 다시 소리를 질러댔다.

"폭탄, 폭탄! 전쟁, 전쟁!"

그러나 어린이 놀이터에 혼자 남아 있는 것을 보고 안정을 찾고 조금 작게 소리쳤다.

"평화, 평화가 있다. 고요와 평안! 내가 온 땅에 평화를 가져왔다."

"예."

노인이 말했다.

"안드레오가 맞아요. 지금은 평화죠."

노인이 어린 여자아이를 데리고 온 엄마를 바라본 뒤 덧붙였다.

"미친 사람을 두려워하지는 마세요. 진짜 전쟁을 두려워해야죠. 따님이 평화롭게 살도록. 전쟁은 미친 사람의 상상 속에만 있어야 해요."

데미르 바바의 분노

우리는 마당에 있는 오래된 소나무 아래 **쿠마리짜**와 함께 앉았다. 우리 앞 식탁에는 빨간 후추로 양념한 질 좋은 하얀 치즈가 놓인 작은 접시와 직접 집에서 주조한 제법 센 브랜디한 병이 놓여 있다. 쿠마리짜는 작은 잔에 브랜디를 조금씩 붓고는 거리를 바라보았다. 아직은 날씨가 제법 차가운 4월의저녁 직전 무렵이었다. 주위에 아무도 없었다. 반대쪽 마당에는 서양 자두 두 송이가 꽃을 피웠고, 그 꽃 사이로 하얀색작은 단층집이 보인다.

쿠마리짜는 새 전시회를 준비하고 있다. 자신의 마지막 필사작품을 보여 주려고 나를 초대한 것이다. 유리문을 지나 작업실로 가면 물소를 닮은 커다란 석판 인쇄 압축기가 보인다.그 옆 석회를 칠한 벽에 필사 작품 몇 점이 걸려 있다. 여러번 그것들을 바라보았다. 수도원 두 곳, 소피아의 오래된 거리, 그리고 그사이에 있는 어떤 키 작은 건물 등이다.

"쿠마리짜."

내가 물었다.

"저기 기계 오른쪽에 있는 필사 작품은 무어라고 부르나요?"

"뭐?"

쿠마리짜는 내 시선을 따라갔다.

"그건 이슬람 수도원 데미르 바바야. 이스페리에서 일할 때 그렸어."

강한 브랜디를 두 모금 마신 탓인지 쿠마리짜의 밝고 파란
두 눈엔 장난기어린 작은 불꽃이 어렸다. 천천히, 그리고 모호
하게 말을 꺼냈고, 아득히 멀고 먼 다뉴브 평원 어딘가 아름
다움과 신비의 베일에 싸인 세계로 나를 이끌어갔다.

이스페리에서 일을 막 시작할 무렵, 나는 데미르 바바에 관
해 아무것도 듣지 못했지. 그러던 중 동료 한 명이 내게 그곳
을 구경시켜 주려고 마음먹고 나를 안내했지. 어느 일요일,
우리가 데미르 바바에 갔을 때, 그곳은 어딘지 모르게 무척
매력적이었어. 왜 내게 그렇게 보일까 의아했지만, 감명을 깊
이 받은 나는 데미르 바바를 꼭 그리겠다고 마음먹었어. 그
런 결심은 나를 가만히 내버려 두지 않았지. 낮에 눈으로 본
데미르 바바는 밤에 꿈으로 나타났어. 언제 그림을 그릴까
시기를 엿보고 있었지. 어느 날은 도저히 참지 못하고 종이
수첩과 연필을 들고 데미르 바바로 갔어. 가까이 가서 보니
정말 그곳은 다른 세계 같았어. 주변은 고요했지. 지금 같은
봄철이었어. 갓 피어난 어린 꽃잎파리들이 살랑살랑거리는 소
리를 온몸으로 느낄 정도였어.

내 위 높다란 절벽 사이, 이슬람 수도원 데미르 바바가 숨
어 있는 절벽 위로 파랗고 끝없는 하늘이 펼쳐졌어. 나는 부
드러운 선율에 잠겨 매력적인 세계를 음미했지. 정말 나는 데
미르 바바에 관해 아무 것도 몰랐어. 내 친구들은 데미르 바
바에 얽힌 전설을 이야기해 주었지.

친구들은 불가리아 말로 데미르 바바가 '철의 아버지' 라고
했어. 나는 그리기에 푹 빠져 주위가 점점 어두워지는 줄도
몰랐어. 내 위로 펼쳐진 밝고 파란 하늘은 어느덧 납색으로

변했고, 커다란 철뚜껑처럼 나를 눌렀어. 1시간 전까지만 해도 온화하고 밝고 푸르던 숲도 똑같이 어두컴컴해졌어. 무시무시한 소리가 들려왔어. 무언가가 주위에서 소리를 냈는데, 이를 갈거나 숨을 고통스럽게 내쉬는 것 같았어. 나는 모든 자연이 갑자기 반항하고 있다고 느꼈지. 1초 뒤 그 작은 계곡에 게센 바람이 노하여 불 것이고 나와 주변 모든 것을 몰아낼 태세였어.

두려웠어. 혼자였거든. 내가 힘껏 내지른 외침 소리는 강한 바람과 어둠의 심연 속에 잠겨버렸어. 자연의 힘은 나를 철주먹처럼 압박해서 나는 거의 움직이지도, 숨을 쉬지도 못할 지경이 되었어. 내가 앉았던 자리에서 벗어나려고 발버둥쳤으나 아무 소용없었지. 그 어두운 냄비 같은 곳에서 빠져 나오려고 절벽을 천천히 기어올랐어. 다리는 무겁고, 모든 근육은 부들부들 떨렸어. 절벽을 기어오르려고 마지막 힘까지 끌어냈어.

내 목은 백 년 된, 물 없는 우물처럼 바짝 말랐어. 나의 힘을 모조리 빨아들여버린 그 현상은 무엇이었을까? 그런 공포는 난생 처음이었어. 서른 살을 갓 넘긴 젊은 내가 처음으로 그런 놀라운 강풍의 위협을 받고 보니, 내가 눈송이처럼 아주 작고 가볍다는 것을 깨달았어. 강풍은 언제라도 내 멱살을 거머쥐고 하늘 높이 날려버릴 것만 같았지. 누구도 나를 보지 못했고, 내 소리를 들을 수 없었어. 그날 내가 어떻게 집으로 돌아왔는지 아무것도 기억 나지 않아. 그날의 두려움이 오랫동안 살모사처럼 내 마음속에 숨어 있었지.

그날이 떠오를 때면, 데미르 바바 수도원 옆에는 자연의 강풍보다 훨씬 세고, 훨씬 무서운, 알 수 없는 힘이 도사리고 있다는 걸 느끼지. 정말 숨소리를 듣는 듯했고, 점괘가 나쁘게 나온 날 밤이면 파도치는 바다 같이 분노하는 걸 느꼈어.

며칠 뒤, 사람들이 수군거리더군. 이스페리에서 내가 수도원을 그린 날 데미르 바바의 거룩한 신발이 사라졌다고. 나는 사람들의 말에 관심을 두지 않지만, 지역 주민은 크게 동요하는 듯했어.

그래서 누구에게도 감히 내가 그날 수도원에 머물면서 데미르 바바를 그렸다고 고백하지 못했어. 정말로 그날 나는 수도원에 누가 들어오고 나가는지 전혀 보지 못했어. 그때 내 주위에 아무도 없었다는 건 분명해. 누구에게도 수도원 위쪽 하늘이 어두컴컴해지고 강풍이 나뭇가지 사이로 한숨을 쉬듯 불던 그때 내가 느낀 두려움을 발설하지 않았어.

나는 미완성인 수도원 그림을 숨기고는 그걸 잊기로 마음먹었어. 그 도시 사람들은 점점 더 불안에 빠졌지. 도대체 어떤 작자가 데미르 바바의 거룩한 신발을 훔쳐갔는지 그저 놀랄 뿐이었고, 그 상황을 좀처럼 이해할 수 없었지. 그 이상한 일은 많은 세월이 흐르는 동안 두 번 다시 일어나지 않았어.

여기에서 사람들은 고요하고 안정되게 살아가고 있지. 그들에게 그 사건은 삶에 무언가 특별한 점을 가져다 주었어. 아마 그것 때문에 그렇게 흥분하여 설명했겠지. 하지만 삶은 내게서 언제나처럼 이어졌지. 나는 일터로 갔다 돌아오곤 했지. 수도원을 그릴 때 겪은 공포는 까마득히 기억 속에서 멀어졌어.

한번은 내가 일하는 봉제 공장에서 우연히 퍽 솔깃한 대화를 듣게 됐어. 이른 아침, 젊은 재단사 **쉬린**이 몹시 흥분과 두려움에 휩싸여 동료에게 뭔가 얘기하고 있었어. 나도 하던 일을 멈추고, 멍하니 입을 벌린 채 듣고 있는 여자들에게로 가까이 갔지. 쉬린의 동그란 눈은 커다랗고 파란 물방울 같았어.

"예."

떨리는 목소리로 쉬린이 되풀이했어.

"어젯밤 내 꿈에 우람하고 멋진 데미르 바바가 나타났지 뭐야."

여자들의 눈엔 당황하는 빛이 역력했지만 쉬린은 계속했어.

"내 앞에 서더니 말했어. 쉬린아! 알아라. 내 신발을 훔친 자가 수도원에 돌려주지 않으면 너희 모두 갈증으로 죽을 거야. 샘물은 바싹 마를 것이고 이곳에 물은 영원히 없을 거야."

나는 쉬린의 말을 듣고 선명하고도 파란 눈동자를 쳐다보았어. 무시무시한 놀라움 탓에 등골이 오싹해지고 내가 수도원을 그리려고 거기 있던 그날 나를 장악했던 그 무력감이 다시 엄습했어.

나는 손을 흔들며 '안녕' 하고 거기를 떠나려고 했지만 어떤 숨은 힘이 내가 웅성거리며 모여 있는 여자들 틈에서 떨어져 나가도록 내버려 두지 않았어.

쉬린의 꿈 얘기는 작은 도시에 재빠르게 퍼져 나갔지. 사람들은 입에서 입으로 꿈 얘기를 전했지. 나는 누가 그 꿈 얘기에 솔깃했는지, 그렇지 않은지는 몰라. 하지만 그 꿈 얘기는 오래도록 사람들 사이에 회자되었지. 어떤 긴장감이 사람들 사이에 감돌았어. 그 지역에 비가 오지 않았어. 정말 여름에 건조기가 계속된다면 그곳 사람들은 사형선고를 받은 거나 마찬가지였어. 여러 날이 지나갔지만 비는 오지 않았어. 극심한 건조상태가 되었어. 샘물과 우물은 바싹 말랐지. 사람들은 힘이 빠지고 고통스러워하며 그림자처럼 움직였어. 땅이 갈라지고 곳곳마다 움푹 패인 눈두덩처럼 커다랗고 깊은 골이 생겼어. 모든 것이 시들고 매말랐지.

평야는 열기와 용암을 뿜어내는 난로 같았어. 사람들은 갈라진 입술에 마른 침을 묻히면서도 희망을 잃지 않고 맑은 하늘을 쳐다보았어.

하지만 아무 소용이 없었어. 몇 주일이 지나도 작은 구름 한 점 얼씬 하지 않았지. 바람 한 점 불지 않아 나무에 매달린 시든 잎사귀는 미동도 하지 않았어.

나는 더위를 피해 어디로 숨어야 할지 막막했어. 일이 끝나면 곧장 집으로 갔지. 옷을 홀딱 벗고 죽은 듯 가만 있어야 숨이 턱턱 막히는 더위를 피할 수 있다고 생각해서였지.

어느 날, 모든 것을 그대로 놔둔 채, 아직도 미완성 수도원 그림을 무서운 열기가 가져가는 일이 일어난다해도 다시 데미르 바바에 가리라 마음먹었지.

절벽 사이 작은 계곡이라면 잠시만이라도 뜨거운 더위에서 나를 숨겨줄 수 있을 것처럼 생각됐거든. 어렵사리 수도원에 도착했어.

지치고 땀에 젖고 힘이 쏙 빠진 채 먼지를 뒤집어쓴 나는 잠시 쉬려고 돌 위에 걸터 앉았지. 얼마 뒤 뭔가가 나를 일으켜 세워 수도원에 들어가게 했어. 언제나 그랬듯이, 무거워 보이는 떡갈나무 대문은 잠겨 있지 않았어.

나는 문을 열었지. 문에서는 고통스러운 신음처럼 '삐걱' 소리를 냈어. 안을 밝히는 어스름한 조명 아래로 데미르 바바의 신발이 나타났어. 소리 없이 조용하게 수백 년 전부터 있었던 그 자리에 놓여 있었어. 내가 꿈을 꾸고 있는가? 내 눈을 믿을 수 없었어. 맞어. 그것은 정말 데미르 바바의 신발이었어. 그것을 훔쳐 간 자가 소리 없이 같은 자리에 놓아둔 거지. 나는 숨을 쉬었어. 갑자기 기쁨과 함께 날아갈 듯한 가벼움을 느꼈어. 내 마음이 밝고 편해졌지. 나는 곧 마을로 뛰어가 모두에게 거룩한 신발이 다시 수도원에 있다고 외치고 싶었어. 내가 밖으로 나와 기쁘고 흥분해서 마을로 가려고 준비할 때 갑자기 비가 내렸어. 무겁고 차가운 빗방울이 내 머리와 셔츠와 바지 위로 떨어졌지. 내 평생 그렇게 행복한 적은 다시 없었어. 날아갈 듯했지. 내가 나무를 잡는다면 마치 세상에서 가장 힘 센 사람처럼 그걸 뿌리째 뽑을 것만 같았어. 그날 꿈과 기적을 믿게 되었어."

고료 쿠마리짜는 다시 어린애 같이 웃으며 음흉하게 나를 쳐다보았어.

"너는 화가야, 그리고 반드시 기적을 믿어야 해."

나는 대답했지. 작업실의 석회 칠한 벽 위에 데미르 바바 필사작품이 선명하게 보였어. 그걸 쳐다보는 내내 시선을 뗄 수 없었어. 그것이 정말 마력적인 힘을 내뿜는 것 같았어.

돌고래

바다는 지친 놀이를 하고 난 뒤의 어린아이처럼 조용하다. 낮은 천천히 물러갔다. 언덕 위로 보이는 시내는 아름다운 풍경화 같다. 기와지붕 위에는 마지막 햇빛인 구릿빛 햇살이 자잘하게 빛난다.

다니엘은 방파제로 갔다. 오후에 바다에서 수영하는 걸 좋아한다. 바다 수영이 가장 큰 즐거움이다. 바다는 눈앞에 파란 헝겊처럼 끝없이 펼쳐져 있다.

돌로 된 방파제에서 차가운 파도 속으로 풍덩 뛰어들었다. 이어서 안정되게 천천히 수영했다. 방파제에서 백 미터쯤 떨어진 곳에 바위가 솟아 있다. 다니엘은 가까이 다가가서 그 바위 위에 올라섰다. 거기서 보는 시내 풍경은 마치 동화의 한 장면 같다. 언덕 위로 늘어선 집들은 하얀 갈매기떼가 모인 듯 싶다. 오래된 수도원 몇 군데도 눈에 띄이는데 그 때문에 시내는 환상적이고 신비스럽게 보인다. 커다란 병풍 앞에 서서 중세 시대의 영화를 감상하는 것 같다.

시내의 거리들은 작고 비좁다. 오후가 되면, 카페와 식당 테라스에는 사람들이 앉아서 신선한 음료를 조용히 마시며 편안하게 대화한다.

다니엘은 방파제를 쳐다보았다. 옆에는 배와 요트를 댈 만한 아담한 항구가 있다. 거기에 큼직한 백조를 닮은 아주 예쁘고 화려한 요트 두 척이 보였다. 즐겁고 유쾌하게 바다 산책을 할 수 있을 만큼 실내는 현대적이고 편안하고 적당해 보인다. 이 시에서 가장 부자인 **니코 프리모브**의 소유인 요트다. 아무도 그 부자가 어디서 그리 큰 돈을 벌었는지, 직업이 무엇인지 알지 못한다. 시내에 아주 멋진 식당을 가지고 있고, 모래가 황금가루처럼 펼쳐진 해안 근처에도 호텔을 두 채나 소유하고 있다.

다니엘은 시선을 다시 방파제로 향했다. 거기 늙은 낚시꾼이 앉았는데, 낚시는 하지 않고 바다를 보며 쉬고 있다. 가까이 여자아이 둘이 서 있다. 키가 훤칠하고 넓적다리가 길다란 금발 아이들은 빨간 수영복 차림이다. 외국인이 분명했다.

올여름엔 이 작은 시내에 외국인이 몰려와 북적거렸다. 여자아이들이 갑자기 소리를 지르면서 다니엘을 향해 손가락으로 무언가를 가리켰다. 하지만 다니엘은 그들이 무슨 말을 하는지, 무엇을 가리키는지 통 알 수가 없었다. 늙은 낚시꾼도 앉았던 작은 의자에서 벌떡 일어나더니 똑같이 소리를 지르며 뭔가를 가리켰다.

순간, 다니엘이 몸을 돌리자 정신이 아득해졌다. 바위 쪽으로 빠르게 다가오던 커다란 물고기가 다니엘 자신을 향해 쏜살처럼 헤엄쳐 오고 있었다. 물고기는 약 2m 길이로 상어와 비슷했다. 그러나 흑해에는 상어가 없다는 걸 다니엘은 잘 알고 있었다. 바닷가에서 태어나고 자랐지만 한번도 상어를 본 적은 없다. 물고기는 바위로 가까이 다가왔다.

다니엘은 그것이 돌고래란 걸 알아차렸지만, 그렇게 커다란 돌고래는 지금껏 본 적이 없다. 돌고래는 다니엘 주변을 돌면서 헤엄을 쳤고 파도 위에서 벌쩍 뛰어오르고 물속으로 풍덩 잠수해 들어가고 하면서 마치 유유자적하게 놀이를 하는 듯했다. 이 놀이는 수분간이나 계속됐다.

이윽고 돌고래는 조용히 멀어져갔고, 다니엘은 해안으로 헤엄을 쳐서 나왔다. 여자아이들이 모여들더니 바로 물었다.

"커다란 물고기가 무섭지 않았나요?"

"아니요, 그것은 돌고래입니다."

다니엘이 대답했다. 늙은 낚시꾼이 덧붙였다.

"나는 그렇게 큰 돌고래를 본 적이 없소."

"이상해요."

다니엘은 노인을 바라보았다.

"어디서 왔을까요?"

"그 돌고래는 어느 배 뒤에서 헤엄쳤어요. 배에서 먹을 것을 던져 주니까 여기까지 배를 따라 왔겠죠."

노인이 설명했다.

"내가 그것을 처음 보았을 때는 돌고래인 줄 바로 알아보지 못했어요. 그것이 어떻게 헤엄치고 노는지 관찰하고 놀랐지요. 그것은 마치 내게 가까이 다가와서 같이 놀기를 원한 듯했어요."

다니엘이 말했다.

"돌고래는 지능이 무척 높아요. 자기를 무서워하지 않는 사람을 좋아해요."

다시 노인이 말을 꺼냈다.

"돌고래가 사람을 돕는다는 말을 들었지요?"

"예."

"그러나 지역 낚시꾼은 돌고래들을 좋아하지 않아요. 돌고래가 낚시꾼들의 그물을 찢고 그 속에 든 작은 물고기를 잡아먹어요."

노인이 말했다.

"오래전부터 여기서 돌고래를 보지 못했어요."

"예."

노인이 맞는다고 머리를 끄덕였다.

"지난 여러 해 동안 돌고래가 나타나지 않았어요. 내가 어렸을 때는 자주 돌고래를 봤지요. 그것들은 무리를 지어 헤엄쳐요. 놀랄 만한 볼거리죠."

"가 봐야 할 시간이네요. 오늘 돌고래를 봐서 아주 기분이 좋네요. 안녕히 계세요."

다니엘은 인사하고 떠났다.

다음 날 오후, 다니엘은 다시 방파제로 갔다. 바닷속으로 뛰어들어 바위까지 수영을 했다. 오늘은 돌고래를 볼 수 없을 줄 알았다.

그러나 돌고래가 다시 바위로 가까이 다가오는 모습을 보았을 때 퍽 놀랐다. 돌고래는, 마치 다니엘을 알고 있다고 말하는 듯, 바위 둘레를 빙 돌며 헤엄쳤다. 언젠가 책에서 읽은 바에 따르면, 돌고래는 무리지어 다니는 동료들 간에 돕고, 아픈 동료는 내버려두지 않고 헤엄칠 수 있도록 옆에서 돕는다고 했다. 그러나 외로운 돌고래도 있다. 아마 이 돌고래는 외로운가 보았다. 돌고래는 어떻게든 서로 대화하고, '쉿' 하는 소리를 내서 소통한다고 들었다.

이 돌고래도 무언가를 다니엘에게 말하고 싶어하는 듯 보였다. 돌고래는 점점 바위에 가까워지더니 몸을 돌리고, 파도 위로 껑충 뛰어 올랐다가 물속으로 가라앉았다. 돌고래 쇼는 아주 멋졌다. 가까이서 사람을 보자 기뻐서 자기 실력을 뽐내며 보여 준 것이다.

돌고래는 마치 이렇게 말하는 듯 했다.

"나를 보세요. 그리고 내가 언제 파도 위로 헤엄쳐서 날아가는지 맞춰 보세요"

잠시 후, 이젠 지쳤는지 돌고래는 몸을 돌려 멀어졌다. 다니엘은 오랫동안 뒷모습을 지켜보다가 낚시꾼이 있는 해안으로 수영해 나왔다.

"돌고래와 친구가 되었네요"

노인이 말했다.

"예."

다니엘이 대답했다.

"오늘 돌고래가 바위 아주 가까이 헤엄쳐 왔어요. 무언가를 내게 말하고 싶어 하는 것처럼, 마치 나를 알아보는 것처럼 보이데요. 우리 사이에 어떤 유대감이 생겼다는 느낌이 들었어요"

"있을 수 있는 일이지요"

노인이 말했다.

"돌고래는 사람에게 영향을 주는 어떤 소리를 내요"

"예, 저도 그런 걸 느꼈어요"

다니엘이 말했다.

"중국인에 따르면, 돌고래는 구원, 신속함, 사랑을 상징해요"

"정말로 돌고래에 관해 독서를 많이 하셨네요"

다니엘이 알아차리고 말했다.

"교사였어요"

노인이 대답했다.

"젊었을 때 많이 읽었지요. 지금은 책을 읽으면 눈이 아파서 산책하는 걸 더 좋아하지요. 여기 와서 바다를 보면서 쉬지요. 젊은 양반은 아내가 있나요?"

"없습니다."

다니엘이 대답했다.

"중국인 신화학자가 말한 것처럼 돌고래가 사랑과 행운을 가져다 줄 거에요. 정말 돌고래는 사랑의 상징이니까요."

"저도 그러길 바랍니다."

다니엘이 옅은 웃음을 지었다.

"돌고래가 젊은이를 택해서 다가온 것은 우연이 아니에요."

노인은 강조를 하고는 자리를 뜰 채비를 했다. 노인은 키가 작고 말랐으나 힘은 세 보였다. 빛바랜 바지에 역시 낡은 빨간색 셔츠를 입었다. 안경 도수가 높아 조금 웃기게 보였다. 구겨진 밀짚모자는 말린 자두처럼 생겼는데, 주름진 얼굴을 거반 가렸다.

"안녕히 가시오."

노인이 말했다.

"내일 다시 올게요. 똑같은 시각에 오시구려. 새 친구 돌고래를 만나야지요."

"당연하죠. 꼭 올 겁니다."

다니엘이 대답했다.

그 주간 내내 오후 같은 시각에 다니엘은 방파제로 가서 바위까지 수영을 했다. 바위 위에 올라설 때면 돌고래가 나타나서 가까이 다가와 잠수하기, 헤엄치기, 파도 위로 날기 등등 놀이를 했다. 다니엘은 돌고래가 기뻐하는 걸 느끼고 혼자 즐거워했다.

'돌고래가 내게 행운을 가져다주겠구나.'

다니엘은 혼자 말했다.

한번은 늙은 낚시꾼이 다니엘에게 물었다.

"돌고래를 무엇이라고 부르나요? 이름을 지어줘야 해요."

"수컷인지, 암컷인지 몰라서 못 지었어요."

"그건 중요치 않아요. 요즘은 남자아이나 여자아이나 이름이 비슷하잖아요. 돌고래가 암컷이라도 남자 이름을 지어준다고 상처받진 않을 거요."

"알겠습니다. 아모(사랑)라고 부를게요."

다니엘이 말했다.

"돌고래가 제게 사랑을 가져다줄 겁니다."

"아주 좋아요. 사람이나 돌고래나 모두들 사랑을 원해요."

노인이 결론지었다.

"행복해지려면 사랑을 해야 해요."

어느 날 오후, 돌고래는 바위로 오지 않았다. 다니엘은 헛되이 기다리다가 소리쳤다.

"사랑아, 사랑아."

그러나 돌고래는 볼 수 없었다. 아마 멀리 헤엄쳐 갔나 보았다. 돌고래 무리가 나타나 함께 멀리 헤엄쳐 갔을지도 모른다고 다니엘은 생각했다. 다음 날도 돌고래는 오지 않았다.

"돌고래를 못 보셨나요?"

다니엘이 노인에게 물었다.

"못 봤어요."

노인이 대답했다.

"벌써 이틀 새 돌고래를 보지 못했어요."

"무슨 일이 있었나요?"

"바다는 넓어요. 다른 어딘가에서 놀겠지요. 여기에 싫증이

나서 더 좋은 장소를 찾았겠지요."

노인이 짐작했다. 다니엘의 안색이 흐려졌다.

다음 날 다니엘은 다시 방파제로 와서 곧 바다로 뛸 준비를 했지만, 노인이 평소와 달리 자기를 보고 있는 것을 알아차렸다.

"무슨 일이 생겼나요?"

다니엘이 물었다.

"저 요트 두 척이 누구 것인지 아나요?"

노인이 항구에 정박해 있는 값비싼 요트를 가리켰다.

"예."

다니엘이 대답했다.

"니코브 프리모브의 요트죠. 모두 그 사람을 알죠. 식당 '라주로' 는 그 사람 것이지요."

노인이 말했다.

"예, 저도 알아요."

"오늘 식당 라주로에서 외국인들을 위해 특별한 음식, 약초와 겨자를 넣은 돌고래 등심 요리를 했다고 들었어요. 말하고 싶지 않지만, 젊은이가 돌고래를 기다리면서 슬퍼하며 끊임없이 바다를 곁눈질하는 걸 보았지요. 너무 마음 아파하지 마세요. 정말 우리 인간은 그렇지요."

다니엘은 움직이지 않고 그 자리에 꼿꼿이 서 있었다. 오늘 바다는 화가 났다. 커다란 파도가 성을 내며 방파제를 때렸다. 바다가 내뿜은 소금기 어린 물방울이 다니엘의 얼굴을 적시고 눈물처럼 뺨 위로 흘러내렸다.

낯선 남자

낯선 남자가 마을에 살려고 왔을 때, 아무도 관심을 기울이지 않았다. 낡은 집을 사서 수리하고 지붕을 다시 올리고 마당 차단 봉을 색칠하고 주차장을 만들었다. 처음 며칠 동안은 마을에 나타나지 않고 마치 사라진 듯했다. 아마도 어디 딴 도시에 살면서 이곳에는 가끔씩 오려고 마음먹은 듯했다.

어느새 여름이 지나가고 시든 나뭇잎이 가을이 온 걸 상기시켜 줄 무렵, 사람들은 마을에서 그 남자를 자주 만나게 됐다. 라벤더 꽃집에서, 광장 옆 카페에서, 거리에서.

남자는 키가 후리후리하고 마른 편이다. 65세쯤 먹어서 무성하지만 새하얀 머리카락, 회색 눈, 광대뼈 튀어나온 얼굴에 늘 넥타이를 맨 정장 차림이었는데 그것이 지역주민에게는 퍽 인상 깊었다. 그 작은 산골 마을 남자 중에는 그렇게 잘 차려입는 사람은 아무도 없기 때문이다.

낯선 남자는 누구와도 이야기하지 않고, 누구를 만나지도 않았다. 때로 백화점 여자 판매원 **젝카**나, 카페에서 일하는 아가씨 **페트란카**와 몇 마디 나눌 뿐이다.

날이 갈수록 사람들은 궁금했다. 누구인지, 어디서 왔는지, 전에는 어디서 살았고 무슨 일을 했는지, 왜 이 마을에서 살려고 하는지. 질문은 많았지만, 대답을 들을 수 없었다. 누군지 아무도 알지 못했다. 마을 사람들은 단지 조용하고 편안하게 이곳에서 살려고 마음먹은 연금수급권자라고 짐작할 뿐이었다.

그들에게 그 사람은 지식인같이 보였지만 무슨 일을 했는지는 수수께끼였다. 궁금증에 대해 대답을 듣지 못했기에 호기심은 점점 커졌다. 마을에 여러 소문이 무성했다.

누구는 그 사람은 큰 회사 사장으로 주요하고 책임 있는 자리에 있었는데 얼마 전에 은퇴해서 대도시의 소음에서 멀리 떠나 노년을 보내려고 여기에 왔다고 확신했다. 또 누구는, 의심스러운 과거를 지닌 사람으로 분명치 않은 일을 했고 아는 사람에게 자신을 숨기려고 마음먹은 것 같다고 짐작했다. 또 다른 누구는, 혼자 사는 데 익숙하여 사람들에게서 멀리 떠난 이상한 사람, 공허한 사람이라고 단언했다. 어떤 사람은 더 자세히 조사하고 믿을 만한 사실을 도출해내려고 시도했지만 성공하지 못했다. 사람들은 여기저기서 알아보고 가까운 도시의 지인 앞에서 그 사람을 언급했지만 소용이 없었다. 아무것도 알아내지 못했고 낯선 남자에 대한 수수께끼는 더욱 궁금증을 자아냈다.

조금씩 익숙해졌지만, 모두가 그 사람을 피했다. 말을 걸거나 무엇을 묻지 않았다. 그 사람은 온종일 집 안에서 보내기를 좋아했다. 때때로 마을 광장에 나타났다. 집은 도시로 가는 차도 쪽을 향해 남쪽으로 경사진 마을 변두리에 있다.

그러던 어느 날, 그 낯선 남자가 심각하게 마을을 온통 불안하게 만들었다. 그일은 10월 초에 일어났다. 삼 일간 비가 멈추지 않고 내렸다. 빗방울은 더욱 거세졌고, 일주일 내내 그치지 않을 것이 분명했다.

마을에는 초등학교만 하나 있고, 고등학교에 다니는 몇 명 학생은 마을에서 3㎞ 떨어진 도시까지 매일 걸어서 통학했다. 오늘 **베스카**가 학교에서 돌아올 때 엄마 **미르카**는, 거센 빗속에서 어떻게 학교까지 무사히 갔는지 물었다. 베스카는 아침에 여자 친구 **카탸, 류브카**와 함께 학교로 출발했을 때 마을 변두리에 사는 낯선 남자가 자기 차로 도시까지 태워주겠다고 제안해서 같이 갔다고 대답했다. 미르카는 부르르 떨었다. 하얘진 얼굴로 날카롭게 베스카를 쳐다보며 꾸중했다.

"어떻게 감히 낯선 사람 차를 같이 타고 갈 수 있니? 너는 그 사람을 알지 못하잖아. 그 사람이 누구인지 아무도 몰라. 사람들은 그 사람이 죄인이고, 너희에게 무언가 나쁜 일을 할 것이고, 너희를 어딘가로 데려가 부끄럽게 할 거라고 말해."

"하지만 엄마, 우리는 셋이었고, 그 아저씨는 어떤 좋지 않은 행동을 전혀 하지 않았어요. 범죄자가 아니라 잘 교육받은 교양 있는 사람처럼 보였어요."

"아무 말 하지마, 듣기 싫어!"

미르카가 말을 중단시켰다.

"앞으로는 그 사람 자동차엔 절대 타지 마!"

그러나 베스카가 엄마의 경고를 심각하게 받아들이지 않은 것이 분명했다. 며칠 뒤 이웃집 여자가 미르카에게, 베스카가 도시로 가는 길에 낯선 남자 차에 또 타는 걸 봤다고 일러주었다. 그것이 미르카를 신경 쓰이게 했다.

엄마 마르카는 뛰다시피 하며 낯선 남자의 집으로 향했다. 몇 분 지나 문 앞에 서서 세게 문을 두드렸다. 낯선 남자가 나와서 놀라 쳐다보았다. 지금까지 마을 사람 중에 누구도 그 집을 찾아오거나, 어떤 이유 때문이라도 낯선 사람을 찾은 적이 없었다. 낯선 남자는 무엇을 원하느냐고 미르카에게 물어보려고 입을 열었다. 그러나 미르카는 소리를 내는 것조차 허락하지 않았다.

"아저씨!"

화를 내며 위협적으로 말했다.

"나는 아저씨가 누군지 몰라요. 그러나 내 딸에게 신경 쓰지 말 것을 경고합니다. 그것은 아저씨 나이에도, 세월에도 맞지 않아요. 아저씨가 다시 한번 차로 도시까지 내 딸을 데려다줬다는 사실을 내가 알게 되면, 경찰에 신고해서 재판받게 할 겁니다. 부끄럽지도 않으세요?"

낯선 남자는 놀라서 가만히 듣고 있었다. 여자를 바라보기만 할 뿐 무엇이라고 말해야 할지를 몰랐다.

"비가 오니까 여자아이들이 젖지 않도록 돕고 싶었어요."

낯선 남자가 말했다.

"그런 말은 다른 사람에게나 하세요. 나는 아이들 엄마에요! 난 아저씨가 무슨 의도로 그러는지 잘 안다고요, 아시겠어요?"

무언가 말하려 했지만, 미르카는 몸을 휙 돌려서 올 때처럼 빠르고 급하게 가버렸다. 소문은 빠르게 퍼져서 작은 산골 마을 사람들은 누구랄 것도 없이 모조리 낯선 남자가 여자아이들을 차로 도시까지 데려다준 일을 알게 되었다.

어떤 사람들은 미르카처럼 부적절한 의도를 가졌을 거라며 의심했지만, 다른 사람들은 변명해 주었다. 낯선 남자가 여자아이들을 불쌍하게 보고 비를 추적추적 맞고 3km나 걸어가지 않게 하려고 도시로 태워다 주겠다고 했을 거라고 말하는 여자들도 있었다.

산골마을에는 아무런 사건도 일어나지 않기 때문에 그 소식은 며칠간 사람들의 주의를 끌었다. 사람들은 집에서, 술집에서, 카페에서 그 일로 토론을 벌였다. 어떤 엄마들은 낯선 남자를 피하라고 딸에게 심각하게 경고했다. 그러나 모든 기적이 삼일만 유효하듯 사람들이 **빠르게** 그 일을 잊었다.

낯선 남자는 마을에서 거의 볼 수 없다. 마치 어딘가로 가서 집에는 사람이 없는 듯했다. 겨울이 지나가고 봄이 왔다. 나무는 푸르렀고 마당에는 봄꽃이 피었다. 햇볕이 마을을 더욱 따뜻하게 해주고, 남풍이 걱정과 불안을 쫓아냈다. 사람들의 얼굴은 웃음기로 빛났다. 젊은 사람들은 이른 아침에 산 기슭에 있는 작은 경작지로 걸어갔다.

어느 오후, 나쁜 소식이 얼음 같은 바람처럼 마을 위로 지나갔다. **칸초브** 가족의 다섯 살 난 아들 **네델초**가 사라졌다.

마당에서 바깥으로 나갔는데 엄마 **베라**는 알아차리지 못했다. 엄마가 아이를 찾았을 때는 이미 사라지고 없었다. 아이를 찾으려고 마을 전체를 뒤지고 다녔지만 어디에도 없었다. 엄마는 사람들에게 물어보고 또 물었지만 소용이 없었다.

어린아이는 흔적조차 없었다. 이 소식이 **빠르게** 온 마을에 퍼졌다. 사람들은 불안했다. 남자들은 무엇을 할지 의논하려고 술집에 모였다. 듣는 이의 마음을 찢는 베라의 울음이 암울한 징조의 사이렌처럼 들렸다.

"분명히 그 아이는 숲으로 갔어."

남자들이 짐작했다.

"우리는 여러 무리로 나눠서 숲으로 찾으러 다녀야 해."

그들은 서둘러 출발했다.

왜냐하면, 곧 저녁이 될 것이기 때문이다. 그리고 어둠 속에서는 아무것도 찾을 수 없다. 광장에는 사람이 없고 불안한 기다림 속에 조용했다. 칸초브네 집에서는 베라의 통곡 소리가 계속 마을로 퍼져나갔다. 시간도 천천히 애를 쓰며 지나갔다.

하지만 남자들은 돌아오지 않았다. 여자들은 긴장한 마음으로 북쪽으로, 서쪽으로 마을을 둘러싼 무성한 소나무숲에 시선을 고정한 채 그들을 기다렸다.

해는 두려운 듯 가라앉고 마지막 햇빛은 구원의 손길을 닮았다. 광장 옆 카페에 모여 있던 여자들은 오늘 저녁 남자들이 네델초를 찾아올 수 없을 거라 체념할 때쯤, 마을 변두리에서 낯선 남자가 모습을 드러냈다. 두 손에 네델초를 안고 광장으로 서둘러 왔다. 카페 창문 너머로 처음 그 사람을 본 **페트란카**가 기뻐서 외쳤다.

"네델초를 찾았어! 낯선 남자가 데리고 와."

여자들은 갑작스러운 천둥소리에 깨어난 사람처럼 달음박치듯 밖으로 나갔다. 낯선 남자는 멈춰서더니 네델초를 그들 중 한 명에게 넘겨주고 조용히 말했다.

"큰 소나무 옆 풀밭 게노브에서 자고 있었어요. 우연히 봤어요."

"살아 있고, 건강해!"

여자 중 누군가가 말했다.

"하나님의 축복이."

다른 사람이 덧붙였다.

"베라에게 달려가 네델초를 찾았다고, 그리고 남자들에게 돌아오라고 말해라!"

테나 할머니가 말했다. 낯선 남자는 돌아가려고 몸을 돌렸다. 그러나 페트란카가 불러 세웠다.

"아저씨! 기다리세요! 우리가 적어도 커피 한 잔을 대접하도록 들어가세요."

낯선 남자는 여자를 쳐다보고 잠깐 생각하더니 카페로 들어갔

다. 탁자에 앉았다. 여자들이 그 사람을 빙 둘러싸고 페트란카
는 커피를 가져왔다.

"드십시오, 아저씨!"
여자가 말했다.

"오래전부터 카페에 오지 않으셨는데 무슨 일이 있으셨나
요?"

"예!"
남자가 대답했다.

"저는 한가한 시간이 없어요."

"무엇을 하시나요? 가끔 집에서 나가시죠."
페트란카는 질문을 계속했다.

"나는 작가입니다. 글을 씁니다. 조용히 글을 쓰려고 이 마을
에 왔어요."

"작가시구나!"
여자들이 서로 쳐다보았다. 모두 작가가 무엇을 의미하는지
분명히 이해한 것은 아니다. 그렇지만 얼굴에는 존경과 존중
의 빛이 나타났다.

끝없는 여행

베로니카는 여행을 했다. 베로니카의 인생은 시작도 없고 끝도 없는 길과 같다. 시선이 머문 곳의 풍경은 마치 영화 필름이 돌아가는 듯 했다. 아가씨의 금발을 닮은 잘 익은 밀밭 그리고 과수원과 포도밭, 또 신선한 푸른 수풀이 자라는 풀밭이 펼쳐진다. 여러 달 동안 베로니카는 계곡, 산, 강을 밟았고, 바닷가에도 갔다. 그러나 거기서 멈추지 않고 여행은 계속됐다. 그러는 동안 계절이 바뀌었다. 추운 겨울을 지나 여러 가지 색깔이 만발하는 봄이 오고, 여름의 긴장된 노동 뒤에 안정된 한숨 같은 부드러운 가을이 뒤따랐다.

베로니카는 어디서도 두 달 이상은 머물지 않았다. 부르가스라는 도시에서만 1년을 지냈는데, 그 도시는 살 만하다고 생각해서였다. 다시 여행을 시작해서 북에서 남으로, 오른쪽에서 왼쪽으로 헤매고 다녔다. 물을 마셔도 갈증이 해소되지 않은 사람같이 여행하고 또 여행했다. 마음에는 마치 독약을 마신 것처럼 쓰라린 무거운 회색 잿더미가 놓여 있다. 이 잿더미 아래서 갑자기 석탄이 작은 불꽃을 피웠다.

베로니카가 어느 도시에 가든 사람들이 쉽게 알아보았다. 어디에서도 자신을 숨길 수 없었다. 이 끝없는 여행을 시작하기 전, 베로니카는 시청률이 가장 높은 텔레비전 방송국의 기자였다. 그 때문에 사람들이 쉽게 알아보았다.

당시 베로니카가 담당한 보도와 뉴스는 수많은 토론과 문제를 낳고, 재판 절차에서도 관심사가 되었다. 그런 사안들을 사람들은 오래도록 기억했다.

그래서인지 어느 도시에서 일자리를 찾을 때면, 회사 사장은 오랫동안 살펴보고는 농담을 한다고 생각했다. 그들은 베로니카가 자기 회사의 문제점을 보도하려고 왔다고 의심했다.

이미 기자가 아니고, 다시는 텔레비전에서 일하지 않는다고 자세히 설명을 해도, 이 도시에 살려고 일 거리를 찾는다고 말해도 사람들은 믿지 않고, 잠입한 기자라고 확신했다.

그러다 어느 회사의 사장이 채용하더니, 회사에 예쁘고 매력적인 유명 여기자가 일한다며 자랑을 늘어놓았다. 한 번은 사장이 베로니카를 보더니, 그렇게 예쁜 여자가 서 있어 놀라는 기색이었다. 멍 하니 곁눈질했다. 큰 눈, 매력적인 입술, 날씬한 몸매, 잘 익은 사과처럼 딱딱한 가슴, 튼튼한 넓적다리를 바라보았다. 새로운 도시에서는 베로니카의 이전 삶이 어땠는지 아무도 모른다. 텔레비전 일은 무척 긴장되고 신경 쓰이지만 베로니카는 그것을 좋아했다. 아침부터 저녁까지 보도물을 만들고 유명한 사람과 인터뷰했다. 점심이나 저녁을 먹을 시간도 자주 놓쳤다. 밤늦게 집에 돌아와 바로 골아떨어졌다. 날들은 섞어져서 자주 낮인지 밤인지 확실하지 않다.

텔레비전 사장은 이런 말을 늘어놓으면서 가장 어려운 일을 맡기곤 했다.

"당신은 여자고 다른 누구에게도 말하려고 하지 않은 비밀스런 일도 당신에게는 바로 고백할 준비가 된 토론자나 장관에게 매력을 주는 마법사야.'

베로니카 자신도 어떻게 그들에게 매력을 주었는지 알지 못한다. 그저 집중해서 그들을 쳐다 보고 질문만 했다. 그들은 습관적으로 거짓말을 하려 했지만, 느낄 수 없게 진실을 말했다. 아마 계속해서 텔레비전에서 일한다면 어느 날 유명한 영화감독 **라도스틴 바실코브스키**의 인터뷰를 맡겼을 것이다. 여자 동료 **이레나**가 바실코브스키 인터뷰 맡았는데, 아픈 바람에 베로니카가 그 일을 떠맡았다. 그것은 영화감독과 하는 첫 인터뷰였다. 그래서 사전준비를 잘해야 했다. 바실코브스키 앞에 영화 연출 일을 전혀 모르는 아마추어로 서고 싶지 않았다. 베로니카는 바실코브스키 영화에 대한 비평을 읽고, 영화 여러 편의 작업 순간을 자세히 적은 바실코브스키 저서도 통독했다.

일주일 뒤에 바실코브스키의 가장 최근 영화 '두려움과 사랑' 시사회가 열리기로 되었다. 베로니카는 바실코브스키에게 전화를 걸어 인터뷰를 위해 시사회에 들어갈 수 있게 해달라고 요청했다.

"내 집으로 온다면 가장 좋겠지요."

바실코브스키가 제안했다.

"나는 '틸리오' 지역에 살아요. 집에서 조용히 대화하지요."

"감사합니다."

베로니카가 말했다.

다음 날, 카메라 기자와 함께 '틸리오' 지역으로 갔다. 바실코브스키는 집 문에까지 나와 그들을 마중했다. 눈앞에서 베로니카는 키가 큰, 마흔 살 남자를 보았다. 검은 머리카락에, 곧 반하게 만드는 꿈 꾸는 듯한 눈을 가진 바실코브스키가 사는 빌라에는 1월 중순에 눈 덮힌 넓은 마당이 딸려 있었다. 여기저기 작은 나무들이 보였는데, 분명 봄에는 마당 구석구석에서 갖가지 꽃과 풀이 풍성할 것이다. 바실코브스키는 벽이 온통 목재인 응접실로 그들을 안내했다. 응접실 안의 모든 것도 밝은 나무재질로 되었다. 가구며, 커다란 해가 새겨진 빛이 많이 나는 천장이며, 천장에 매달린 샹들리에조차 온통 나무였다. 방 한구석에는 불꽃이 철없는 이리 새끼처럼 이리저리 뒤척이는 벽난로가 버티고 있었다. 기분 좋게 따뜻하고, 술향과 신선한 사과향이 풍겼다. 마루 위에는 커다란 곰 털가죽이 깔렸고 벽에는 긴 칼과 방패를 장식해 놓았다. 바실코브스키가 사냥을 좋아할 거라고 베로니카는 추측했다.

그들은 커피 탁자 옆 깊은 안락의자에 앉았다.

거기서는 마당의 하얀 눈을 향하고 있는 커다란 병풍같은 유리 베란다와 두꺼운 눈 가죽을 입은 작은 나무가 보였다.

촬영기자는 카메라를 준비했다.

"그럼 시작합시다."

바실코브스키가 말했다.

베로니카는 첫 질문을 하려고 했지만 불안했다. 정치가나 장관을 인터뷰할 때도 전혀 불안하지 않았는데, 조금 떨리고 입술이 말랐다. 베로니카는 바실코브스키가 어떻게 말할지, 짧거나 아니면 긴 문장을 사용할지, 모든 것을 자세히 설명하는 것을 더 좋아하는지 아니면 건조하게 그리고 거칠게 대답할지 알지 못했다. 대화는 베로니카가 보지 못한 새로운 영화 얘기로 시작되었다. 그녀는 영화 제목이 왜 '두려움과 사랑'인지 물었다.

"왜요?"

바실코브스키는 질문을 되풀이했다. 여자를 바라보았다. 눈에서는 베로니카가 입구에서 이미 경험한 꿈 꾸는 듯한 기색이

다시 나타났다.

"두려움은 태어나서 죽을 때까지 우리 모두의 내부에 숨어 있어요. 우리는 여행용 손가방처럼 가지고 다녀요. 우리가 아이였을 때 우리는 잠들 수 없어요. 왜냐하면, 어둠을 두려워하니까요. 무의식적으로 우리가 잠들면 깨어나지 못하리라는 것을 느껴요. 잠은 죽음과 같아요. 뭔가 이해할 수 없고 신비롭죠. 우리는 잠들면 곧 다른 세계로 옮겨 가요. 그리고 거기서 돌아올지 그렇지 않을지 알지 못해요. 그래서 우리가 아이였을 때 동화를 읽어주기를 원해요. 동화는 우리를 지켜 줘요. 우리는 영원성을 두려워해요. 영원성과 비교해서 우리 삶은 단지 몇 분 지속하니 그것에 익숙할 수 없어요. 나에게 영화는 아이의 동화와 같아요. 우리는 끊임없이 모든 것에서 의미를 찾아요. 심지어 의미가 없는 것에서도요. 영화나 문학을 통해서 우리가 사는 세계의 의미를 줘요."

응접실에 바실코브스키 부인이 들어왔다. 부인은 길고 검은 머리카락, 흑단 같은 눈, 큰 혁대가 있는 빛나는 빨간 비단 웃옷을 입고 젊었다. 그녀는 차와 과자를 권하면서 바실코브스키 옆 탁자에 앉았다.

"고마워요, **엘렌**."

바실코브스키가 작은 소리로 말했다. 베로니카는 배우 엘렌이 지난 몇 년간 연극이나 영화에 출연하지 않은 것을 잘 알고 있었다.

베로니카는 바실코브스키가 왜 영화감독이 되었는지 물었다. 바실코브스키는 법을 공부했다. 대답은 조금 이상했다.

"나는 빛을 좋아해요. 나는 빛 없이 살 수 없어요. 영화는 빛이고 내가 영화를 찍을 때 빛을 가장 세게 느껴요. 기자는 말로, 소리로 일하지만, 나는 햇빛으로 일해요. 빛은 내가 그림을 그리는 붓이에요."

베로니카는 그 말을 들으면서 자신이 느끼지 못하는 사이, 다른 세계로 접어들었다. 바실코브스키는 시선으로, 상냥한 음으로, 말로 베로니카를 매혹시켰다. 이 남자는 여자를 마춰시켰다. 그래서 베로니카는 여러 시간 앉아서 들었다. 바실코브스키는 조화와 평안함을 내비쳤다.

바실코브스키는 부드러운 양모 재질의 초콜릿색 정장을 입었고, 밝고 노란 셔츠의 목 부분은 단추를 잠그지 않았고, 체리색 넥타이 매듭은 조금 느슨했다. 마치 방에 홀로 있어서 소리로 생각하는 것처럼 그렇게 자기 작업에 대해서 말했다. 베로니카는 이 사람은 돈이 아니라 오로지 일에 흥미가 꽃힌 사람인 걸 직감했다. 베로니카는 이 사람과 같은 류의 남자를 여럿 알지만, 이 사람은 일을 가장 중요시하는 걸 느꼈다. 그것이 바로 이 사람의 힘이어서 이 사람을 자유롭게 하고 남에게 의존하지 않게 한다.

베로니카는 정치와 사회 문제에 대하여 어떤 의견을 갖고 있는지 물어보기로 마음먹었다.

"사람들이 정치와 사회 문제를 많이 토의해요. 하지만 오직 이 문제만 있는 것이 아니에요. 우리는 모두 주목해서 자기 인생을 살피고, 우리 자신에게 일어나는 일에 대해서만 깊이 생각해야 해요. 생각하고 행동하고 다른 누군가가 우리에 관해 관심 두고 우리 대신 결정하도록 기다리지 말아야 해요."

"그럼 왜 예술이 필요합니까? 우리는 음악, 문학, 영화가 필요하지요."

베로니카가 마지막 질문을 제기했다.

"대답은 아주 쉽고 논리적이죠"

바실코브스키가 시작했다.

"예술은 사람을 즐겁게 해요. 그리고 그것은 꼭 필요해요. 그것은 우리를 생각하게 만들어요. 우리가 예술을 통해 생각하는 데 익숙해지면 우리는 삶에서 우리에 관한 모든 문제를 생각하고 깊이 탐구하게 되죠. 우리는 책을 읽을 때 단어뿐만 아니라 단어 사이 행간까지 똑같이 깊이 뚫고 들어가야 해요. 나는 내 영화를 보는 사람이 내가 표현한 영상뿐만 아니라 그 의미를 이해하길 원해요. 예술은 생각과 환상을 깨야 해요."

대화는 깊어지고 있었지만 베로니카는 인터뷰를 마쳐야만 했다.

"더는 감독님의 시간을 뺏고 싶지 않아요."

베로니카가 말했다. 그들은 좋은 친구처럼 헤어졌다. 베로니카는 엘렌에게 작별 인사하고 텔레비전에서 인터뷰를 내보낼 때 전화하기로 약속했다. 베로니카가 차에 앉았을 때, 여러 시간 취하게 하는, 가장 좋은 포도주를 마시는, 깊은 포도주 창고에 있었던 것처럼 느꼈다.

이날부터 베로니카는 끊임없이 마치 자기 눈앞에 계속해서 자기를 쳐다보는 바실코브스키의 갈색 눈을 보는 듯했다. 다른 누구와 말할 때도, 의도하지 않게 바실코브스키와 이야기한다면 얼마나 정확히 말할까, 어떤 주장을 펼칠까 궁금했다. 베로니카가 만나는 남자들을 그 사람과 비교했다. 베로니카가 아는 남자 그 누구도 바실코브스키가 가진 매력적인 힘과 영향력에서 비교할 수 없었다. 밤에는 그 사람 꿈을 꾸었다. 분명히 자신 앞에 선 그 사람을 보았다. 무언가 조용하게 말했다. 단어는 이해하지 못했지만, 감정은 불러일으켰다. 심장은 망아치처럼 뛰었다. 땀을 흘리고 잠에서 깨어나면, 침대에서 일어나 오랫동안 어두운 방안을 걸었다. 바실코브스키의 빛에 대한 말을 다시 기억하면서 창 너머 별이 반짝이는 하늘을 바라보았다. 베로니카는 빨리 아침이 되고 해가 뜨기를 원했다. 어둠이 두려웠다. 뭔가 나쁜 일이 일어날 것 같았다. 마치 바실코브스키가 속삭이는 것 같았다.

"두려워 마세요. 지금 내가 동화를 이야기해 줄 테니 다시 잠들게 될 거예요."

베로니카는 그 사람을 보지 않고는 더 살 수 없었다. 베로니카는 바실코브스키가 미치도록 그리웠다. 그런 일이 일어나리라고는 결코 짐작하지 못했다. 베로니카는 그것이 사랑인지, 유혹인지, 정신병인지 알지 못했다. 이상하게 행동하기 시작했다. 자주 그 사람에게 전화하고, 대화할 핑계를 찾고, 몰래 살피고, 습관을 알고자 했다. 자기가 하는 모든 일이 순진하고 웃긴다는 걸 잘 알지만 멈출 수 없었다. 어떤 무서운 힘이 이 바보스러운 짓을 하도록 내몰았다. 그 사람이 만든 모든 영화를 보고 그것에 대해 비평을 썼다. 베로니카와 바실코브스키는 조금씩 만나게 됐다. 커피를 마시거나 어느 식당에서 저녁을 먹었다. 베로니카에게는 그것들이 가장 행복하고, 빛나는 날이었다. 그 남자가 말한 빛이 베로니카를 빛나게 했다. 그래서 걷는 것이 아니라 마치 날아가는 듯 했다.

베로니카는 텔레비전에서 가장 책임 있고 어려운 일을 맡게 됐다. 영감을 갖고 뛰면서 일했다. 그 남자가 베로니카의 일에 흥미를 갖고 지지하는 것을 베로니카는 알았다. 바실코브스키와 베로니카가 극장이나 음악회에서 함께 있는 모습을 사람들이 자주 목격했다.

어느 봄날, 베로니카는 바실코브스키가 기다리는 카페 '넵투

노'로 서둘러 갔다. 도시는 거리의 나무와 공원, 모든 것이 푸르렀다. 나무는 푸른 우산을 든 여자아이를 닮았고, 하늘은 어린아이 눈동자처럼 파랗고, 공기는 수정처럼 맑았다. 베로니카는 편한 마음으로 숨을 쉬었다. 마치 산속의 차가운 물을 마신 것처럼 봄빛이 자기 속에서 빛났다.

바실코브스키는 탁자에 앉아 담배를 피우고 있었다. 아주 가끔 담배를 피웠다. 멀리서 보니 당황한 사람처럼 보였다. 베로니카는 가까이 다가가 키스하고 옆에 앉았다.

"무슨 일 있나요?"

베로니카가 물었다. 그 남자는 베로니카를 바라보지 않고 조용하게 말을 꺼냈다.

"오늘 아침 엘렌이 내게 최후통첩을 했어요. 집을 버리거나 당신을 버리라고. 오래전부터 우리 사이를 알았지만 오늘까지 한마디도 하지 않았어요. 이제 아내는 더는 참지 못해요."

"집을 떠나 저랑 살려고 오시나요?"

베로니카가 물었다. 바실코브스키가 쓰라리게 대답했다.

"그렇게 쉽지 않아요."

"무엇이 그 여자와 선생님을 묶고 있나요? 오래전부터 사랑하지 않잖아요. 부인은 선생님을 이해하지도 않고 지겹다고 하잖아요."

"맞아요. 그러나 갑자기 모든 것을 버리기란 불가능해요."

바실코브스키가 말했다.

"모든 것을 길게 고통스럽게 지속하는 것보다는 갑자기 모든 것을 버리는 것이 더 나아요."

베로니카는 단호하게 얘기했다.

"그래요. 그러나 아내는 나를 사랑해요. 나는 아내를 사랑하지 않지만, 아내는 사랑해요."

"결심하세요. 부인이 벌써 최후통첩을 했다면 부인과 함께
하는 선생님의 삶은 악몽이 될 거예요."

베로니카가 진지하게 말했다.

이 만남 뒤 번번이 바실코브스키는 베로니카의 아파트에서 밤
을 보냈다. 무엇을 할지 아직 결정할 수 없었다. 그것이 베로
니카를 화나게 했다. 그러나 최후통첩하기를 원치 않는 그 남
자는 결국 자신을 선택하리라 확신했다. 베로니카는 엘렌보다
젊고 더 매력적이다. 베로니카는 싸움, 경기, 경쟁을 좋아하지
않는다. 싸움에서 진 사람은 나쁘고 잔인하다고 알고 있다.

어느 늦은 밤, 바실코브스키는 베로니카의 아파트에 왔다. 베
로니카는 그 남자를 기다렸다. 저녁 식사는 오래전에 차려놓
았다. 그 남자가 좋아하는 음식, 양념된 고추를 요리했다. 적
포도주와 디저트용 아이스크림도 준비했다. 남자는 적포도주
를 좋아했는데, 건배하러 잔을 위로 들면서 말했다.

"오늘 이혼 요청을 했어요."

베로니카는 조용했다. 그들은 저녁을 먹으면서 대화하지 않았
다. 베로니카는 서둘지 않았다. 자신이 꿈꾸던 남자, 온 마음
으로 사랑하는 바실코브스키가 이제 자기 옆에 있다.

날짜가 급행열차처럼 지나갔다. 베로니카는 긴장하며 일했다.
매일 인터뷰하고 보도물을 쓰고 이리저리 뛰어다녔다.

중요한 사건이 발생한 곳에는 항상 현장으로 달려갔다. 가장
유명한 기자에 이름을 올렸다.

이달 바실코브스키는 새로운 영화를 찍는 바닷가 시골에 머물
렀다. 며칠 후, 베로니카는 전화를 걸고, 그곳에 가서 한동안
함께 지낼 계획이었다.

그날도 언제나처럼 저녁 8시에 텔레비전 뉴스가 시작되었다. 베로니카는 뉴스를 보다 갑자기 충격적인 소리를 들었다.

"오늘 여배우이며 유명 영화감독의 아내인 엘렌 바실코브스키가 자살했습니다."

베로니카는 흔들렸다. 눈앞이 캄캄해졌다. 아무것도 보거나 들을 수 없다. 엘렌의 자살은 베로니카를 부숴버렸다. 자신이 자살의 원인임을 잘 알기에, 이 순간 자기가 머물던 세계에서 떠나서 영원히 사라지기로 했다. 그렇게 해서 끝없는 여행이 시작되었다.

버스나 열차로 여행하면서 베로니카는 엘렌이 삶의 마지막 순간에 자신을 저주했다고 깊이 생각했다.

'왜 내가 그렇게 행동했을까?'

베로니카는 회한이 밀려왔다.

'왜 사랑, 그리움은 우리를 눈멀게 할까. 나는 그 남자가 나랑 지내고 내 옆에 있기를 원했다. 어린아이와 같이 나는 그 사람이 내가 무섭지 않도록 어두운 방에서 동화를 들려주길 를원했다. 엘렌은 좋은 여자인데 어쩌다 내가 그 여자에게 상처를 주었나.'

베로니카는 이 질문의 답을 찾았지만 소용없었다. 시간은 되돌릴 수 없으니까.

저자에 대하여

율리안 모데스트는 1952년 5월 21일 불가리아의 소피아에서 태어났다. 1977년 소피아의 '성 클리멘트 오리드스키' 대학에서 불가리아어 문학을 공부했는데 1973년 에스페란토를 배우기 시작했다. 이미 대학에서 잡지 '불가리아 에스페란토사용자'에 에스페란토 기사와 시를 게재했다.

1977년부터 1985년까지 부다페스트에서 살면서 헝가리 에스페란토사용자와 결혼했다. 첫 번째 에스페란토 단편 소설을 그곳에서 출간했다. 부다페스트에서 단편 소설, 리뷰 및 기사를 통해 다양한 에스페란토 잡지에 적극적으로 기고했다. 그곳에서 헝가리 젊은 작가 협회의 회원이었다.

1986년부터 1992년까지 소피아의 '성 클리멘트 오리드스키' 대학에서 에스페란토 강사로 재직하면서 언어, 원작 에스페란토 문학 및 에스페란토 운동의 역사를 가르쳤고. 1985년부터 1988년까지 불가리아 에스페란토 협회 출판사의 편집장을 역임했다.

1992년부터 1993년까지 불가리아 에스페란토 협회 회장을 지냈다.

현재 불가리아에서 가장 유명한 작가 중 한 명이다.

불가리아 작가 협회의 회원이며 에스페란토 PEN 클럽 회원이다.

율리안 모데스트의 저작들

-우리는 살 것이다!-리디아 자멘호프에 대한 기록드라마
-황금의 포세이돈 - 소설
-5월 비 - 소설
-브라운 박사는 우리 안에 산다 - 드라마
-신비한 빛, 바다별, 닫힌 조개 - 단편 소설
-문학 수필 - 수필
-꿈에서 방황 - 짧은 이야기
-세기의 발명 - 코미디
-문학 고백 - 수필
-아름다운 꿈 - 짧은 이야기
-과거로부터 온 남자 - 짧은 이야기
-상어와 함께 춤을 - 단편 소설
-수수께끼의 보물 - 청소년을 위한 소설
-살인 경고 - 추리 소설
-공원에서의 살인 - 추리 소설
-고요한 아침 - 추리 소설
-사랑과 증오 - 추리 소설
-꿈의 사냥꾼 - 단편 소설
-내 목소리를 잊지 마세요 - 소설 2편
-인생의 오솔길을 지나 - 여성 소설
-욤보르와 미키의 모험 - 어린이책
-비밀 일기 - 소설
-모해 - 소설